中國語言文字研究輯刊

二一編

許 學 仁 主編

第 9 冊

《清華伍·殷高宗問於三壽》疑難字詞研究

薛 慧 盈 著

花木蘭文化事業有限公司

國家圖書館出版品預行編目資料

《清華伍‧殷高宗問於三壽》疑難字詞研究／薛慧盈 著 -- 初
版 -- 新北市：花木蘭文化事業有限公司，2021〔民110〕
目 2+172 面；21×29.7 公分
（中國語言文字研究輯刊 二一編；第 9 冊）
ISBN 978-986-518-662-3（精裝）
1. 簡牘文字 2. 研究考訂
802.08   110012602

ISBN-978-986-518-662-3

9 789865 186623

中國語言文字研究輯刊
二一編　第 九 冊　　　　ISBN：978-986-518-662-3

《清華伍‧殷高宗問於三壽》疑難字詞研究

作　　者　薛慧盈
主　　編　許學仁
總 編 輯　杜潔祥
副總編輯　楊嘉樂
編　　輯　許郁翎、張雅淋、潘玟靜　美術編輯　陳逸婷
出　　版　花木蘭文化事業有限公司
發 行 人　高小娟
聯絡地址　235 新北市中和區中安街七二號十三樓
　　　　　電話：02-2923-1455 ／傳真：02-2923-1452
網　　址　http://www.huamulan.tw 信箱 service@huamulans.com
印　　刷　普羅文化出版廣告事業
初　　版　2021 年 9 月
全書字數　148966 字
定　　價　二一編 18 冊（精裝）　台幣 54,000 元

《清華伍・殷高宗問於三壽》疑難字詞研究

薛慧盈 著

作者簡介

薛慧盈，臺灣臺東縣人，生於 1973 年，國立中央大學中國文系、國立師範大學國文研究所畢業，現職為國立北斗家商國文科專任教師。

在中央大學中文系讀書期間，對文字學一科便有濃厚興趣。時授課老師為師大許錟輝先生，老師在文字學的治學嚴謹，教學認真，影響深厚。其後進入師大就讀，秉持對文字學一科的熱愛，加上羅凡晸老師的鼓勵，毅然選擇戰國楚文字做為研究方向。

近年清華大學出土文獻研究與保護中心公布一批從未面世的大量竹簡，其中很多與傳世文獻不同，筆者能有幸研究這一批竹簡、推敲其文字，藉此能更進一步研究其哲學、政治及社會狀況，或能與學者們互相討論，並期能對學術有所貢獻。

提　要

《清華大學藏戰國竹簡（伍）》（簡稱《清華伍》）於 2015 年 4 月出版，原書收錄〈厚父〉、〈封許之命〉、〈命訓〉、〈湯處於湯丘〉及〈殷高宗問於三壽〉五篇，原竹簡有原整理者及諸位學者進行過初步考釋工作，然其中仍有部分內容存在爭議，某些文字的釋讀困難，也導致無法通讀文意。

論文的寫作集點是在〈殷高宗問於三壽〉一篇，其具有爭議性的「疑難字」進行討論。本文的寫作步驟：首先先描摹字形，熟悉楚簡文字的形狀。其次收集諸位學者相關討論，再依字形查考歷時字形的樣貌。確認字形結構後，配合聲韻、訓詁等方式，試圖解決疑難字在簡文中的釋讀問題。除了該簡文外，在其他材料上若有出現相同的字，筆者也會嘗試推敲該疑難字在其他材料上的辭例，以更全面的瞭解其於文獻上的用例。

本文的寫作大綱如下：

第一章為「緒論」，分成四節，依序說明「研究目的」、「文獻探討」、「研究方法」及「研究步驟」等。

第二章為「疑難字分釋」，共分成十二節，總括十六個疑難字在字形、字音、字義等相關問題，再將個別疑難字回歸簡文本身，說明其於簡文中的意義並推敲該文句的意義。分別解釋「先」、「肩」、「非」、「䏁」、「𦡴」、「愁」、「飲」、「睾」、「占」、「瘇瘴」、「厫」、「象乇康馭」等十一節。

第三章為「結論」，先綜述研究成果，其次說明在研究時所遇到之困難，最後簡述未來展望。

誌　謝

　　論文在踏入師大六個暑假前終於完成，猶記得剛進師大的那個暑假，燠熱窒悶的空氣中，藏不住的是那個可以暫時脫離老師、媽媽身分的喜悅。第二年暑假修了羅老師的古文字學，原本就對文字學頗有興趣的我，在老師「今日事今日畢」的嚴格要求下，以每天完成當日功課為樂。同學們頗不解，覺得這般困難又枯燥的功課我怎能津津有味？

　　雖然拖拖拉拉很長一段時間，我還是慢慢將這本論文完成了。在各種身分中，我最喜歡的還是學生身分。首先要感謝業師羅凡晸先生，每一次的論文指導，他總是不厭其煩地提醒我該注意的、不小心遺落的，總能觸發我新的靈感，也指引出另一條開闊的方向。

　　其次，感謝口考老師季旭昇老師，能在百忙之中抽空回台指導；許學仁老師細細地在論文上的註記，顯現老師紮實的學問，也成為未來繼續學問的表率。老師們對於學問的專注與熱情，也是我該努力的地方。

　　感謝我的先生與家人，好幾個暑期拋下他們至台北讀書，又在我埋首論文時給我最大的支援。每個晚上家人齊聚書房，各自用功於眼前的學業，該是回憶中最甜美的部分。

　　最後，感謝我的教練，用激烈的運動紓解我的壓力；六節中醫的楊醫師，總能解決我大小感冒，讓我有更好的身體更好的精神面對課業和工作。還有學

校的同事們，能協助我的排課，給予我更大的空間好好為自己的目標前進。要感謝的人真的很多，而我才疏學淺，論文的完成只是一個開始，期許自己能繼續往前進。

目 次

凡　例

一、本論文採用郭錫良之《漢字古音手冊》之上古音系統，文中徵引的大陸學
　　者論文則多以王力系統為主。

二、為維護引用圖片之客觀與正確性，如有殘缺或模糊著，則儘量維持原貌，
　　不另做特殊處理。

三、關於〈殷高宗問於三壽〉的簡文編號，在行文過程中，使用方法如下：
　　〈殷高宗問於三壽〉【簡1】【簡2】：「高宗乃爲（問）於少壽曰：『尔（爾）
　　是　生，尔（爾）是智（知）二又（有）邦（國）之請（情），敢爲（問）
　　人可（何）胃（謂）長？可（何）胃（謂）墮（險）？可（何）胃（謂）
　　肩（厭）？可（何）胃（謂）亞（惡）？』」
　　括號【】中為簡之編號，欲解說之文字則直接使用圖版，並不另作刪改。

四、為求行文方便，本論文稱呼書名時，經常以簡稱代替全名。例如《清華伍》
　　即指《清華大學藏戰國竹簡（伍）》、《上博三》即《上海博物館藏戰國楚竹
　　書（三）》等，不另作注解。

五、考釋文字過程中所使用之古文字形體，依古文字學界的使用慣例標示之。

六、文中敬稱業師為某師，其餘學者則不特尊稱，直呼其名。

第一章　緒　論

第一節　研究目的

　　自十九世紀末，斯文・赫定（Sven Hedin ,1865～1952）及斯坦因（Marc Aurel Stein, 1862～1943）等人至中國探險開始，地下簡帛近幾十年的大量出土，使得簡帛研究形成了一門非常重要的學問。王國維（1877～1927）在〈最近二三十年中國新發現之學問〉中就已指出：「古來新學問起，大都由於新發現。」〔註1〕同時在文章裡，提出極具影響力的研究方法「二重證據法」：

> 吾輩生於今日，幸於紙上之材料外，更得地下之新材料，由此種材料，我輩固得據以補正紙上之材料，亦得證明古書之某部分全為實錄，即百家不雅馴之言，亦不無表示一面之事實。此「二重證據法」，惟在今日始得為之。〔註2〕

　　2008 年 7 月，北京清華大學自香港文物拍賣會場取得一批竹簡，2011 年 1 月公布了第一冊〔註3〕，其後每年公布一冊，截至 2018 年 11 月為止已公布到《清

〔註1〕王國維：《古史新證──王國維最後的講義》，（北京：清華大學出版社，1997 年 8 月），頁 2。

〔註2〕王國維：《古史新證──王國維最後的講義》，（北京：清華大學出版社，1997 年 8 月），頁 2。

〔註3〕書籍出版日期是 2010 年 12 月，但實際出版日期應該在 2011 年 1 月，北京清華大

華大學藏戰國竹簡（捌）》〔註4〕。其中在《清華伍》中共收錄了〈厚父〉、〈封許之命〉、〈命訓〉、〈湯處於湯丘〉、〈殷高宗問於三壽〉五篇竹書。這批竹簡是以戰國時楚文字寫成，筆者對於其中〈殷高宗問於三壽〉這篇竹書特別感到興趣，據原整理者所言，此篇竹書由二十八支簡編聯而成：

> 完整簡長約45釐米，寬約0.6至0.7釐米，設三道編繩。滿簡書寫二十八至三十四個字。簡背有次序編號「一」至「廿八」，今缺序號「三」。序號有錯亂，其中原編號「十五」當排在第十簡位置，而原編號「十」者當排在第十五簡位置，今已據文義互換。〔註5〕

其內容假託殷高宗武丁與三壽的對話，可分為二大段落：前一大段從宏觀的角度提出與事物屬性相關的長、險、厭、惡四個觀念；第二大段則以史官口吻記錄殷末災禍並起，人心惶惶，高宗恐懼詢問彭祖如何治國，彭祖則提出祥、義、德、音、仁、聖、知、利、信九個概念，並以中道處理殷末危機。〔註6〕

根據《史記・楚世家》記載：

> 楚之先祖出自帝顓頊高陽。高陽者，黃帝之孫，昌意之子也。高陽生稱，稱生卷章，卷章生重黎。重黎為帝嚳，高辛居火正，甚有功，能光融天下，帝嚳命曰祝融。共工氏作亂，帝嚳使重黎誅之而不盡。帝乃以庚寅日誅重黎，而以其弟吳回為重黎後，復居火正，為祝融。

> 吳回生陸終。陸終生子六人，坼剖而產焉。其長，一曰昆吾；二曰參胡；三曰彭祖；四曰會人；五曰曹姓；六曰季連，羋姓，楚其後也。昆吾氏，夏之時嘗為侯伯，桀之時湯滅之。彭祖氏，殷之時嘗為侯伯，殷之末世滅彭祖氏。〔註7〕

學校慶時。

〔註4〕清華大學出土文獻研究與保護中心編，李學勤主編：《清華大學藏戰國竹簡（捌）》，（上海：中西書局，2018年11月）。

〔註5〕李學勤主編：《清華大學藏戰國竹簡（伍）》下冊，（上海：中西書局，2015年4月），頁149。

〔註6〕清華大學出土文獻研究與保護中心編，李學勤主編：《清華大學藏戰國竹簡（伍）》，（上海：中西書局，2015年4月），頁149。

〔註7〕〔漢〕司馬遷：《史記》，（臺北：鼎文書局，1979年），頁1689～1690。以後引用同一書內容，不再贅述書籍相關資料。

彭祖在殷時曾為侯伯，所以在〈殷高宗問於三壽〉中，與彭祖的對話最多，藉彭祖之口闡述道德與政治理想，呈現出當時的政治觀。簡文中的文字釋讀是理解簡文最重要的基礎工作，如果沒有正確的釋讀，對於簡文所傳遞的觀念、思想、甚至史學等研究都會大打折扣。李學勤曾在〈新出土文獻與古代文明研究〉一文中談到：〔註8〕

> 出土文獻的研究工作最基礎的還是考釋文字。考釋工作是工作重心，必不可缺，不認識字是很危險的，目前考釋文字已經取得了許多成果。但同時，這也反映了新出土的文獻實在太多了，當前對出土文獻的研究主要還是處於考釋文字階段。不能正確考釋文字，建立的推論恐怕很危險，很成問題。這也使我們認識到必須進一步作文字考釋，認識到戰國文字研究有必要進一步深入發展。

隨著出土文獻不斷公布，為了通讀這些文獻，考釋文字還是最基礎的工作。通過「認識文字」才能進一步知道簡文所要傳達的理念。因此，本論文的寫作重點將放在〈殷高宗問於三壽〉一文中較困難、學者爭議較多的「疑難字」進行研究討論。對於個別文字先從字形方面進行探討，再透過字音及字義的研究，期以能通讀簡文。字形方面的研究材料不限於戰國楚文字，而是上承商周甲骨金文，下至秦篆漢隸，透過字形演變的分析，找出疑難字最可能的解釋；並由這些疑難字的解釋，試著釐清這些字在簡文中的用法，或可為未來的楚簡材料提供一些方向。

第二節　文獻探討

（一）出土文獻

從 1942 年，在湖南長沙發現楚帛書起，就開啟了楚文字研究的新頁。1987年包山楚簡、1993 年郭店楚簡、2001 年陸續出版的《上海博物館戰國楚竹書》等，這些竹簡數量龐大，內容更涉及了文學、思想、制度、習俗、卜筮等，為研究者提供了大量的材料，而這些地下文獻的出土，也為傳世文獻提供了相當珍貴的補證。2003 年 12 月，上海博物館出版了《上海博物館藏戰國楚

〔註8〕李學勤演說、朱淵清筆記：〈新出土文獻與古代文明研究〉，簡帛網，http://www. jianbo.org/Wssf/2002/lixueqin001.htm，2002 年，8 月 11 日。

竹書(三)》，收錄有〈彭祖〉一篇，內容主要是耇老與彭祖的問答紀錄〔註9〕，耇老問彭祖要做哪些事才能改變自己？彭祖先強調天道的重要性，後則以人事回答：「五紀必周，雖貧必修。五紀不工，雖富必失。」〔註10〕並具體的闡述了為人之道：不要驕傲、謹慎終始、保持勞動、少做大事、減少欲望，即使受命，也應該要謙卑，不要驕傲。〔註11〕簡文強調謙恭，同時也強調養生（慎終保勞），反映出在戰國中期之後思想的相互關聯激盪，甚至有些學者認為，這些思想受到了「稷下學派」的影響。〔註12〕彭祖其人，相傳活了八百多歲，傳世文獻與出土文獻多有記載：傳世文獻中，《莊子》、《荀子》常引長壽的彭祖來說明治氣養生之道；出土文獻當中，馬王堆漢墓醫書《十問》有提及彭祖房中養生方法；張家山漢簡《引書》也提及彭祖有「春產、夏長、秋收、冬臧（藏）」的養生長命之術。〔註13〕

2011 年開始陸續出版的《清華大學藏戰國竹簡》，內容也十分豐富，李學勤在〈初識清華簡〉〔註14〕一文中提到：

> 這批簡中的書籍大多與歷史有關。如果按照傳統的四部分類，有的屬於經部，但其內涵仍是富於歷史價值的。這與過去發現的戰國竹簡書籍，如著名的郭店簡、上博簡以儒、道著作多數不同。

在這批竹簡當中，有些與傳世文獻《尚書》有關、有些篇章近似《紀年》，除此之外，還有許多有關數學、卜筮等相關文獻。《清華（伍）》所收錄的五篇竹書裡，其中除〈命訓〉見於傳世文獻《逸周書》外，〈厚父〉為《尚書》逸篇，〈湯處於湯丘〉、〈湯在啻門〉則是紀錄二則有關商湯故事。本論文要討

〔註 9〕黃人二、林志鵬：〈上博藏簡第三冊彭祖試探〉，（山東大學文史哲研究院簡帛研究網站：http://www.jianbo.org/index.asp，2004 年 4 月）。

〔註10〕趙炳清：〈上博三〈彭祖〉篇的性質探析〉，（武漢大學簡帛研究中心：http://www.bsm.org.cn/show_article.php?id=104，2005 年 11 月 20 日）。

〔註11〕李綉玲撰、季旭昇訂改：〈〈彭祖〉譯釋〉，收錄於季旭昇主編，陳惠玲、連德榮、李綉玲合撰：《《上海博物館藏戰國楚竹書（三）》讀本》，（臺北：萬卷樓圖書股份有限公司，2005 年 10 月），頁 245。

〔註12〕詳見周鳳五著：《朋齋學術文集【戰國竹書卷】》，（臺北：國立臺灣大學出版中心，2016 年 12 月），頁 260～261。

〔註13〕李綉玲撰、季旭昇訂改：〈〈彭祖〉譯釋〉，收錄於季旭昇主編，陳惠玲、連德榮、李綉玲合撰：《《上海博物館藏戰國楚竹書（三）》讀本》，（臺北：萬卷樓圖書股份有限公司，2005 年 10 月），頁 245。

〔註14〕收錄在李學勤者：《初識清華簡》，（上海：中西書局，2013 年 6 月），頁 2～3。

論的〈殷高宗問於三壽〉則是藉著殷高宗與三壽（主要是彭祖）的對話，來討論治國與修人之間的關係。出土文獻中的彭祖因養生而長命，因此也成為聖賢君王的諮詢對象。其中《上博（三）》的〈彭祖〉一篇耇老與彭祖之間的對話，與〈殷高宗問於三壽〉比較近似：耇老與彭祖討論天道與人道的疑惑；〈殷高宗問於三壽〉中，殷高宗與彭祖討論治國觀念與個人修養問題。有學者認為，《上博（三）》〈彭祖〉所提及的思想，應該是戰國時期流行的「黃老之學」〔註15〕。而關於〈殷高宗問於三壽〉的內容，許多學者抱有不同看法。李均明認為此篇與戰國末年《荀子》同屬戰國末年儒家思想〔註16〕；曹峰卻認為從此篇反覆強調的「神」與「民」；以及強調知足、反對貪欲的觀點來看，頗近似戰國末年開始流行的「黃老之學」。〔註17〕季旭昇在「戰國文字研究的回顧與展望學術研討會」所發表的〈《清華伍・殷高宗問于三壽》先王之遺訓「音」字考〉一文則認為，這篇應該不只是戰國中期的文字，從「音」字的考證來看，其思想距戰國儒家相去甚遠，應該是殷末周初時期的早期儒家思想。這些出土文獻中皆借彭祖之口來闡述一些觀念，或可做為思想的比較。此外，《上博（三）》〈彭祖〉也是楚簡，其文字形制與〈殷高宗問於三壽〉相似，對於字形釋讀也有幫助。

（二）傳世文獻

〈殷高宗問於三壽〉中之「壽」是指長命的老人，《尚書・召誥》傳曰：「壽曰長命。」〔註18〕《詩經・魯頌・閟宮》：「不虧不崩，不震不騰。三壽作朋，如岡如陵。」毛亨《傳》云：「壽，考也。」鄭玄《箋》：「三壽，三卿也。」孔穎達《疏》：「三壽為老者尊稱。」〔註19〕簡文稱呼這三位長命者為

〔註15〕詳見趙炳清：〈上博三〈彭祖〉篇的性質探析〉，〈武漢大學簡帛研究中心：http://www.bsm.org.cn/show_article.php?id=104，2005 年 11 月 20 日。〉

〔註16〕李均明：〈清華簡〈殷高宗問於三壽〉「利」說解析——與荀子義利觀的比較〉，《國學學刊》015 年第四期，頁 8～12。

〔註17〕相關論述可參考曹峰：〈清華簡〈三壽〉〈湯在啻門〉二文中的鬼神觀〉，《四川大學學報（哲學社會科學版）》2016 年第五期，總第 206 期，頁 33～40。以及曹峰：〈讀〈殷高宗問於三壽〉上半篇一些心得〉，清華大學出土與文獻保護中心 http://www.tsinghua.edu.cn/publish/cetrp/6842/2015/201505250920005966775437/201505250920005966775437_.html，2015 年 5 月 25 日。

〔註18〕〔清〕阮元刻本：《十三經注疏・尚書》嘉慶廿年江西南昌府學開雕影印本，（臺北：藝文印書館，1989 年第 11 版），頁 221-2。

〔註19〕〔清〕阮元刻本：《十三經注疏・詩經》嘉慶廿年江西南昌府學開雕影印本，（臺

「少壽」、「中壽」和「彭祖」。在文章中,對話最多的是彭祖。傳世文獻中的彭祖記載,如《荀子》、〔註20〕《莊子》〔註21〕、《列子》〔註22〕、以及漢朝劉向《列仙傳》等〔註23〕。

在《大戴禮記‧帝繫》中提及彭祖的世系:

> 陸終氏娶于鬼方氏,鬼方氏之妹謂之女嬇,氏產六子;孕而不粥,三年,啟其左脅,六人出焉。其一曰樊,是為昆吾;其二曰惠連,是為參胡;其三曰籛,是為彭祖;其四曰萊言,是為云鄶人;其五曰安,是為曹姓;其六曰季連,是為羋姓。〔註24〕

另外,在《史記‧楚世家》也有相似記載:

> 吳回生陸終,陸終生子六人,坼剖而產焉。其長一曰昆吾;二曰參胡;三曰彭祖;四曰會人;五曰曹姓;六曰季連。羋姓,楚其後也。昆吾氏,夏之時嘗為侯伯,桀之時湯滅之。彭祖氏,殷之時嘗為侯伯,殷之末世滅彭祖氏。〔註25〕

有關《史記‧楚世家》的內容,唐朝張守節《正義》進一步解釋:

> 《括地志》云:「彭城,古彭祖國也。外傳云殷末滅彭祖國也。虞翻云名翦。《神仙傳》云彭祖諱鏗,帝顓頊之玄孫,至殷末年已七百六十七歲而不衰老,遂往流沙之西,非壽終也。」〔註26〕

彭祖是陸終之子,黃帝之後。《史記‧五帝紀》唐‧司馬貞《索隱》曰:「彭

北:藝文印書館,1989 年第 11 版),頁 778-2。

〔註20〕《荀子‧修身》:「以治氣養生,則後彭祖;以修身自強,則配堯禹。」〔戰國〕荀況著,李滌生注釋:《荀子集釋》,(臺北:臺灣學生書局,1979 年 2 月),頁 24。

〔註21〕《莊子‧逍遙遊》:「楚之南有冥靈者,以五百歲為春,五百歲為秋;上古有大椿者,以八千歲為春,八千歲為秋。而彭祖乃今以久特聞,眾人匹之,不亦悲乎!」〔清〕郭慶藩編,王孝魚整理:《莊子集釋》,(臺北:萬卷樓圖書公司,1993 年 3 月),頁 11。

〔註22〕《列子‧力命篇》也提到彭祖云:「彭祖之智,不出於堯舜之上,而壽八百。」景中譯注:《列子》,(北京:中華書局,2007 年),頁 179。

〔註23〕《列仙傳》:「彭祖者,殷大夫也。姓籛名鏗,帝顓頊之孫陸終氏之中子,歷夏至殷末八百餘歲。」〔漢〕劉向:《列仙傳》,(臺北:國立臺灣師範大學出版中心,2012 年),頁 6。

〔註24〕〔漢〕戴德:《大戴禮記》,(北京:中華書局,1985 年),頁 118～119。

〔註25〕〔漢〕司馬遷:《史記》,頁 1690。

〔註26〕〔漢〕司馬遷:《史記》,頁 1690。

祖即陸終氏之第三子，籛鏗之後，後為大彭，亦稱彭祖……彭祖自堯時舉用，歷夏、殷封於大彭。」〔註27〕大彭為其封地，以封地為氏，故稱彭祖。從這些資料可知，傳說中的彭祖是一個長壽且有智慧的老人。李昉所編《太平廣記·卷二》中，引葛洪《神仙傳·彭祖》：

> 彭祖者，姓籛諱鏗，帝顓頊之玄孫也。殷末已七百六十七歲，而不
> 衰老，少好恬靜，不卹世務，不營名譽，不飾車服，唯以養生治身
> 為事。〔註28〕

從這些傳世文獻來看，彭祖善於養生所以長壽，因長壽而有智慧。〈殷高宗問於三壽〉中，武丁與彭祖對話最多，或許也想藉彭祖的形象，來說明為政者應具備的領導智慧及德行。

（三）研究現況

在《清華大學藏戰國竹簡（伍）》出版前，李均明以單篇文章先行簡介了〈殷高宗問於三壽〉的竹簡形製及編目等問題。當《清華伍》正式出版後，學者們更陸續發表相關文章。其中與〈殷高宗問於三壽〉的相關研究論文，截至2018年3月共計27篇，詳見（附表一）：〔註29〕

依後文附錄「（一）期刊論文摘要一覽表」整理之相關論文可歸納出以下幾個重點：

1. 純粹做文詞解釋及翻譯

有馬文增〈清華簡〈殷高宗問於三壽〉新釋、簡注、白話譯文〉、〈清華簡〈殷高宗問於三壽（下）〉新釋、白話譯文、注解〉以及〈清華簡〈殷高宗問於三壽（下）〉新研〉三篇。作者認為這篇文章從「高宗【簡1】」到「不友【簡10】」為上篇，其後則為下篇，並分別將這二部份簡文重新作了疏解及白話翻譯。對於文章中某些文句，作者有不同於原考釋者的意見，也有不同的斷句。例如作者認為第一簡的「（字）」應是「之人」的合文，而原考釋者則認為是「先」，因為對於字型的解讀不同，其斷句與解釋也不同。另外他將【簡9】：

〔註27〕〔漢〕司馬遷：《史記》，頁38。
〔註28〕〔宋〕李昉：《太平廣記》，（北京：中華書局，1995年8月第6刷），頁8。
〔註29〕有關相關研究論文之出處均詳列於書後之參考文獻中。

「君子而不讀書占，則若小人之 而不友。」句中「書占」譯為《河圖》，認為「」二字應該為「縱狂」，即偏心不忠之意。在〈清華簡〈殷高宗問於三壽（下）〉新釋、白話譯文、注解〉一文中，作者與原考釋者持不同意見者更多，除了將「」一律釋為「之人」的合文外，例如將【簡10】中的「」字釋為「側」，意為「傾斜」。但對照其他「」字，卻又有不同的解讀：在【簡10】中：「四聖（海）之巨（夷）复（作）」句，作者便譯為「四海置疑，賊作」〔註30〕，將「」字釋為「賊」，意指「盜賊蜂起，勾結官員。」作者有與原考釋者不同的文意理解，但卻未明確說明他考釋文字的步驟與邏輯。

在〈清華簡〈殷高宗問於三壽（下）〉新研〉中則再一次做了原文註釋及翻譯，並認為此篇簡文乃楚國史官謄錄自商代的原始檔案，並非戰國時人的假託之作。

2. 文字考釋

（1）學者考證〈殷高宗問於三壽〉中的疑難字詞，其中對於【簡9】—【簡10】的：「君子而不讀書占，則若小人之 而不友。」中之「」學者討論最為熱烈。楊鵬樺認為這二字應通讀為「聾盲」，應該是指不讀書的結果，且二字皆从「疒」，應屬於一種病態的狀況。「」是「聾」之異體字，而「」之聲符「坒」在楚簡中多讀為喉牙音陽部字，「盲」屬明母陽部字。在聲音上雖無直接相同，但是楚簡中「坒」可用作「廣」，「廣」在古書中可通「光」；「光」聲字又可通「亡」。因此作者認為「」字應可通「盲」。王挺斌認為應讀為「侗狂」，「同」與「龍」古韻皆屬「東」部，並引《方言》、《玉篇》、《說文》為證，並認為「侗」是指「幼稚」之意。焦帛則引《韓非子》、《呂氏春秋》、《論衡》等認為這二字應該是「聾狂」，並引《周訓》：「不聾不狂，不能為人公」為證，「狂」的解釋為「癡愚之意」，

〔註30〕馬文增：〈清華簡〈殷高宗問於三壽（下）〉新釋、白話譯文、註解〉，簡帛網 http://www.bsm.org.cn/bbs/read.php?tid=3316&fpage=3，2016年2月26日，頁2。

表示人不聰明。君子若不讀書占，則混沌無知。陳健的看法則與其他學者不同，他認為這二字應該是褒義詞「寵皇」，他是從語法結構來分析這個詞，句中的「而」字與《論語》：「人而無信。」《詩經》：「人而無儀。」中的「而」字意思相同。同時，古文字中常見並列結構的詞語，並使用同一偏旁的情況。他認為，「」應讀作「寵雉（皇）」，意即「榮華」。整句話的意思是「若君子不習書數，就好像小人只有外在的光彩（缺乏內在的優良品質）而讓人不喜親近。」〔註31〕馬文增認為這二字是「縱狂」〔註32〕。綜上所言，楊鵬樺將「」解為「聾盲」，王挺斌讀為「侗狂」，焦帛以為「聾狂」，陳健以為「寵皇」，馬文增以為「縱狂」；以上諸說或有其推斷依據，但何者為確解？筆者以為尚需從通篇文意切入分析，或有更為可信的立論根據。

（2）在【簡8】：「殜殜（世世）至於逡（後）飤（嗣）」句中的「飤」，學者們的分析也不盡相同。馬楠認為「飤」不應解釋為「嗣」，若如原考釋者解釋為「後嗣」，便與前句「世世」意思重覆，因此他認為應解為「享」，即「從而享之」、「世世配享」之意。〔註33〕另外，王寧則認為「殜=」應讀為「泄泄」或是「洩洩」，其意為舒緩貌；「後飤」應該解釋為「吃飯而後」，即擔誤吃飯之意，高宗說一旦我和你們思考討論問題，就感到非常快樂以致於忘記吃飯。〔註34〕「飤」字若解為「嗣」，或與前文意義重疊，但若將「後飤」解釋為「吃飯而後」，通篇讀來又顯得不太合理，筆者認為，如馬楠解釋為「享」應該是比較合理的。

（3）在【簡7】：「厭非平，惡非」中的「」字原考釋者認為：「『聖』，從聖得聲，耕部書母字，讀為耕部溪母之「傾」。傾，傾仄失衡，《說文》：『傾，仄也。』失衡則危。《國語·晉語二》：『大命其傾』，韋昭注：『傾，危也。』」

〔註31〕陳健：〈也說《清華五·殷高宗問於三壽》的「寵皇」〉，簡帛網 http://www.bsm.org.cn/show_article.php?id=2207，2015年4月14日，頁2。

〔註32〕馬文增：〈清華簡〈殷高宗問於三壽〉新釋、簡注、白話譯文〉，於前文已有提及。

〔註33〕馬楠：〈《清華簡第五冊》補釋六則〉，清華大學出土與文獻保護中心 http://www.ctwx.tsinghua.edu.cn/publish/cetrp/6842/2015/20150408134328007238406/20150408134328007238406_.html，2015.04.08，頁3。

〔註34〕王寧：〈讀〈殷高宗問於三壽〉散札〉，復旦大學出土文獻與古文字研究中心 http://www.gwz.fudan.edu.cn/SrcShow.asp?Src_ID=2525，2015年5月17日，頁4。

李守奎在〈漢字倒寫構形與古文字的釋讀〉一文中則認為「」左下的部件與「丁」字形不同,從筆畫及形狀和簡文上下句的關聯性推論這應是「倒山形」,應讀為「顛覆」之「覆」。可見以上二說的歧異點,在於對左下方的「」形有不同的認知。

(4)【簡 17】:「惠民由壬。」原考釋者認為「壬」:「讀為『任』,《廣雅・釋詁一》:『使也。』此云以(音樂)導民、使民。《荀子・樂論》:『故制雅頌之聲以道之。』」馬楠在〈《清華簡第五冊》補釋六則〉認為「壬」字應與淫、愳、淦、音為同韻,應釋為「伝」,為多才多藝之意。季旭昇在〈《清華伍・殷高宗問于三壽》先王之遺訓「音」字考〉一文中認為馬楠將「壬」訓為「伝」會使句意變成「尚賢」,與音樂沒有關係。因此季旭昇認為原考釋者訓為「任」是可從的,但意思不是「使」,應該是一種德行的態度,並引《詩・邶風・燕燕》「仲氏任只」箋:「任者,以恩相親信也」為證。因此「惠民由壬」之意應是「要用『以恩相親信也』的態度去嘉惠人民」。[註35] 以上各學者是從押韻角度來解讀這個字,再依據上下文義來做推斷。如果從彭祖解釋「音」字來論,季旭昇的解釋比較合理。

3. 思想分析

〈殷高宗問於三壽〉中提到「長、險、厭、惡」以及「祥、義、德、音、仁、聖、知、利、信」等理念,李均明在〈《清華簡》殷高宗問於三壽概述〉認為簡文中所提及的理念:「長、險、厭」與道家理念相符,「惡」則與《荀子》:「上好覆傾,則臣下百吏乘是而後險」句中之「險」相同。而另九個理念中的「音」與《荀子》:「故制雅頌之聲以道之。」強調音樂導正人心的作用。而「利」字的提出,則是孔子與老莊皆不曾提及的觀念,這應如《荀子・富國》所述:「量地而立國,計利而畜民,度人力而授事,使民必勝事,事必出利,利足以生民,皆使衣食百用出入相揜,必時臧餘,謂之稱數。」而其他幾個觀念,有些承襲了儒家而又摻雜了敬天重神思想,頗具楚地色彩。[註36] 李均明又針對「音」與「利」二概念分別再和《荀子》學說比較。他認為簡文中:「徇句遏淫,宣儀

〔註35〕季旭昇:〈《清華伍・殷高宗問於三壽》先王之遺訓「音」字考〉,發表於「戰國文字研究的回顧與展望」國際學術研討會,2015 年 12 月 12~13 日,頁 5。
〔註36〕李均明:〈《清華簡》殷高宗問於三壽概述〉,《文物》2014 年第 12 期,頁 87。

和樂。」是指音樂有讓人愉悅感動的屬性，不僅作用於生理，也影響於精神，與《荀子‧樂論》中積極的音樂教育相似。〔註37〕作者認為「利」的觀念與荀子重義也重利的態度吻合，也與當時的社會發展相適應。「利」是追求利益發展的綱要，其行事原則「揆中水衡」思想在利益分配中的體現。〔註38〕作者透過這幾篇論文證明〈殷高宗問於三壽〉是戰國中後期作品，並與荀子的關係密切，應該是戰國儒家的作品。

曹峰則認為「殷邦之妖祥並起，八紀則緒（紊），四廠（嚴）將行，四海之夷則作，九牧九有將喪。娃=（惶惶）先反，大茖（路）用見兵。龜筮孚弌，五寶變色，而星月亂行。」句有著典型「天人感應」的思路，在簡文中，彭祖反覆強調，讓「神」與「民」均得到滿足，是衡量統治者是否高明的一個標誌。另外，彭祖強調知足、反對貪欲，以求長久，這樣的思想則和《老子》：「知足不辱，知止不殆，可以長久。」觀念相同。對於「鬼神」的尊崇，接近《三德》、《黃帝四經》等黃老道家文獻，可能是黃老道家的先聲。〔註39〕作者認為，從〈殷高宗問於三壽〉上半篇中彭祖和殷高宗對話大多討論長治久安之道，對話接近《老子》也和《易傳》中的觀念相似，多有趨吉避凶、居安思危的思想，同時也具備天人感應的味道。〔註40〕

季旭昇則透過對於「音」字的考釋，認為這篇應該是殷末時期資料，被楚國史官保留下來，「音」字應破讀為「僉」，因此這篇的思想應該是屬於早期儒家，而非戰國末年的思想。〔註41〕短短一篇的出土文獻資料，學者從不同的角度切入分析其思想來源，從中可見本篇竹書思想的多樣性。

4. 學位論文小評

2017 年 7 月湯瑞芬於國立中興大學中文系發表《〈清華伍‧殷高宗問於三

〔註37〕李均明：〈清華簡〈三壽〉音說簡析——與《荀子‧樂論》比較〉，《出土文獻》2015年第 01 期，頁 201～206。

〔註38〕李均明：〈清華簡〈殷高宗問於三壽〉「利」字說解析——與荀子義利觀比較〉，《國學學刊》2015 年第四期，頁 8～12。

〔註39〕曹峰：〈清華簡〈三壽〉〈湯在啻門〉二文中的鬼神觀〉，《四川大學學報（哲學社會科學版）》2016 年第五期，總第 206 期，頁 33～40

〔註40〕曹峰：〈讀〈殷高宗問於三壽〉上半篇一些心得〉，清華大學出土與文獻保護中心 http://www.tsinghua.edu.cn/publish/cetrp/6842/2015/20150525092005966775437/2015 0525092005966775437_.html，2015 年 5 月 25 日。

〔註41〕季旭昇：〈《清華伍‧殷高宗問於三壽》先王之遺訓「音」字考〉，發表於「戰國文字研究的回顧與展望」國際學術研討會，2015 年 12 月 12～13 日，頁 5。

壽〉考釋》碩士學位論文。作者認為〈殷高宗問於三壽〉一文的通假字較多，
其用語與傳世文獻也多有不同，因此希望透過字形分析、釐清讀音，找尋通假
的可能討論字義，以瞭解文字辭句，掌握段落篇章、思想內涵，與文化背景等
各方面。〔註 42〕作者在第二章第三節在李均明的整理基礎上簡單作了押韻表
格。但是在小結中卻又說簡文為散文，因此押韻性不強；加以上古音難以推斷，
因此缺字仍難以判別。在第三章〈考釋與語譯〉中羅列自原整理者至學者們的
推論與研究，也詳細地蒐羅了網站論壇的資料，再從中找到最合適的語譯，但
作者並沒有依研究其研究動機與目的所說，依字形或依通假找到適合的解釋，
只是從眾學者的研究中找一個解釋。在整本論文的結論處，再重覆一次前幾章
所提及之翻譯與韻腳歸納，對於簡文的思想則未見完整論述。疑難字的處理與
語譯的方式相同，也僅列出學者們的推論，對於疑難字本身的構形分析與理解
似有未明之憾。

　　郭倩文於 2016 年發表《《清華五》、《上博九》集釋及新見文字現象整理與
研究》碩士論文，詳細整理了所有文字並將之列表集釋，從中發現在〈殷高宗
問於三壽〉中有 12 字是其他竹簡未見的。而李美辰的《清華簡武丁類文獻集釋
與研究》則詳細羅列與殷高宗武丁相關的文獻，〈殷高宗問於三壽〉則為相關資
料之一，透過作者整理的其他篇章，也可為筆者提供思考方向。

　　在這些學者的研究基礎上，筆者希望透過字形分析，參考甲骨文、金文及
戰國其他文字的字形加以比較推勘，輔以傳世文獻的行文語性，以及本篇竹書
的寫作立場，找出簡文最合理的解釋，以期能順讀文意。

第三節　研究方法

　　古文字學的研究首重字形的正確識讀，文字考釋與其他文學研究不同，邏
輯推理更顯重要，掌握字形之後才能讀懂字義。而戰國時代各國並沒有一個統
一的書寫標準，「分為七國，田疇異畮，車涂異軌，律令異灋，衣冠異制，言
語異聲，文字異形。」〔註 43〕加上「書寫者為求文字結構的變化，往往可以信

〔註42〕湯瑞芬：《〈清華伍‧殷高宗問於三壽〉考釋》，國立中興大學中國文學研究所碩士
　　　　論文，2017 年 7 月，頁 6。
〔註43〕東漢‧許慎：《說文解字》，（台北：書銘出版公司，1992 年月），頁 765。

筆由之。」〔註44〕因此戰國文字的辨認就更加困難。本論文主要針對〈殷高宗問於三壽〉全文加以研究，每一則考釋採取各家不同看法，再推論出最合理的解釋。

　　本論文參考何琳儀《戰國文字通論（訂補）》〔註45〕中對於戰國文字的釋讀方法，利用這些方法推敲出最佳的釋讀結果，以求通讀全文。

（一）歷史比較

　　唐蘭在《古文字學導讀》一書中提到：「周代的銅器文字和小篆接近，所以宋人所釋的文字，普遍一些的，大致不差，這種最簡易的對照法，就是古文字學的起點。」〔註46〕古今文字相互對照比較，是研究古文字學最基礎的方法。于省吾也提到，從歷史脈絡上比較分析文字「應該注意它們在不同時代的發生、發展和變化的縱的關係」〔註47〕。某一時期的文字並不是孤立存在的不變形體，而是在不斷發展演變中呈現的某一階段的樣貌。因此如甲骨文、銅器銘文、石刻、璽印、帛書、簡牘等，皆可以用作參考；除此之外，與秦漢時期文字的因襲關係，也值得注意。例如季旭昇在〈《清華伍·殷高宗問於三壽》先王之遺訓「音」字考〉一文中考釋【簡12】：「可（何）胃（謂）恙（祥）？可（何）胃（謂）義？可（何）胃（謂）悳（德）？可（何）胃（謂）音？可（何）胃（謂）惹（仁）？可（何）胃（謂）惡（聖）？可（何）胃（謂）智（知）？可（何）胃（謂）利？」句中的「惡」字：

> 甲骨文「聖」字作「𦔮」（《乙》5161），李孝定先生云：「聖之初誼
> 為聽覺官能之敏銳，故引伸訓通，聖賢之義又其引伸也。」（《甲骨
> 文字集釋》3519 頁）據此，「聖」是聽覺敏銳，引申為聰明睿智，
> 無事不通，能創造發明之謂。〔註48〕

從甲骨文「聖（𦔮）」的字形與楚簡「　」形相較，可見其字形相承，因此再由「聖」所具備的形體去推敲本義，再由原始本義推知引伸義，並由簡文

〔註44〕何琳儀：《戰國文字通論（訂補）》，（南京：江蘇人民出版社，2003 年 1 月），頁 268。
〔註45〕同上，第五章〈戰國文字釋讀方法〉，頁 266～311。
〔註46〕唐蘭：《古文字學導讀（增訂本）》，（山東：齊魯書社，1981 年），頁 163。
〔註47〕于省吾：《甲骨文字釋林》，（臺北，大通出版社，1981 年 10 月），頁 3。
〔註48〕季旭昇：〈《清華伍·殷高宗問於三壽》先王之遺訓「音」字考〉，發表於「戰國文字研究的回顧與展望」國際學術研討會，2015 年 12 月 12～13 日。

之前後語意查找其最佳解釋，這種做法便屬歷史比較。

（二）異域比較

若說歷史比較是「縱向的文字比較」，那麼異域比較就像是「橫向的文字比較」。于省吾在釋讀甲骨文時，一直強調方法論。他認為：「研究古文字，既應注意每一字本身的形、音、義三方面的相互關係，又應注意每一個字和同時代其它字的橫的關係。」〔註49〕戰國時代雖然各個地域文字殊異，但多數各地文字還是有相同或是相近的。因此若能從整體來看，戰國文字有著相近的規律演變，如果能注意這層關係，比較同一時期不同地方的文字，對於釋讀文字應該很有幫助。例如原整理者在解釋【簡26】：「神明並蠚（尤）而九（仇）悁（怨）所聚」句中之「蠚」字時：

> 蠚，讀為「尤」，魚鼎匕「蚩尤」之「尤」即作此。《左傳》襄公十
> 七年「尤其室」，杜注：「尤，責過也。」〔註50〕

魚鼎匕，相傳二十年代在山西渾源出土，原由羅振玉收藏，現藏於遼寧省博物館。吳鎮烽在〈「魚鼎匕」新釋〉中之釋文曰：

> 欽戈（哉）！出斿（游）水虫，下民无智（智—知），參（三）目人
> 之蠚（蚩）蚘（尤）命，帛（薄）命入欨（羹），藕（柔）入藕（柔）
> 出，母（毋）処甘（其）所。〔註51〕

匕上刻有「蠚蚘」二字〔註52〕。整理者將「蠚」與魚鼎匕銘文中的「尤」比較，二字同屬戰國時期，卻不屬同一地域。這就是「異域比較」。

（三）同域比較

同域比較是指將不識的文字與同一地域或同一國家的文字相互比較，找到共同的特點，或是觀察其演變的軌跡。近代以來出土竹簡數量龐大，就資料來看，曾侯簡、包山簡、郭店簡、上博簡、清華簡等，文字均達萬字以上。除此之外，許多墓葬器皿、兵器、貨幣、印璽等，上面所刻之文字也有很多。

〔註49〕于省吾：《甲骨文字釋林》，（臺北，大通出版社，1981年10月），頁3。

〔註50〕清華大學出土文獻研究與保護中心編，李學勤主編：《清華大學藏戰國竹簡（伍）》，（上海：中西書局，2015年4月），下冊，頁159。

〔註51〕吳鎮烽：〈「魚鼎匕」新釋〉，收錄自《考古與文物》，2015年第2期，頁54～57。

〔註52〕有關魚鼎匕文字考釋，可參考吳鎮烽：〈魚鼎匕新釋〉，《考古與文物》2015年第二期，頁54～57。

因此，在考釋文字時，將未知或有疑問的形體與同一地區的其他文字做比較，從而查找相關的字形演變、類似的結構；或是找到筆畫勾勒的相關性。例如王寧在〈讀〈殷高宗問於三壽〉散札〉中考釋【簡 17】：「坰（徇）實（句）傑（遏）恎（淫）。」句中的「恎」字：

> 「恎」原簡文作「」（下第 25 簡上亦有此字，形同），是從心至聲，暮四郎先生已經將此字隸定為「恎」而括讀為「淫」。字形亦見清華簡三《說命中》第 4 簡，原釋作上至下心。而《命訓》中的「（遑、淫）」所從的「至」上均從「爪」（分別見 9、10、13、14 簡），又清華簡一《保訓》第 4 與第 11 簡上有「淫」字，所從的「至」上亦從「爪」，均與「至」不同。僅由字形而言，這個隸定當是從心從至，但從本文的用韻來看，它與「壬（任）」、「慎」為韻，則確當釋「淫」，蓋「至」、「至」因字形相近而被混用也。〔註53〕

依【簡 17】中的「」字寫法，應該是從「心」從「至」，但審視《清華伍·命訓》【簡 9】「」、【簡 10】「」、【簡 13】「」來看，這幾個字的上半部皆從「爪」，與本文從「至」不同。王寧對比同一時期的同一個字的相異形體，以及用韻方法來考釋此字，即為「同域比較」。

（四）傳抄古文比較

除了前面所提之歷史比較、異域比較和同域比較外，若將戰國文字與傳抄古文字相互對照，在文字釋讀時會更有幫助。在這裡的「古文字」指的是「地上戰國文字」〔註54〕、漢朝時發現之孔壁古文、魏晉時的汲冢書等竹簡文字等，雖然現今已見不到實物，但在傳世的經傳注疏、字書中，仍能見到吉光片羽。其中《說文解字》收錄為數不少的古文形體：

> 是時秦燒滅經書，滌除舊典，大發隸卒，興戍役，官獄職務繁。初有隸書，以趨約易，而古文由此絕矣。自爾秦書有八體：一曰大篆、二曰小篆、三曰刻符、四曰蟲書、五曰摹印、六曰署書、七曰殳書、

〔註53〕王寧：〈讀〈殷高宗問於三壽〉散札〉，復旦大學出土文獻與古文字研究中心，http://www.gwz.fudan.edu.cn/SrcShow.asp?Src_ID=2525，2015 年 5 月 17 日，頁 14。
〔註54〕何琳儀：《戰國文字通論（訂補）》，（南京：江蘇人民出版社，2003 年 1 月），頁 34。

八曰隸書，漢興有艸書。〔註55〕

北京師大王寧在季旭昇所編《說文新證》一書之前序說道：

> 許慎當時看到的字形要比我們多得多。東漢時期，著於竹帛的書還
> 存於府庫，不需要從地下發掘；在地面上留傳的鼎彝不會少於中近
> 古時代，更不會少於現代；即使僅僅在《說文序》裏提到的字體，
> 很多我們今天並沒有看見……〔註56〕

在《說文解字》中保存了五百多個古文，這些古文字形體，或許有些訛變，但仍不失為研究戰國文字重要的參考材料，對於戰國文字考釋，應有極大的幫助。例如原整理者在解釋【簡12】：「可（何）胃（謂）慜」句中的「慜」字時：

> 慜，「仁」字異體。《說文》：「仁，親也。从人，从二。🦬，古文
> 仁，从千、心。」〔註57〕

原整理者用《說文解字》古文「🦬」字來考釋「慜」字，便是「古文比較」的方法。另外，在【簡8】有句：「厂句（苟）我與尔（爾）相念相🦬，殜=（世世）至于逡飤（嗣）。」〔註58〕原整理者隸定為「謀」，舉《國語・魯語下》「咨事為謀」認為該字為「咨事」之意。該字從心母聲，查《說文解字》便曾列從口母聲的古文「🦬」、及從言母聲的古文「🦬」，〔註59〕其造字方式相類。張世超、孫凌安等人編之《金文形義通解》便認為《說文》所收之古文與從心母聲的「🦬」字其形符義近通用。〔註60〕這便是以傳世的古文來印證簡文的例子。

〔註55〕〔東漢〕許慎著、〔清〕段玉裁注：《說文解字》，（台北：書銘出版社，1992 年 9月），頁 765～766。

〔註56〕王寧：〈說文新證・序〉李旭昇：《說文新序》，（台北：藝文印書館，2014 年 9 月），序頁 7～8。

〔註57〕清華大學出土文獻研究與保護中心編，李學勤主編：《清華大學藏戰國竹簡（伍）》，（上海：中西書局，2015 年 4 月），下冊，頁 155。

〔註58〕清華大學出土文獻研究與保護中心編，李學勤主編：《清華大學藏戰國竹簡（伍）》，（上海：中西書局，2015 年 4 月），下冊，頁 153。

〔註59〕〔東漢〕許慎著、〔清〕段玉裁注：《說文解字》，（台北：書銘出版社，1992 年 9月），頁 92。

〔註60〕張世超、孫凌安、金國泰、馬如森：《金文形義通解》，（日本京都：中文出版社，1996 年 3 月），頁 484～485。

（五）諧聲分析

　　戰國文字中有非常多的形聲字，段玉裁在《說文解字注》提到：「其字半主義半主聲，半主義者，取其義而形之；半主聲者，取其聲而形之。」〔註61〕形聲字與其諧聲偏旁應該是音同或音近之字，因此須先分辨聲符與形符；此外，形聲字與其諧聲偏旁必為雙聲或疊韻。但通常不採用韻部相差太多的雙聲；也不採用非雙聲的旁轉或是對轉。

　　例如季旭昇在解釋【簡17】：「閮（宣）義（儀）和藥（樂）」中的「閮」：

> 我們以為，「閮義和藥」或許可以讀為「寬宜和樂」，指君王要對人民寬大、合宜、和平、安樂。「閮」即「關」（見紐元部二等），讀為「寬」（溪紐元部一等），二字聲韻都近。〔註62〕

　　原考釋者解釋「閮」字：

> 閮，即「關」字，見母元部，讀心母元部之「宣」。《詩·文王》「宣昭義問」，朱熹集傳：「宣，布也。」義，讀為「儀」，訓「法」。
> 〔註63〕

　　此字隸定為「關」應該沒有疑問，但季旭昇依照上下文句判斷，這個字在這裡應該讀為「寬」，二者韻部皆為「元部」，聲音上有所關連。而讀為「寬宜和樂」更符合文章意旨。這樣的推斷便屬「諧聲分析」。

（六）音義相諧

　　戰國文字通假狀況頻繁，也導致釋讀困難。而「通假」本身也是很複雜的，清朝錢大昕就曾經舉過一個例子：

> 《禮記疏》：「昕，天昕，讀曰『軒』，言天北高南下，如車之軒。」是吳時姚信所說。《宋書·天文志》云：「按此說應作『軒昂』之『軒』，而作『昕』，所未詳也。」大昕案：「軒」「昕」雙聲，漢儒所謂「聲相近」也。古書聲相近之字即可假借通用，如《詩》

〔註61〕〔東漢〕許慎著、〔清〕段玉裁注：《說文解字》，（台北：書銘出版社，1992 年 9 月），頁 763。

〔註62〕李旭昇：〈《清華伍·殷高宗問於三壽》先王之遺訓「音」字考〉，發表於「戰國文字研究的回顧與展望」國際學術研討會，2015 年 12 月 12～13 日，頁 7。

〔註63〕清華大學出土文獻研究與保護中心編，李學勤主編：《清華大學藏戰國竹簡（伍）》，（上海：中西書局，2015 年 4 月），下冊，頁 156。

「吉為」或作「吉圭」、「有覺德行」或作「有梏」。《春秋》季孫
意如或作「隱如」、「罕虎」或作「軒虎」，此類甚多，未易更僕，
「昕」之為「軒」即同此例。〔註64〕

聲音上的相關是通假的條件之一，在考慮二字是否通假，一定要考慮到
聲與韻之間的關係。但如果只看聲音上的關係，只能說具備了通假的「可能」，
而不等於絕對就是通假的最佳解釋。因為在漢語中的同音字很多，「最好還要
有文獻上的相同例證佐證，才能使結論更加可靠。」〔註65〕例如原整理者在
分析【簡8】：「句（苟）我與尔（爾）相念相慕（謀），殜=（世世）至于迻（後）
飤（嗣）。」中的「飤」字：

飤，讀為「嗣」，皆邪母之部字，讀也。後嗣，指後續者。〔註66〕

原整理者在同一簡「亞（惡）非（必）亡（無）飤。」句中的「飤」字：

飤，《說文》：「糧也。」段注：「飤，以食食人物。其字本作食，俗
作飤，或作飼。」〔註67〕

同一字在不同地方其解釋不同，古文「飤」與「嗣」皆為「邪母」字，因此原
整理者便認為「迻飤」應讀作「後嗣」。

例如在《尚書‧商書‧太甲上》：

其後嗣王罔克有終，相亦罔終，嗣王戒哉！〔註68〕

又在《左傳‧隱公十一年》：

君子謂鄭莊公於是乎有禮，禮經國家，定社稷，序民人，利後嗣者
也，許無刑而伐之，服而舍之，度德而處之，量力而行之，相時而
動，無累後人，可謂知禮矣。〔註69〕

〔註64〕〔清〕錢大昕：《十駕齋養新錄》，（南京：江蘇古籍出版社，2000年），頁93。

〔註65〕洪颺：《古文字考釋通假研究》，（福州：福建人民出版社，2008年9月），頁7。

〔註66〕清華大學出土文獻研究與保護中心編，李學勤主編：《清華大學藏戰國竹簡（伍）》，
（上海：中西書局，2015年4月），下冊，頁153，註20。

〔註67〕清華大學出土文獻研究與保護中心編，李學勤主編：《清華大學藏戰國竹簡（伍）》，
（上海：中西書局，2015年4月），下冊，頁153，註18。

〔註68〕〔清〕阮元刻本：《十三經注疏‧尚書》嘉慶廿年江西南昌府學開雕影印本，（臺
北：藝文印書館，1989年第11版），頁11。

〔註69〕〔清〕阮元刻本：《十三經注疏‧左傳》嘉慶廿年江西南昌府學開雕影印本，（臺
北：藝文印書館，1989年第11版），頁8。

由以上例證可知，「後嗣」一詞在古籍中為常用詞，因此這樣推測是合理的，這便是「音義相諧」。

本論文所採取之音韻分析，主要是以郭錫良所編之《漢字古音手冊》為主。〔註70〕郭氏所採取之上古聲韻為王力依高本漢的中古音系擬測的：

> 漢語古音研究從系統分類到古音擬測，是一個重大發現。高本漢《中國音韻學研究》（1915～1926）的中古音系擬測大致被後人採納。他1925 年以後的上古音系擬測則不斷被修改、更新，但是構擬的原則、方法和總的格局則仍被人們遵循。正如王力先生在 1982 年為本《手冊》初版所寫的〈序〉中所指出的：「古音系統還沒有定論，古音擬測更沒有定論」……〔註71〕

正如郭錫良所言，上古音的推勘與擬測非常困難，各學者採用的音系標準也不同，因此筆者為使本論文在音義相諧的研究方法中更順暢，採取由以王力系統為主之《漢字古音手冊》中的聲韻分析為主，以求在推測是否通假時有依循的標準。

（七）辭例推勘

以形為主的釋讀，是研究古文字的原則；但在研究時也偶有意外，即推敲出字形之後，與前後文無法串連，意義無法吻合。此時使用各類比較法在辭意上明顯不通，那就只好使用「辭例推勘」。這個方法可補足在文意上無法通讀的情況，但是這應該是在其他釋讀方法無法推敲時才能使用。此外，若沒有明確的辭例做為推敲時的條件，不應輕易使用這個方法。而近年發現許多與傳世文獻內容相同的楚簡，例如郭店楚簡就有《詩》、《老子》、《禮記》、《論語》等，提供了相當豐富的材料可做為「辭例推勘」的基礎。透過這些資料，對於考釋戰國文字有著相當重要的作用。

清朝戴震在〈古經解鈎沈序〉中曾經說道：

> 經之至者，道也。所以明道者，其詞也。所以成詞者，未有能外小學文字者也。由文字以通乎語言，由語言以通乎古聖賢之心志，譬

〔註70〕郭錫良編著：《漢字古音手冊》，（北京：商務印書館，2017 年 3 月）。
〔註71〕郭錫良編著：《漢字古音手冊》，（北京：商務印書館，2017 年 3 月），頁 21。

之適堂壇之必循其階而不躐等。」〔註72〕

在認識字形之後，接著就要進行詞義解析，力求文義順讀，才能通讀全篇。因此，借重一些解讀字義、詞義的書籍便很重要，例如《爾雅》、《說文》、《方言》等。此外，同時期其他傳世文獻的對照比較，也能幫助明瞭詞義，例如《詩經》、《尚書》、《逸周書》等。例如李學勤在《初識清華簡》中提到：

〈殷高宗問於三壽〉……簡文開首說：高宗觀于「匈」水之上，參（三）壽與從。「匈」字从「邊」字省，在此讀為「洹」。《史記‧項羽本紀》有「洹水南殷墟上」，簡文高宗武丁在「洹水之上」，所處正是商朝晚期的都邑殷。〔註73〕

「 ■ 」，「原」本字，疑母元部，讀作匣母元部之「洹」。《史記‧項羽本紀》：「項羽乃與期洹水南殷虛上。」〔註74〕這就是以《史記》中所記載來判讀字義，因此，若能與這些書本上的材料相互對照，定能更了解簡文內容。另外，在【簡8】【簡9】：「孝=（君子）而不諱（讀）箸（書）占，則若尖（小人）之 ■ （癃） ■ （痙）而不吝（友）。」句，原整理者認為應隸定為「寵狂」，其他學者則有「聾盲」、「聾瞽」、「寵皇」等不同看法。〔註75〕然而當《清華大學藏戰國竹簡捌》出版，其中〈邦家處位〉【簡01a】即有「君唯 ■ （聾）痙（狂）」句，〔註76〕雖「 ■ 」與「 ■ 」之偏旁不同，但可以確知的是「聾狂」一詞在《清華簡》重覆出現，因此也可以證明從广龍聲之「 ■ 」應隸定為「聾」，此即辭例推勘之法。

〔註72〕〔清〕戴震：《戴東元先生全集》，（臺北：大化書店影印本，1978 年）第十卷，頁2。

〔註73〕李學勤：《初識清華簡》，（上海：中西書局，2013 年 6 月），頁 187。

〔註74〕〔漢〕司馬遷：《史記》，（臺北：鼎文書局，1979 年），頁 309。

〔註75〕各學者的相關說法，可見本論文頁 98～104。

〔註76〕李學勤主編：《清華大學藏戰國竹簡（捌）》，（上海：中西書局，2018 年 11 月），頁 172。

（八）集體考釋法

在簡文中某些疑難字很難釋讀，因此當簡文公布時，便會有很多學者對簡文中第一次出現、或是用辭例推勘後仍很難通讀的字做字形或聲韻的分析。羅列各學者對於該字詞的分析，並從中找各家的共通點或不同點，再用前面所用的七種方法對字形做最合理的解釋。

在〈殷高宗問於三壽〉中【簡9】的「」「」兩字，學者們的討論最多。有些學者從傳世文獻中找尋相似的詞，例如楊鵬樺便從《劉子·崇學》:「人不涉學，猶心之聾盲。」句中將這二個字釋讀為「聾盲」。〔註77〕王挺斌則從二字的讀音通假中尋求答案，並認為二字應讀作「侗狂」。〔註78〕陳健則從句法結構推測，認為這二個字應該具有正面意義，讀作「寵皇」。〔註79〕透過各家不同的釋讀方式，從學者們推論的邏輯中找到最好的方式通讀簡文。

第四節　研究步驟

古文字學研究的基礎進程，須先求文字形體的正確判讀，其後明白文義，並能推論文章思想體系。本論文的研究步驟如下：

（一）文本描摹與整理

第一個步驟就是先將《清華大學藏戰國竹簡（伍）》〈殷高宗問於三壽〉所有文字描摹一次，透過書寫，一方面能觀察書寫筆順及字形；另一方面，更能體會每個字的相同及相異性。接下來將原考釋文字鍵入電腦當中，這些文字是原考釋者經過詳細深入研究後發表，雖然對簡文的考釋未必得到其他學者們完全的認同，但大多有可供參考之處。透過電腦輸入及重新閱讀，能增加對文本的了解。如有字形無法靠鍵盤敲出，使用「缺字系統」〔註80〕及「小學堂」〔註81〕進行造字處理及輔助，對日後書寫論文打好基礎。

〔註77〕楊鵬樺:〈清華伍〈殷高宗問於三壽〉「若小人之聾盲」識解〉，簡帛網 http://www.bsm. org.cn/show_article.php?id=2191，2015 年 4 月 11 日。

〔註78〕王挺斌:〈讀清華（五）〈殷高宗問於三壽〉小札〉，簡帛網 http://www.bsm.org.cn/show_article.php?id=2202，2015 年 4 月 13 日。

〔註79〕陳健:〈也說《清華五·殷高宗問於三壽》的「寵皇」〉，簡帛網 http://www.bsm.org. cn/show_article.php?id=2207，2015 年 4 月 14 日。

〔註80〕缺字系統網址：http://char.ndap.org.tw/index.htm

〔註81〕小學堂：http://xiaoxue.iis.sinica.edu.tw

（二）圖版掃描

將〈殷高宗問於三壽〉中314個文字的相關字形（含合文），從甲骨、金文、戰國文字等儘可能蒐集齊備，再將之掃描成至少300dpi的圖檔存入電腦硬碟，以備論文撰寫之用。茲將所掃描文字暫時依原整理者考釋整理成表格（詳見附表二），並依《說文》體例製，以方便日後查找及撰寫方便之用。

（三）論文蒐集

《清華大學藏戰國竹簡》各冊出版後，便有許多學者爭相研究，並將他們的研究成果在第一時間發表於網路社群上，例如「復旦大學出土文獻與古文字研究中心」、「武漢大學簡帛」、「清華大學出土文獻與保護中心」〔註82〕等，提供筆者許多研究資料，此外，學者們亦有將其研究成果發表於期刊、論文集，或是學刊及個人著作等。本研究將收集所有關於〈殷高宗問於三壽〉相關研究著作、研究論文，以及學者們在各期刊或論文發表會上所發表的文章及學術論文等，以供考釋字形、研究文義。加上原考釋者的意見，再加以分項歸納比較。

（四）文字考釋

這是本研究最重要的工作，也是核心所在。先整理出各學者對於原考釋有不同意見的字，再依學者們所認定的字形，蒐集其他楚文字；對照自甲骨、金文、戰國其他各系文字，從而推敲各家說法的正確性。如有少數無法考釋之疑難字，則暫依原簡字形呈現。

（五）文義釋讀

考釋完單獨字形後，接下來就要處理文義理解。文義解讀力求語意通順，以期能通讀文章。如遇文義無法暢達之處，則尋求古音通假，觀察是否有聲音上之相關，並輔以先秦文獻辭例加以佐證，以期能合理解釋簡文。

〔註82〕「復旦大學出土文獻與古文字研究中心」：（http://www.gwz.fudan.edu.cn）、「武漢大學簡帛網」：（http://www.bsm.org.cn）、「清華大學出土文獻與保護中心」：（http://www.ctwx.tsinghua.edu.cn）

第二章 疑難字分釋

本章各節分釋〈殷高宗問於三壽〉簡文中的疑難字詞，共分十一節。分析各疑難字詞的形、音、義，並將其回歸簡文文句中，以說明文句的解釋。

第一節 釋「」（先）

〈殷高宗問於三壽〉【簡1】【簡2】：「高宗乃𪕽（問）於少壽曰：『尔（爾）是生，尔（爾）是智（知）二又（有）邦（國）之請（情），敢𪕽（問）人可（何）胃（謂）長？可（何）胃（謂）墜（險）？可（何）胃（謂）肩（厭）？可（何）胃（謂）亞（惡）？』」原注釋將「」字解釋為「先」：

> 先生，前輩。《管子・弟子職》：「先生既息，各就其友。」[註1]

簡文「」在〈殷高宗問於三壽〉中尚有二例：【簡11】：「㾕=（惶惶）反，大茖（路）甬（用）見兵。」及【簡12】：「敢𪕽（問）王之遺忢（訓）。」如下表：

[註1] 清華大學出土文獻研究與保護中心編，李學勤主編：《清華大學藏戰國竹簡（伍）》，（上海：中西書局，2015年4月）下冊，頁152。

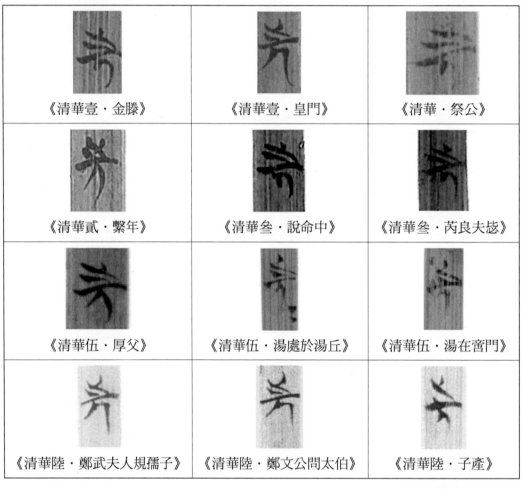

考查〈殷高宗問於三壽〉一文中有關「」字的寫法，上面的偏旁是「之（）」，下面的偏旁則為「」，原注釋者認為此字應隸定為「先」。查《清華大學藏戰國竹簡》中類似的字形如下表：

《清華壹・金縢》	《清華壹・皇門》	《清華・祭公》
《清華貳・繫年》	《清華叁・說命中》	《清華叁・芮良夫毖》
《清華伍・厚父》	《清華伍・湯處於湯丘》	《清華伍・湯在啻門》
《清華陸・鄭武夫人規孺子》	《清華陸・鄭文公問太伯》	《清華陸・子產》

從這些字形可看出下方偏旁書寫方式略有不同，與〈殷高宗問於三壽〉一文中「」字較相似的是〈金縢〉、〈說命中〉及〈芮良夫毖〉，賈連翔認為這幾篇應該是同一書手所抄寫。〔註2〕相較於其他字形下方偏旁的左撇，「」

〔註2〕賈連翔：〈談清華簡所見書手字迹和文字修改現象〉，收錄於楊振紅、鄔文玲主編：

字「」左邊為起筆藏鋒的豎畫，而右邊則為一弧形撇。但在其他竹簡中被隸定為「先」字的下方偏旁筆勢則不同，多為露鋒起筆，直筆撇出，「行筆時稍有偏鋒，故撇畫的形體稍有弧意。」〔註3〕右邊有做弧形撇者，亦有被拉平、轉折的筆法。〔註4〕

　　同被隸定為「先」字，但筆法卻不相同，其原因是戰國竹簡與甲骨文、金文、印篆等不同，「（戰國竹簡）真實反映了當時漢字手寫體的形貌，也包括了後世稱為筆法、字法、章法的書法三要素。」〔註5〕同一字在不同書寫者筆下，或許有其不同的樣貌。依上表所列之「」字形態，或可推測〈金縢〉、〈說命中〉、〈芮良夫毖〉的書寫者為同一人，或是運筆書寫近似之人。查在〈金縢〉中「」出現的簡文：

　　【簡1-2】：二公告周公曰：「我亓（其）為王穆卜。」周公曰：「未可以慼（戚）虗（吾）（先）王。」

　　【簡2-3】：史乃冊祝告（先）王

　　【簡8】：亡以遉（復）見於（先）王〔註6〕

　　其他在〈說命中〉出現的文例也是「（先）王」，〈芮夫良毖〉中則有「（先）王」、「（先）君」、「（先）舊」，從文例來看，「」隸定為「先」

《簡帛研究——2015年秋冬卷》，（桂林：廣西師範大學出版社，2015年10月），頁39。賈氏認為：「從書寫連筆、文字布局、字形結構、用字習慣四個基本方面進行特徵分析……第一種字迹，首見於〈尹至〉篇，還包括〈尹誥〉、〈耆夜〉、〈金縢〉、〈說命上中下〉、〈周公之琴舞〉、〈芮良夫毖〉、〈赤鵠之集湯之屋〉、〈殷高宗問於三壽〉諸篇。

〔註3〕邢文：《楚簡書法探論——清華簡〈繫年〉書法與手稿文化》，（上海：中西書局，2015年10月），頁85。

〔註4〕黃惇代序：〈戰國竹簡墨跡的筆法問題〉：「其用筆時先須著力下筆而後向不同方向運筆，故而筆畫多形成先寬而後尖的形態……即倒薤法。」收錄於邢文：《楚簡書法探論——清華簡〈繫年〉書法與手稿文化》，（上海：中西書局，2015年10月），頁5。

〔註5〕黃惇代序：〈戰國竹簡墨跡的筆法問題〉，收錄於邢文：《楚簡書法探論——清華簡〈繫年〉書法與手稿文化》，（上海：中西書局，2015年10月），頁1。

〔註6〕清華大學出土文獻研究與保護中心編，李學勤主編：《清華大學藏戰國竹簡（壹）》，（上海：中西書局，2010年12月）上冊，頁75。

是無疑問的。若在這些簡文中「□」字可讀為「先」，那麼有相似筆法的〈殷高宗問於三壽〉中的「□」被認為是「从之从人」的「先」字是有可能的，在【簡11】中的「煋＝（惶惶）□反」、【簡12】的「□王」，應該是指應該是指「時間或次序在前」與「對已逝者的尊稱」。

在甲骨文中有从「之」从「人」者，亦有从「止」从「人」者。徐中舒在《甲骨文字典》中解「先」字為：

> 從 □ 止從 □ 人，□ 或作 □ ，同。古有結繩之俗，以繩結紀其世系。金文世字作 □ （矢令彝），從止結繩，止者足趾。《詩・下武》云：「繩其祖武。」傳云：「武，迹也。」謂足趾迹也。孫字從系，系象繩形，蓋父子相繼為世，子之世即系於父之足趾之下。先字從止從人，止在人上，會世系在前，即人之先祖之意，省稱為先。
>
> 《說文》：「先，前進也。从儿之。」此為後起義。〔註7〕

徐中舒從金文中的「□」字推得「先」字是指世系在前之意，而張世超在《金文形義通解》中則認為：

> 甲骨文「先」字作□、□、□、□等形，金文與之同，从人，从止，象意。止，本足趾之象形，於甲金文中常可與合體字內表示行為動作之方向性，如□（各）、□（出），分別表示格至、出行，如□、□（逆），表示迎頭迕遇（說見「逆」下）。推而及「先」字初文，足趾形皆向上，無一向下與「人」形相逆者，即以此「止」「人」之相對關係以象行於人前之意，故其字本義當為先行，先於人而行，其他皆引伸義也。〔註8〕

在金文中「先」从止从人，張世超以「先」字所从之「止」字足趾形皆向上及與其下之「人」形的相對位置推斷其為「行於人前」之意，與徐中舒所解不同。

〔註7〕徐中舒主編：《甲骨文字典》，（新北：達觀出版事業有限公司，2017年6月），頁975。

〔註8〕張世超、孫凌安、金國泰、馬如森：《金文形義通解》，（日本京都：中文出版社，1996年3月），頁2168。

在楚簡中「先」字皆「从之从人」，何琳儀在《戰國古文字典》對「先」的解釋：

> 先。甲骨文作（乙三七九八）。从人，从之，會人前進之意……戰國文字承襲兩周金文。《說文》「，前進也。从儿，从之。」
> 〔註9〕

季旭昇在《說文新證》中釋「先」字也認為：

> 釋形：甲骨文从「之」（或从「止」，取意當同）、从「人」，會人前進之意。胡澱咸以為甲骨文「先」字即當釋「往」（《甲骨文考釋二則》）；出土文字材料則多釋為「先後」之「先」。春秋儠兒鐘加義符彳，強調行動之意。〔註10〕

雖然「止」與「之」在甲骨文完全是不同的字，〔註11〕但自甲骨文始，「先」字便有兩種不同的寫法：从「止」从「人」、或从「之」从「人」。李宗焜在《甲骨文字編》中，也將「先」字分成二類。〔註12〕至二周金文時，則多从「之」从「人」。〔註13〕胡澱咸認為「先」字在甲骨文寫法雖有不同，但本義就是「往」：

> 我以為先字的本義就是往。《說文》訓先為「前進」，就是前往。先字在甲骨文作「」或「」，從「人」從「之」或從「人」從「止」。「之」義為往，「止」甲骨文也是表示前行。「先」蓋表示前往之意。〔註14〕

據此可知，甲骨文或从之从人、从止从人，但是其意義相同，兩周金文至

〔註 9〕何琳儀：《戰國古文字典》，（北京：中華書局，2007 年 5 月第 3 次印刷）下冊，頁 1348～1349。

〔註10〕季旭昇：《說文新證》，（臺北：藝文印書館，2014 年 9 月二版），頁 693。

〔註11〕季旭昇《說文新證》在釋「止」時云：「甲骨文『止』字象人的腳底板，腳趾頭省為三個，三可以代表多……但無論怎麼變，「止」都是三筆，和「屮（之）」作四筆者，區別非常嚴格。直至熹平石經才訛為四筆，和「之」字就很容易相混了（頁 109）。何琳儀在《戰國古文字典》也闡明：「『止』，象足有三趾之形（省二趾），趾之初文。」（頁 42）「『之』，从止，从一。會足趾所至之意，止亦聲。」（頁 43）

〔註12〕李宗焜：《甲骨文字編》，（北京：中華書局，2012 年），頁 282～285。

〔註13〕容庚：《金文編》，（北京：中華書局，2016 年 11 月重印），頁 617～618。

〔註14〕古文字詁林編纂委員會：《古文字詁林》，（上海：上海教育出版社，1999 年），頁 760。

戰國文字則皆从之从人，字形便無分歧。

　　原考釋者認為【簡1】中「先生」合為一詞，指前輩的意思。馬文增在〈清華簡〈殷高宗問於三壽〉新釋、簡注、白話譯文〉一篇中，將這段話斷句為：

　　　　高宗觀於洹水之上，參壽與從。高宗乃問于少壽曰：「爾是之人，生而是；知二有國之情。敢問人何謂長？何謂險？何謂厭？何謂惡？〔註15〕

　　他並在註釋中說明：「爾是之人：是，《說文》：『直也，从日正』簡文【之／人】為合文。」並將此段翻譯為：

　　　　高宗觀于洹水之上，三壽與從。高宗問于少壽曰：爾乃修道人，而有智慧，又知夏商兩代之人情、歷史。請問人間何謂長？何謂險？何謂厭？何謂惡？

　　馬文增認為「」字乃是合文，應該分成「之／人」二字，因此斷句便與原考釋者完全不同，對於文章的解讀也不一樣。「合文也稱合書，是將兩個或兩個以上的漢字合寫在一起，形式上是一個字，實際上表示兩個或兩個以上的音節，記錄兩個或兩個以上的詞素或詞的漢字書寫模式。」〔註16〕在〈殷高宗問於三壽〉中，原考釋者譯注的合文有三：「（君子）」、「（小人）」、「（癹癹）」，這三個合文的右下角皆有二短橫的合文符號，「」並無此符號，然而「」字在楚簡中作為合文是很常見的：

　　　　「先」作為合文是比較常見的，它可以是「先人」的合文，也可以是「先之」的合文。因此在書寫合文號的過程中，簡省地寫作單短橫號，也不會造成理解上的困難。〔註17〕

　　但若將〈殷高宗問於三壽〉【簡1】的「」視作「之／人」的合文，除了沒有明顯的合文符號外，「之人」這樣的詞例是否也值得商榷？查《清華簡》

〔註15〕馬文增：〈清華簡〈殷高宗問於三壽〉新釋、簡注、白話譯文〉，簡帛網 http://www.bsm.org.cn/show_article.php?id=2243，2015 年 5 月 30 日。

〔註16〕雷黎明：〈論楚簡合文〉，《寧夏大學學報（人文社會科學版）》，2009 年 11 月，第 31 卷第 6 期，頁 7～12。

〔註17〕馬驥：《戰國楚簡標點符號研究》，中國西南大學中國古典文獻學碩士論文，2015 年 6 月，頁 33。

中有關「之人」的詞例，只有〈周公之琴舞〉【簡4】的「叚（假）才（哉）古之人」一例，「古之人」的意義容易理解，即「古代的人」之意，而〈周公之琴舞〉中的「之人」二字也非合文。馬文增將「」字拆解為「之人」，是否能通讀文意？

此外，「先生」詞例也出現在《清華陸・子產》【簡21】：「（子）產用老先生之」中，因此並非只有〈殷高宗問於三壽〉獨有。在傳世文獻之中，「先生」一詞的使用更加普遍，例如《孟子・告子下》：「宋牼將之楚，孟子遇於石兵曰：『先生將何之？』」注云：「學士年長者，故謂之先生。」〔註18〕《戰國策・齊策三》亦云：「孟嘗君讌坐，謂三先生曰：『願聞先生有以補之闕者。』」姚宏注：「先生，長老，先己以生者也。」

因此筆者認為，在〈殷高宗問於三壽〉【簡1】中，高宗於洹水之上，問三位年長者有關治國的問題，「」字應該後文「生」字合為「先生」一詞，而非將「」字視為合文而拆解成「之人」，應是比較恰當的。

另外，在其他簡文中，具有合文符號之「」則有以下三種辭例，其一，合為「之先」，見《清華伍・湯在啻門》【簡21】：「古先＝（之先）帝之良言。」其二，合為「先之」，見《清華伍・湯處於湯丘》【簡15】：「古先＝（先之）聖人，可（何）以自惡（愛）？」原整理者釋為「之先」，然「先聖人」不合辭例，應依《字形表》釋為「先之」合文為妥。另外，在《郭店・尊德義》【簡16】「（先之）以德，則民進善安焉。」

其三，則有釋為「先人」者，見《清華貳・繫年》【簡15】：「以御奴盧之戎，是秦（先人），殜（世）乍（作）周屈（衛）。」《清華陸・子儀》【簡12】：「（先人）有言。」《上博二・季庚子問於孔子》【簡12】：「（先人）所＝（之所）善而善之。」

〔註18〕〔清〕阮元刻本：《十三經注疏・孟子》嘉慶廿年江西南昌府學開雕影印本，（臺北：藝文印書館，1989年第11版），頁209-1。

第二節　釋「」（肩）

【簡1】【簡2】：「高宗乃齏於少壽曰：『尔是先生，尔是智（知）二又鄩之請，敢齏人可胃長？可胃墮？可胃？可胃亞？』」原注釋者對「」字的解釋為：

> ，當為「厭」之省形。「」上部所從「石」形亦見《包山楚簡》二‧二一九等。厭，同「猒」，足也。《荀子‧儒效》「猒分其能長久也」，楊倞注：「猒，足也。」《國語‧周語中》「豈敢猒縱其耳目心腹以亂百度」，韋昭注：「猒，足也。」〔註19〕

「」字在〈殷高宗問於三壽〉中尚有五例：【簡4】：「敢齏人可胃長？可胃墮？可胃？可胃亞？」〔註20〕【簡5】：「非眼，亞非崖。」〔註21〕【簡6】：「敢齏人可胃長？可胃墮？可胃？可胃亞？」〔註22〕【簡7】：「夫墮莫墮於槀，非坪，亞非聖。」〔註23〕及【簡8】：「夫墮非矛返干，非稟，亞非亡飤。」〔註24〕其句型相同，皆為一問一答。

關於此字的相關討論，列表如下：

李學勤〈關於清華簡中的「丁」字〉，收錄於《初識清華簡》，（上海：中西書局，2013年6月），頁186～188。	厭，《詩‧湛露》傳：「安也。」平，《左傳》僖公十二年注：「和也」，聖，讀為「逞」，《左傳》襄公二十五年注：「盡也。」句意是說，安心的治政必能取得和諧，作惡多端的則必歸於滅亡。	作者釋為「厭」，其義為「安」。

〔註19〕清華大學出土文獻研究與保護中心編，李學勤主編：《清華大學藏戰國竹簡（伍）》，（上海：中西書局，2015年4月）下冊，頁152。

〔註20〕清華大學出土文獻研究與保護中心編，李學勤主編：《清華大學藏戰國竹簡（伍）》，（上海：中西書局，2015年4月）上冊，頁88。

〔註21〕清華大學出土文獻研究與保護中心編，李學勤主編：《清華大學藏戰國竹簡（伍）》，（上海：中西書局，2015年4月）上冊，頁88。

〔註22〕清華大學出土文獻研究與保護中心編，李學勤主編：《清華大學藏戰國竹簡（伍）》，（上海：中西書局，2015年4月）上冊，頁89。

〔註23〕清華大學出土文獻研究與保護中心編，李學勤主編：《清華大學藏戰國竹簡（伍）》，（上海：中西書局，2015年4月）上冊，頁89。

〔註24〕清華大學出土文獻研究與保護中心編，李學勤主編：《清華大學藏戰國竹簡（伍）》，（上海：中西書局，2015年4月）上冊，頁90。

王寧〈讀〈殷高宗問於三壽〉散札〉2015年5月17日	，當為「猒」之省形。「」上部所從「石」形亦見《包山楚簡》二·二一九等。猒，同「猒」，足也。《荀子·儒效》「猒兮其能長久也」，楊倞注：「猒，足也。」《國語·周語中》「豈敢猒縱其耳目心腹以亂百度」，韋昭注：「猒，足也。」	作者認為「」字上部為「石」字，應釋為「猒」，意同「猒」，足也。
湯瑞芬《〈清華伍·殷高宗問於三壽〉考釋》國立中興大學中國文學研究所碩士論文，2017年7月，頁24	「猒」字，《說文》：「猒，飽也。足也。從甘肰。」金文寫作「」（《集成》4330·沈子它殷蓋），從肙從犬。簡文「肙」字，從厂從肙。應如整理者所言，為「猒」之省形。依簡文文意，應非王寧訓為「合意、稱心、喜歡之意」，整理者訓為「足」較佳。	作者認為「肙」應為「猒」之省形，其義為「足」。

李學勤（2013）認為「」為「猒」，其義為「安」，王寧（2015）、湯瑞芬（2017）皆認為「」為「猒」之省形，其義為「足」。

原注釋者認為「」字上部為「石」字，查「石」字在甲骨文作「 」（甲骨文合集6952），徐中舒在《甲骨文字典》釋「石」字：

> 從 ㄅ 從 ㅂ 口，或省口，同。 ㄅ 疑為石刀形之譌變。石刀本作 ◯ 形，改橫書為豎書遂作 Ɗ 形，而刀筆又將圓弧刻為折角作 ㄅ 形，或又增從 ㅂ ，甲骨文 ㅂ 形偏旁每可表示器皿……以石器本質為石，進而表示一般之石。[註25]

在甲骨文中「石」字上部呈「 ㄅ 」形，徐中舒認為「 ㄅ 」疑為石刀形的譌變。高鴻縉則認為：

> 考卜辭 ㄈ 為石之初文…… ㄈ 為岸字古文，象石岸壁立之形。茲復於 ㄈ 之隅角著一斜畫以指明其部位，言此即石也。[註26]

「石」在甲骨文中或寫成「 ㄅ 」「 ㄈ 」在「 ㄈ 」隅角上加一筆，徐中舒認為是石刀的變形，而高鴻縉則以為是甲骨文「岸」字隅角做一記號為「石」之意。然不論何種推論，「 ㄈ 」應為「石」字之初文。

[註25] 徐中舒主編：《甲骨文字典》，（新北：達觀出版事業有限公司，2017年6月），頁1033。

[註26] 高鴻縉：《中國字例》，（台北：三民書局，1960年9月第一版），頁370。

　　張世超則認為「石」字在金文中從甲骨文的「▽」簡化為「厂」：
甲骨文「石」作▽、▽。▽、▽象石磬之形，故甲文「磬」
字作▽、▽，象擊懸磬之事。先民即以具體可象之磬形表現形體不
定難以表現之石。▽下之▽形無義。金文簡化▽形為厂。小
篆譌▽為▽，許慎謂之象形，與古文字不合。戰國文字「石」
字下猶从▽不从▽。〔註27〕

　　張世超意見與高鴻縉、徐世超不同，他認為「▽」象石磬之形，並舉甲
骨文「▽（磬）」字形為例，認為「石」之形體不定，因此便以石製之磬形來
表現「石」，此外，在金文中簡化了「▽」形而成「厂」形。若依張世超之
說，則「厂」為「▽」字之省，二字實為一字。

　　此外，在《說文解字》「▨（磬）」字下另收一個古文「▨」字，左邊
偏旁作「▨」，即多二橫畫。〔註28〕「今本《說文》載磬字古文作▨，其偏旁
石字作▨，殆即▨之譌也。」〔註29〕在宋朝丁度的《集韻》中也記載了有多
二橫畫的「后」字：「支常切，《說文》山石也……古作后。」〔註30〕何琳儀在
《戰國古文字典》中更詳細說明「石」字在楚簡中的情況：

> 戰國文字承襲兩周金文……楚系文字或作▨，加二為飾；或作
> ▨，省口形。〔註31〕

　　因為「石」字在戰國時會有添加飾筆的現象，《戰國文字通論（訂補）》：「在
原有文字的基礎上增加一筆，諸如圓點、橫畫、豎畫、斜畫、曲畫等。這類
筆畫對原有文字的表意功能毫無作用，純屬裝飾作用。」〔註32〕而楚文字「石」

〔註27〕張世超、孫凌安、金國泰、馬如森：《金文形義通解》，（日本京都：中文出版社，
　　　　1996年3月），頁2342。
〔註28〕〔東漢〕許慎著，〔清〕段玉裁注：《圈點說文解字》，（台北：書銘出版社，1992
　　　　年9月），頁456。
〔註29〕高鴻縉：《中國字例》，（台北：三民書局，1960年9月第一版），頁371。
〔註30〕〔宋〕丁度：《集韻》，（上海：上海古籍出版社，1983年12月），第五冊113頁。
〔註31〕何琳儀：《戰國古文字典》，（北京：中華書局，2007年5月），上冊頁546。
〔註32〕何琳儀：《戰國文字通論（訂補）》，（南京：江蘇人民出版社，2003年1月），頁257。

省略了口形成「」，與「」字的上半部偏旁相同，因此原注釋者認為此字上部從「石」。另外，在《包山楚簡》【簡 259】有一從竹從石之「」字，釋為「蓆」，其下部偏旁之「石」字亦為加二筆飾筆，與「」字上部偏旁相同。

〈殷高宗問於三壽〉中的「」字省略了犬旁，由「」與「」形組合，依原注釋者隸定為「厭」。高鴻縉在《中國字例》解釋「厭」字：「《說文》飽也，從甘從肰。按字義為飽足，從犬口含肉會意，順成。甘亦聲，動詞，應入犬部。秦漢改作饜。」〔註33〕何琳儀《戰國古文字典》則認為：

獣，西周金文作（毛公鼎）。從肰，從口，會口食犬肉而飽之意。春秋金文作（叔夷鎛）。戰國文字承襲兩周金文。小篆獣所從口旁作甘旁（口、甘一字分化），有聲化之趨勢（獣、甘均屬談部），故舊以獣為甘之準聲首。茲據古文字獣從口而立獣為獨立聲首。《說文》「，飽也。從甘，從肰。（於鹽均），獣或從昌。」……楚系文字厭所從厂旁，多加飾筆，如、、。或省犬旁作。〔註34〕

何琳儀認為楚系文字「獣」字從「厂」旁，而「」所加一橫畫為飾筆。《說文解字》：「山石之厓巖，人可居。」〔註35〕魯實先認為：「《說文》『厂』部皆承『石』義，是其所從之『厂』即卜辭之『（石）』」〔註36〕季旭昇承其說法認為「甲骨文之『』疑為山石，而非河石，故與之同用之「厂」當亦有山石義，《說文》謂『山石之厓巖』，其故在此。」〔註37〕也就是說，「厂」與「石」之意相同，所以原注釋者以為「」從「石」，何琳儀承《說文》而認為「厭」從「厂」再加飾筆，皆有其根源。然楚系文字「石」字即有加

〔註33〕高鴻縉：《中國字例》，（臺北：三民書局，2008 年 2 月），頁 493。
〔註34〕何琳儀：《戰國古文字典》，（北京：中華書局，2007 年 5 月），下冊頁 1440。
〔註35〕〔東漢〕許慎著，〔清〕段玉裁注：《圈點說文解字》，（台北：書銘出版社，1992 年 9 月），頁 450。
〔註36〕魯實先著，王永誠注：《文字析義注》，（台北：臺灣商務印書館，2014 年 1 月），上冊，頁 197。
〔註37〕季旭昇：《說文新證》，（臺北：藝文印書館，2014 年 9 月），頁 725。

飾筆的寫法，〔註 38〕如《包山簡》〔註 39〕，而「厭」在其他楚簡中的字形有以下幾種情況：

《包山楚簡》 【簡 080-16】	《新蔡簡（乙）》 【簡 42-06】	《清華簡（陸）・子儀》 【簡 13-10】

另外在《上博簡》中有「猒」字：

《上博・孔子詩論》 【簡 23-18】	《上博・緇衣》 【簡 24-05】	《上博・從政甲》 【簡 12-08】
《上博・中弓》 【簡 12-08】	《上博・互先》 【簡 01-18】	

　　《包山簡》的「厭」字上部是多一橫畫的「厂」，《新蔡簡》與《清華（陸）・子儀》的「厭」字上部都是多二畫之「　」，下半則為從「旨」從「犬」之形。另外，從《上博簡》各篇的「猒」字字形來看，皆為從「旨」從「犬」之形，由這些字形可以推知，〈殷高宗問於三壽〉之「　」應為從「　」從「旨」並省略「犬」，而非從「石」從「月」。

　　有關「　」字下半偏旁之「旨」字，劉釗在《古文字構形學》中認為：

　　《說文》對旨字的說解令人生疑。其實旨也是一個省形分化字，其
　　　來源的「母字」就是「猒」字。按金文猒字作「　」「　」「　」，

〔註 38〕蕭毅：「楚簡文字中的『石』所从的『厂』形上部常繁化作三橫畫。」《楚簡文字研究》，（武漢：武漢大學出版社，2010 年 3 月），頁 132。

〔註 39〕湖北省荊沙鐵路考古隊編：《包山楚簡》【簡 080-16】，（北京：文物出版社，1991 年 10 月），圖版頁。

字皆從冐從犬，而冐字則為從口從肉，字早期並不從甘，從甘乃後世的變形音化，這與敢字本從口，金文或改為從甘的音化相同。猒字從冐從犬，分析其構形有兩種可能，一種可能是「冐」字本即「猒」字初文，象口啗肉形，故字有飽義，犬字乃後來追加的意符或音符；一種可能是冐與犬組合成會意字，會犬以口啗肉之意，但犬與冐字筆劃不連，似乎是一個不好解釋的現象。如果是第二種可能，那麼冐字就應該是從猒字截取部份構形分化出的一個字。字音仍沿猒字讀音，但有些變化，古音猒在影紐談部，冐在見紐元部，聲為喉牙通轉，古音談部與元部或可相通，在古文字中不乏其例，如楚簡「絹」字有寫作上部從「占」聲的，絹元部，占談部。猒字異體字又作「🈲」，變形音化為從「厶」得聲，冐字異體也作「🈲」，其演變相同，這也是二者本是一個來源的旁證。冐字在文字系統中不單獨使用記錄語言，只是作為一個聲符，作為一個構形因素組成複合形體。〔註40〕

劉釗認為「冐」與「犬」組合成會意字「猒」，「冐」應該是截取部份構形分化出的字。查甲骨文未見「冐」字形，唐蘭在《天壤閣甲骨文存並考釋》中，認為：「🈲字說文所無，當即猒之本字。」，〔註41〕然此字形仍多有歧義，也非從口從冐之形，故在此暫不討論。在金文中，容庚《金文編》將「兄」與「冐」編排在一起，〔註42〕然張世超所編之《金文形義通解》：

> 卜辭「🈲」從「🈲」，「🈲」即「🈲」若「🈲」也。「🈲」與「🈲」，「🈲」與「🈲」相較，其差在手。因知「🈲」「🈲」之形誼，除仰面張口向上以祝之外，其特點必在其伸臂攘爪向下括取之狀矣……如「🈲」象老人拄杖形，亦可作「🈲」。他字受此類化，人形手部亦可作爪形……然將「兄」類化作「🈲」，則已誤為「冐」矣。〔註43〕

〔註40〕劉釗：《古文字構形學》，（福州：福建人民出版社，2006 年 1 月），頁 119。

〔註41〕唐蘭：《天壤閣甲骨文存並考釋》，收錄在《唐蘭全集》，（上海：上海古籍出版社，2015 年 11 月），第六冊，頁 250。

〔註42〕容庚：《金文編》，（北京：中華書局，2003 年 12 月），頁 615～616。

〔註43〕張世超、孫凌安、金國泰、馬如森：《金文形義通解》，（日本京都：中文出版社，1996 年 3 月），頁 1008～1009。

在金文字形中，人形手部多有作爪形者，「」字為「兄」字作爪形，而被人誤認為是「𦣞」字之金文，「」與「𦣞」實非同字。

查「𦣞」字在古文中並無單獨使用的情況，與其他偏旁合併作為表音之用。季旭昇在〈由上博詩論「小宛」談楚簡中幾個特殊從「𦣞」的字〉引李家浩說法：

> 李家浩以為：據戰國文字和漢代篆文，「𦣞」有「」、「」兩種寫法，前者从「口」，後者从「𦣞」。後世文字的「𦣞」也有兩種寫法，作「𦣞」、「𦣝」，它們分別與古文字「」、「」相對應。為了區別這兩種不同寫法的古文字「𦣞」，應該把从「口」的「」隸定作「𦣞」，把从「𦣞」的「」隸定作「𦣝」……因其寫法與「兔」或「象」作形近，遂訛誤作。〔註44〕

季旭昇認為「𦣞」與「𦣝」在楚簡中的字形因與「兔」、「象」等字相混，而「兔」形和「象」形不易分辨而難以完全釐清。但他肯定劉釗在《古文字構形學》一文中的說法，認為：

> 「猒」字在西周金文〈沈子它簋〉中作「」，《說文》釋形為「从甘肰」，從金文來看，顯然不可信，它應該是「从犬、𦣞」（𦣞可能具有聲符的功用）。

> 《郭店》〈緇衣〉46 簡「我龜既猒（厭）」的「猒」字作「」，「𦣞」旁寫成「𦣝」了。但同樣屬楚系的《包山》2.219 簡中，從「猒」的「厭」字作「」，所從的仍然是「𦣞」旁，不作「𦣝」旁。「纖」所從「猒」形中的「𦣞」，也不作「𦣝」……由這些錯綜的現象來看，戰國楚文字「𦣝」、「𦣞」同形，應該是沒有什麼問題。當然，這也反映了戰國楚人意識中的「猒」字是「從犬從𦣞」，而非「從甘肰」。

季旭昇認為楚簡中的「猒（厭）」字應是從犬從𦣞，「𦣞」與「𦣝」相同是因為書寫的關係，也有可能受到「象」字的影響，類化或是訛變等影響，最後簡化成「𦣞」字。但對於這些字形的演變關係，作者認為可能是交互進行，無

〔註44〕季旭昇：〈從上博「詩論」談楚簡中幾個特殊從「𦣞」的字〉，《漢學研究》第 20 卷第二期，（臺北：漢學研究中心，2002 年 12 月），頁 377～397。

法確認究竟是繁化或是簡化。關於這個問題，劉洪濤在〈釋冑〉一文中認為：

> 按「冑」的確是一個簡省分化字，不過它不是從「獸」字分化出來的。從有關資料來看，它應該是從「麤」字簡省分化出來的，「冑」與「冑」實際上都是「麤麤」所從之「兔」的變體……

> 我們可以得出這樣一個結論：「冑」與「冑」都是「兔」字的變體，而作為「兔」字變體的「冑」與「冑」又都是從三個兔的「麤」的簡省分化字。〔註45〕

　　劉洪濤認為「冑」是一個省形分化字，認為分化字的「讀音來源於母字，與母字讀音相同或相近」〔註46〕，因此劉洪濤先從讀音考證。在《上博簡‧容成氏》中有一個「」，嚴式隸定為「麤」，考查傳世文獻《竹書紀年》判定這個字應讀作「琬」，字形從三「兔」。在《上博簡‧孔子詩論》中的〈小麤〉也出現過一個省筆的「」，這個字就是《詩經‧小宛》中的「宛」。因此從讀音上可以推知從三兔的「麤」其讀音與「宛」字相近。《清華陸‧鄭武夫人規孺子》有一字「」，原考釋者釋為「晏」，其字形為三兔相疊，然下半的二兔並未省略其上的兔頭。原整理者認為：

> 麤，上博簡〈孔子詩論〉中假為「宛」字，在影母元部，此處讀為同音的「晏」。《禮記‧月令》鄭注：「晏，安也。」得，訓「獲」。
> 不相得惡，意云不相互怨恨。〔註47〕

　　原整理者亦是從《上博‧孔子詩論》中有省略兔頭的「」考證，並從其讀音推論在此釋為「晏」，為「安」之意。因此從季旭昇、劉洪濤，及《清華簡》原整理者的意見來看，從三兔之「麤」字其讀音與「宛」、「冑」、或「晏」相近。

　　查楚簡中「兔」字的寫法如下：

〔註45〕劉洪濤：〈釋冑〉，《簡帛》第十二輯，（上海：武漢大學簡帛研究中心，2016 年 1月），頁 9～17。

〔註46〕劉洪濤：〈釋冑〉，《簡帛》第十二輯，（上海：武漢大學簡帛研究中心，2016 年 1月），頁 9。

〔註47〕清華大學出土文獻研究與保護中心編，李學勤主編：《清華大學藏戰國竹簡（陸）》，（上海：中西書局，2016 年 4 月），下冊，頁 106。

〔註48〕

在「兔」字最上面有一個「」形,但其後「冐」與「肙」均少一撇,因此在《包山楚簡》中的「𤉲」字,「兔」的上半部就簡省成「Ͱ」,若不寫出頭便成「ͼ」,變成「肙」上半部,若再不出頭便成「ο」,便是「冐」的上半部。

劉洪濤進一步指出楚簡中「厭」字的寫法:

> 郭店竹簡〈緇衣〉46號「猒」字作「𣢏」,有兩方面的變化,一是「口」字形加一橫變作「曰」字形,二是「口」字形上加「卜」字形……「冐」字往往省掉上部的「人」字形、「宀」字形及「卜」字形而只保留「口」字形,這種寫法與西周金文的「猒」字左旁寫法相同。但是二者演變的順序正好相反,可以斷定是不同的字。但上古音「猒」屬影母談部,「冐」屬影母元部,二字聲母相同,韻部也有關係,所以也不能排除〈緇衣〉「猒」字的左旁是變形音化為「冐」,將它改造成「猒」字聲符的可能。

在《包山簡》中之「厭」作「厭」從「厂」從「冐」從「犬」,從冐從犬與西周金文「猒」字構形相同,但是在〈殷高宗問於三壽〉中所出現的「猒」中卻已見不到「犬」形,或可能依劉洪濤所言,〔註49〕「冐」字與「猒」字聲音相近,因此「冐」便成「猒」字聲符。

原整理者引荀子之說認為「猒」應該是「猒」,即厭足、滿足之意。王寧則引《說文解字》「厭」字解釋,認為應該是「合意、稱心」之意,「猒」非「狽」

〔註48〕清華大學出土文獻研究與保護中心編,李學勤主編:《清華大學藏戰國竹簡(叁)》,(上海:中西書局,2013年1月)〈赤鵠之集湯之屋〉【簡14】,頁93。

〔註49〕劉洪濤認為:「『冐』字往往省掉上部的『人』字形、『宀』字形及『卜』字形而只保留『口』字形,這種寫法與西周金文的『猒』字左旁寫法相同。但是二者演變的順序正好相反,可以斷定是不同的字。但上古音『猒』屬影母談部,『冐』屬影母元部,二字聲母相同,韻部也有關係。所以也不能排除〈緇衣〉『猒』字的左旁是變形音化為『冐』,把它改造成『猒』字聲符的可能。」劉洪濤:〈釋冐〉,《簡帛》第十二輯,(上海:武漢大學簡帛研究中心,2016年1月),頁17。

是指「使人喜歡的不僅僅是厚藏財物。」而李學勤則解釋為「安」,「 非愄」的解釋就會變成「讓人安心的必定是財富」,這與整篇談論修身與治國的文意並不相合。

《包山簡》219:「厭一㹠於地主。」邴尚白認為:「皆為祭禱用語。」〔註50〕《禮記・曾子問》:「曾子問曰:『祭必有尸乎?若厭祭亦可乎?』孔子曰:『祭成喪者必有尸,尸必以孫。孫幼,則使人抱之。無孫,則取於同姓可也。祭殤必厭,蓋弗成也。祭成喪而無尸,是殤之也。』」〔註51〕另外,在《清華大學藏戰國竹簡(陸)・子儀》【簡13】:「昔鴐(鷖)之來也,不穀(穀)佰(宿)之靈 (陰),厭年而見之,亦唯咎之古(故)。」王寧在〈清華簡六〈子儀〉釋文校讀〉一文中認為:

> 「厭」似不必讀「期」。筆者曾經認為,《說文》:「厭,笮也。从厂猒聲。一曰合也。」段注〈竹部〉曰:「笮者,迫也。此義今人字作『壓』,乃古今字之殊。」說當是也。「厭」訓「合」,「厭年」當即古籍中常見的「期年」,《說文》:「期,會也」,又云:「會,合也」,「厭」、「期」義同,故「厭年」即「期年」,可能是古楚語的一種說法。「厭年」相當于今言「滿一年」,意思和「期年」略同。〔註52〕

「厭」在這二段簡文中分別表示「祭祀」與「期年」的意思。

查「厭」字本義,段玉裁注「厭」字時說:「笮者,迫也。此義今人字作壓,乃古今字之殊。」〔註53〕徐灝在《說文段注箋》中解釋段玉裁這段話:「猒者,猒飫本字,引申為猒足、猒惡之義。俗以厭為厭惡,別製饜為饜飫、饜足,又從厭加土為覆壓字。」〔註54〕照徐灝的說法,「厭」字的本字為「猒」。查《說文解字》:「猒,飽也,足也。」〔註55〕段玉裁注云:

〔註50〕邴尚白:《葛陵楚簡研究》,(臺北:臺大出版中心,2009年12月),頁260。

〔註51〕〔清〕阮元刻本:《十三經注疏・禮記》嘉慶廿年江西南昌府學開雕影印本,(臺北:藝文印書館,1989年第11版),頁381下。

〔註52〕王寧:〈清華簡六〈子儀〉釋文校讀〉,復旦大學出土文獻與古文字研究中心,http://www.gwz.fudan.edu.cn/Web/Show/2824,2016年6月9日。

〔註53〕〔東漢〕許慎著,〔清〕段玉裁注:《圈點說文解字》,(台北:書銘出版社,1992年9月),頁452。

〔註54〕徐灝:《說文段注箋》,收錄於董蓮池主編:《說文解字研究文獻集成(古代卷)》,(北京:作家出版社,2007年10月),第十四冊頁13右下。

〔註55〕〔漢〕許慎撰;〔清〕段玉裁注:《圈點說文解字》,(臺北:書銘出版社,1992年

足也。二字依《韵會》增，淺人多改猒為厭，厭專行而猒廢矣。猒與厭音同而義異，〈雒誥〉：「萬年猒于乃德。」此古字當存者也。按飽足則人意倦矣，故引伸為猒倦、猒憎。《釋詁》曰：「豫、射，厭也」是也。豫者古以為舒字，安也、亦緩也。〈洪範〉曰：「豫曰急豫，猶怠也。」猒厭古今字，猒饜正俗字。〔註56〕

「猒」若依其字型解釋，即从犬甘肉之形，本有飽義。段玉裁認為「猒」為「厭」的本字，後來「猒」廢而以「厭」專行。《尚書‧洛誥》：「凡為政者皆無有遇用患疾之政以害下民，則經歷萬年厭飽於汝德，則殷國乃長成為周。」陸德明釋文：「馬云：厭，飽也。」〔註57〕《禮記‧曾子問》：「攝主不厭祭，不旅，不假，不綏祭。」注云：「厭，厭飫神也。」〔註58〕

原本是「飽飫」，後又引申為「滿足」。如《左傳‧隱公元年》：「姜氏何厭之有？」〔註59〕《孟子‧梁惠王下》：「從流下而忘反謂之流，從流上而忘反謂之連，從獸無厭謂之荒，樂酒無厭謂之亡。」焦循《正義》：「厭，足也。」〔註60〕《荀子‧王霸》：「其於聲色、臺榭、園囿也，愈厭而好新，是傷國。」〔註61〕楊倞注：「厭，足也。」

在〈殷高宗問於三壽〉「⬛」字出現的簡文中，殷高宗分別向少壽、中壽、彭祖詢問「可胃⬛」，中壽回答「⬛非艮」、彭祖回答「⬛非坪」，殷高宗自答「⬛非稟」，從前後文來推敲，高宗分別向三位老人詢問何謂「長、險、厭、惡」，依行文規則來看，「長」與「險」相對；「厭」與「惡」相對。因此，將「⬛」釋為「滿足」應無疑問。郭永秉也認為：「『⬛』即滿足，

---

9 月），頁 204。

〔註56〕 〔漢〕許慎撰；〔清〕段玉裁注：《圈點說文解字》，（臺北：書銘出版社，1992 年 9 月），頁 204。

〔註57〕 〔清〕阮元刻本：《十三經注疏‧尚書》嘉慶廿年江西南昌府學開雕影印本，（臺北：藝文印書館，1989 年第 11 版），頁 231-1。

〔註58〕 〔清〕孫希旦撰：《禮記集解》，（臺北：文史哲出版社，1990 年 8 月），頁 538。

〔註59〕 〔清〕阮元刻本：《十三經注疏‧左傳》嘉慶廿年江西南昌府學開雕影印本，（臺北：藝文印書館，1989 年第 11 版），頁 36-1。

〔註60〕 〔清〕阮元刻本：《十三經注疏‧孟子》嘉慶廿年江西南昌府學開雕影印本，（臺北：藝文印書館，1989 年第 11 版），頁 29-1。

〔註61〕 李滌生著：《荀子集釋》，（臺北：學生書局，2000 年 3 月三版），頁 258。

與『惡』相對」。〔註62〕故在此依原注釋者釋為「滿足」為宜。

第三節　釋「」（非）

【簡4】【簡5】：「审壽含曰：『虐嚣夫長莫長於風，虐嚣夫墮莫墮於心，肩艰，亞岜。』」原注釋者對「」字的解釋：

> 非疑以音近讀為「必」，韻分別在微部和質部。從非與從必之字通假
> 例見《詩·淇奧》「有匪君子」，《經典釋文》：「匪，《韓詩》作邲，
> 美貌也。」又見錢大昕《十駕齋養新錄·古無輕唇音》：「匪，又與
> 邲通。」艰，即「臧」字，清華簡《程寤》有「艰」字，相當於《逸
> 周書》之「藏」。《詩·十月之交》「亶侯多藏」，朱熹集傳：「藏，蓄
> 也。」厭必臧，意謂知足必致有所蓄藏。〔註63〕

在〈殷高宗問於三壽〉中，「」字出現八次，其中二次在【簡5】，二次在【簡7】，三次在【簡8】，另有一次在【簡17】。除了【簡17】：「惠民由壬，均實傑怪，闓義和藥，裏于惬。」的句式不同外，在【簡5】、【簡7】、【簡8】的句式皆為「肩○」、「亞○」的句式。除原整理者外，其他學者對此字的說明整理如下：

清華大學讀書會：〈清華簡第五冊整理報告補正〉，清華大學出土與文獻保護中心2015年4月18日	這段敘述句式整嚴，前面以「某莫長於某」「某莫險於某」加強語氣，後面都是「厭非某、惡非某」的句式。因此，綜合來看「非」如字讀較好，大意是「藏」、「平」、「富」未必是最「厭」的東西，「喪」、「傾」、「無食」未必是最「惡」的東西，仍從反面入手論述，是一種特殊的修辭。	讀書會認為以句式來看，讀作「非」比較好。
郭永秉：〈釋清華簡中倒山形的「覆」字〉，收錄於《清華簡研究——清華簡	「非」，不應讀「必」，而應讀「匪」，「匪」字可訓「彼」（《左傳·襄公八年》杜預注：《隸續·平輿令薛君碑》：「匪威匪仁，寬猛以濟。」）出土文字資料中，侯馬盟書「麻夷非（匪）	作者認為原整理者不應讀為「必」，應讀為「匪」，並舉侯

〔註62〕郭永秉：〈釋清華簡中倒山形的「覆」字〉，收錄於《清華簡研究——清華簡與《詩
　　　經》研究國際學術研討會論文集》，（上海：中西書局，2015年8月），頁148。

〔註63〕清華大學出土文獻研究與保護中心編，李學勤主編：《清華大學藏戰國竹簡（伍）》，
　　　（上海：中西書局，2015年4月）下冊，頁153。

與《詩經》研究國際學術研討會論文集》,(上海:中西書局,2015 年 8 月),頁 148。	是」、上博簡《曹沫之陣》「非(匪)山非(匪)澤,亡有不民」皆為其例。「厭非(匪)平,惡非(匪)傾」,意思就是滿足公平持正,厭惡覆傾不平。	馬盟書為例。
王寧:〈讀〈殷高宗問於三壽〉散札〉,復旦大學出土文獻與古文字研究中心,2015 年 5 月 17 日	《補正》之理解近是。「非」當依字讀,意思相當於今言「不僅」。「狠」當即「臧」之或體,《玉篇》:「藏也」,此為蓄積財物之意。「喪」與「藏」相對,為喪失、損失財物之意。蓋人所「厭(喜歡)」、所「惡(厭惡)」之事甚多,三壽與高宗各舉一物為例說之,而曰「非」,謂非止此一物也。此中壽以財物為例說明之,故曰使人喜歡的不僅僅是厚藏財物,使人厭惡的不僅僅是喪失財物。	王寧認為應如字讀,相當於今日所言「不僅」。
曹峰:〈讀〈殷高宗問於三壽〉上篇一些心得〉,清華大學出土與文獻保護中心,2015 年 5 月 25 日	馬楠等學者讀「非」為「未必」,認為這是一種特殊的修辭,大意是「藏」、「平」、「富」未必是最「厭」的東西,「喪」、「傾」、「無食」未必是最「惡」的東西。[註64]王寧說「非」相當於今言「不僅」,如前所引,他把「厭非臧,惡非喪」解為「使人喜歡的不僅僅是厚藏財物,使人厭惡的不僅僅是喪失財物」。這些學者的見解即便語法上成立,也無法打通整體文意,因為〈殷高宗問於三壽〉顯然希望「長」和「藏」、「平」、「富」,而不希望「險」和「喪」、「傾」、「無食」,同時也是強烈反對「矛及干」的。沒有其他的選擇,使用「未必」、「不僅」給人還有其他選擇的感覺。再來看「吾聞夫險非予及干」一句,「險」字不是動詞,而是名詞,「非」無法用「彼」來解釋。所以,還是像整理者那樣,讀「非」為「必」好。「險非(必)予及干,厭非(必)富,惡非(必)無食。」可能意為「危險必然引起爭鬥,知足必然帶來富有,不知足必然導致貧窮。」	曹峰認同整理者將「非」訓為「必」,他認為簡文不希望「險」、「喪」、「傾」、「無食」,也同時反對「矛及干」。因此認為讀作「必」才有辦法順讀簡文。
湯瑞芬:《〈清華伍・殷高宗問於三壽〉考釋》,國立中興大學中國文學研究所碩士論文,2017 年 7 月,頁 25。	筆者認為若以簡文「厭非臧,惡非喪」的「非」訓為「彼」,「彼」所指代何物,似乎難以解釋,「非」無法用「彼」來解釋。所以,還是像整理者那樣,讀「非」為「必」好。	作者認同整理者的解釋,讀作「必」才能順讀文意。

原注釋者引錢大昕《十駕齋養新錄》為證,認為「匪」與「邲」通,「非」

〔註64〕清華大學出土文獻讀書會:〈清華簡第五冊整理報告補正〉,清華大學出土文獻研究與保護中心網站,2015 年 4 月 8 日。

用與經傳之非或匪同，〔註65〕而疑「⿰⿱⿱⿱」讀為「必」。李學勤在〈關於清華簡中的「丁」字〉一文的註釋中也認為「⿰⿱⿱⿱」讀為「必」，為「必定」之意。〔註66〕「清華大學讀書會」（2015）、郭永秉（2015）及王寧（2015）皆認為「⿰⿱⿱⿱」應如字讀，但郭永秉舉侯馬盟書認此字應讀作「匪」，釋為「彼」。另外，曹峰（2015）及湯瑞芬（2017）則依句法而認同原整理者的看法，認為讀為「必」較好。

　　學者對「⿰⿱⿱⿱」字解釋不同，不但影響整篇文章的釋讀，也會影響學者們對這篇簡文思想的判斷。「⿰⿱⿱⿱」解為「必」與「非」是完全相反的意義。因此，回到「⿰⿱⿱⿱」字討論，這個字原始的意思就是「否定詞」：

　　　　為非之初文，所象形不明。……否定詞，用與經傳之非或匪同。
　　〔註67〕

　　徐中舒在《甲骨文字典》中並無說明「非」字形由何來，為否定詞。然在張世超等所編《金文形義字典》中更加清楚解字「非」字形與字義：

　　　　《說文》：「違也。从飛下翄，取其相背。」甲骨文「非」字作，亦作，于省言曰：「為非字初文。」《甲骨文字詁林》七九葉，甚塙。象二人相背之意，實即「北」字人首形作短畫者，省簡之筆，猶「天」甲文作，亦作；「兀」金文作，甲文作也。後漸譌而為，似重其臂，然猶見人形，周金文承其譌體作（傳卣），趞鼎「北」字作，尚可見二字之關係。東周金文「非」多作，較甲文譌形，又失古意，然則「非」乃「北」之變形孳乳分化字，許慎訓「違也」，定中肯綮，惟解字形則誤。「非」由相背之本義引申為是非之字，否定之詞，乃自然之事。「北」「非」

〔註65〕徐中舒主編：《甲骨文字典》，（新北：達觀出版事業有限公司，2017 年 6 月），頁 1264。

〔註66〕李學勤：〈關於清華簡中的「丁」字〉，收錄於李學勤：《初識清華簡》，（上海：中西書局，2013 年 6 月），頁 187，註釋 4。

〔註67〕徐中舒主編：《甲骨文字典》，（新北：達觀出版事業有限公司，2017 年 6 月），頁 1264。

古音同紐，「北」，職部，「非」，微部。職、微通轉。《商君書．更法》：「有高人之行者，固見負於世。」《史記．商君傳》「負」作「非」。「負」「非」相通，而「負」「背」「北」通作之例，典籍習見，是「非」「北」同源，語音亦有其跡。〔註 68〕

張世超從金文中「非」與「北」字形、語音及字義推敲，認為許慎字形解說有誤，「非」字應該為「北」字之變形分化字，其義也從「相背」引申為「否定」之義。查何琳儀《戰國古文字典》，對於「」字的解釋：

非，甲骨文作 ，飛之省形。金文作。戰國文字承襲金文。《說文》：「，違也。以飛下翄，取其相背。（甫微切）」以違釋非屬聲訓。非，違亦有引申關係。雙翅相反，故有違背之意。

侯馬盟書「麻臺非是」，讀「昧夷彼氏」，即《公羊．襄廿七》「靡雉彼視」。《詩．小雅．桑扈》「彼交匪敖」，《左傳．襄廿七》引彼作匪。《詩．小雅．采菽》「彼交匪紓」，《荀子．勸學》引彼作匪，是其佐證。〔註 69〕

何琳儀從許慎之說認為「非」是「雙翅相反之形」，因此有「違背」之意，並舉《公羊傳》、《詩經》、《左傳》、《荀子》等例證說明在古文中「非」與「彼」可相互通假。季旭昇在《說文新證》釋「非」：

（非）字形實从二人相背形，因而有違義，上加短橫，或為與「北」形相區別。金文以後形體漸訛，《說文》遂以為象鳥翅相背，且字形訛變不正。〔註 70〕

從字形來看象二人相背，並與「北」字形似。高鴻縉在《中國字例》釋「北」：「按此乃違背之背。」〔註 71〕「非」字的甲骨文如在「北」字上加上橫畫，原義與「北」字相同，皆為「違背」之意，進而引申為「否定」，如《甲骨文合集》16927：「貞囚（憂）」，即「占卜結果沒有憂慮」。《清華壹．

〔註 68〕張世超、孫凌安、金國泰、馬如森：《金文形義通解》，（日本京都：中文出版社，1996 年 3 月），頁 2715～2716。

〔註 69〕何琳儀：《戰國古文字典》，（北京：中華書局，2007 年 5 月），下冊頁 1291。

〔註 70〕季旭昇：《說文新證》，（臺北：藝文印書館，2014 年 9 月），頁 824～825。

〔註 71〕高鴻縉：《中國字例》，（臺北：三民書局，2008 年 2 月），頁 445。

皇門》【簡 1】：「朕澝（沖）人敢不用明刑」，意思是「我不敢不使用光明的典範」〔註 72〕，《郭店・窮達以時》【簡 9】【簡 10】：「子疋（胥）前多功，後翏（戮）死，其智衰也。」意思是子胥以前的功勞多，其後被殺死，並不是他的智慧衰退的緣故。〔註 73〕在傳世文獻中，「非」字也多代表否定之意，例如《詩經・小雅・斯干》：「無非無儀。」孔穎達疏云：「為行謹慎，無所非法。」〔註 74〕《尚書・大禹謨》：「可愛非君，可畏非民。」孔穎達疏：「言民所愛者，豈非人君乎？民以君為命，故愛君也。言君可畏者，豈非民乎？君失道則民叛之，故畏民也。」〔註 75〕

　　原注釋者認為〈殷高宗問於三壽〉「肩艰，亞邑」中的「」通「必」，古音「」、「匪」韻部在「微部」、「必」、「邲」在「質部」，但「」、「匪」、「必」聲母同屬「幫母」，「邲」字卻屬「並母」。〔註 76〕錢大昕《十駕齋養新錄・古無輕唇音》：「匪又與邲通，《詩》有匪君子，《韓詩》作邲。」如以「同音通假」的規則視之，不同聲母也不同韻部應無法通假。原注釋者引錢大昕「匪通於邲」之說，認為「通於必」，是否有以現代讀音解釋古音之嫌？此外，在楚簡中本有「必」字，例如《清華伍・湯處於湯丘》【簡 7】：「（必）思（使）事與飤（食）相豈（當）」〔註 77〕，既已有「」字，再藉「」字假借為「必」，是否有其需要？

　　郭永秉舉〈侯馬盟書〉的「麻夷非（匪）是」通於「昧於彼氏」，認為「」

〔註 72〕　李雅萍：《清華大學藏戰國竹簡（壹）・皇門研究》，玄奘大學中國語文學系碩士論文，102 年 6 月，頁 367。

〔註 73〕　張虹：《郭店簡〈窮達以時〉集釋》，中國吉林大學歷史研究所碩士論文，2006 年 6 月，頁 20〜48。

〔註 74〕　〔清〕阮元刻本：《十三經注疏・詩經》嘉慶廿年江西南昌府學開雕影印本，（臺北：藝文印書館，1989 年第 11 版），頁 388-1。

〔註 75〕　〔清〕阮元刻本：《十三經注疏・尚書》嘉慶廿年江西南昌府學開雕影印本，（臺北：藝文印書館，1989 年第 11 版），頁 56-1。

〔註 76〕　有關本文的上古音部是參考郭錫良：《漢字古音手冊（增定本）》，（北京：商務印書館，2017 年 3 月）。

〔註 77〕　清華大學出土文獻研究與保護中心編，李學勤主編：《清華大學藏戰國竹簡（伍）》，（上海：中西書局，2015 年 4 月），上冊頁 64。

與「彼」通。查古文中「匪」與「彼」通假的例子很多，《詩・小雅・采薇》：「彼交匪紓。」楊注：「匪交當為彼交。」[註78] 在楚簡中也有類似例證，《上博六・用曰》【簡 6】的「凡龔（恭）人，非人是龔（共）」據劉洪濤、何有祖的推斷，「非」字應與「彼」通假，而「非人是龔（共）」應該是「龔（共）非（彼）人」的倒裝。[註79] 然不論是《詩經》、《侯馬盟書》還是《上博六・用曰》，「非（彼）」都當作指示代詞使用，若當作「彼」，在〈殷高宗問於三壽〉【簡 8】：「墜 ⿰⿰ 矛迖干」句便很難以解釋。[註80] 湯瑞芬在《〈清華伍・殷高宗問於三壽〉考釋》一文中也認為釋「非」為「彼」將難以解釋簡文。[註81]

曹峰與湯瑞芬均認為在文章語意上，此篇應該是希望長、藏、平、富；強烈反對喪、傾、無食以及矛及干，如果依清大讀書會與王寧的解釋，似乎應有其他選擇。曹峰認為「厭」與「惡」應該都只有一種選擇，語氣是絕對不可懷疑的。所以「⿰⿰」應照原注釋者訓為「必」為好，而「險 ⿰⿰ 矛及干，厭 ⿰⿰ 富，惡 ⿰⿰ 無食。」句應該翻譯為「危險必然引發爭鬥，知足必然帶來富有，不知足必然導致貧窮。」

筆者認為「⿰⿰」字應如字讀，其意應作「豈非」解，修辭上應為疑問句。「非」字用於疑問句在金文便已出現，張世超在《金文形義字典》便舉以下例子：

> 連詞。表示否定性假設。……毛公層鼎：「𤯖自今，出入專命于外，乓非先告父層，父層舍命，母（毋）又（有）敢惷專命于外。」量盉：「华非正命，迺敢庚 嶭人，則佳輔天降喪，不廷，唯死。」中

[註78]〔清〕阮元刻本：《十三經注疏・詩經》嘉慶廿年江西南昌府學開雕影印本，（臺北：藝文印書館，1989 年第 11 版），頁 501-2。

[註79] 詳細論述見何有祖：〈楚簡散札六則〉，復旦大學出土文獻與古文字研究中心，http://www.bsm.org.cn/show_article.php?id=646，2007 年 7 月 21 日。

[註80] 曹峰認為⿰⿰字應如原注釋者解釋為「必」好，如訓為「彼」，在【簡 8】的「險非矛及干」一句，「險」不是動詞而是名詞，因為「⿰⿰」在此無法解釋為「彼」。見曹峰：〈讀〈殷高宗問於三壽〉上篇一些心得〉，清華大學出土與文獻保護中心，http://www.tsinghua.edu.cn/publish/cetrp/6842/2015/20150525092005966775437/2015 0525092005966775437_.html，2015 年 5 月 25 日。

[註81] 湯瑞芬：《〈清華伍・殷高宗問於三壽〉考釋》，國立中興大學中國文學系碩士論文，2017 年 7 月，頁 25。

山嚳鼎：「事孝（少）女（如）㝵（長），事愚女（如）智，此易言而難行施（也），非信與忠，其隹（誰）能之？」[註82]

在〈中山嚳鼎〉的「非信與忠，其誰能之？」句中，「非」便是以疑問連詞方式出現，而傳世文獻《尚書‧大禹謨》中之「可愛非君，可畏非民」句，清人劉淇所著之《助字辨略》的解釋為：

又〈大禹謨〉：「可愛非君，可畏非民。」此「非」字，猶云豈非，省文也。[註83]

按劉淇的說法，「可愛非君，可畏非民」白話翻譯便成「可敬愛的難道不是君主？可害怕的難道不是人民嗎？」足見在先秦經典中，「非」字用作「豈非」已有先例。而在〈殷高宗問於三壽〉中，高宗分別向少壽、中壽與彭祖詢問「何謂長、何謂險、何謂厭、何謂富」，他們分別對這些問題作相應的回答，然行文時不見得一定全用肯定句來表示，而如前文所述，「⿰」依其形、義，如字讀應比「假借為必」為佳，在字義上應釋為「豈非」，用疑問的方式說明「肩」與「惡」的內容，藉這些價值說明滿足與厭惡的事物，並以此特別的句法來引起讀者的反思與推測。因此，「肩⿰腒，亞⿰芒。」應該解釋成：「讓人滿足的難道不是富藏？讓人厭惡的難道不是喪亡嗎？」

第四節　釋「腒」（腒）

【簡4】【簡5】：「审（中）壽倉（答）曰：『虗（吾）䎽（聞）夫長莫長於風，虗（吾）䎽（聞）夫墬（險）莫墬（險）於心，肩（厭）非腒，亞（惡）非芒（喪）。』」原注釋者對「腒」字的解釋：

腒，即「臧」字，清華簡〈程寤〉有「寱」字，相當於《逸周書》之「藏」。《詩‧十月之交》「宣侯多藏」，朱熹集傳：「藏，蓄也。」

〔註82〕張世超、孫凌安、金國泰、馬如森：《金文形義通解》，（日本京都：中文出版社，1996年3月），頁2717。

〔註83〕〔清〕劉淇著，章錫琛校注：《助字辨略》，（北京：中華書局，1954年10月第一版），頁32。

厭必臧，意謂知足必致有所蓄藏。〔註84〕

原注釋者引《清華壹‧程寤》中的「」字，認為應如《逸周書》之「藏」，查《清華壹‧程寤》【簡9】原文為：「人慝彊（彊），不可㠯（以）殯（藏），遅=戒〔=〕（後戒後戒）。」原整理者隸定為「殯」，認為此字從爿得聲，讀為「藏」。其他學者則有不同見解，列表如下：

王寧：〈讀〈殷高宗問於三壽〉散札〉，復旦大學出土文獻與古文字研究中心，2015年5月17日	「胭」當即「臧」之或體，《玉篇》：「藏也」，此為蓄積財物之意。「喪」與「藏」相對，為喪失、損失財物之意。蓋人所「厭（喜歡）」、所「惡（厭惡）」之事甚多，三壽與高宗各舉一物為例說之，而曰「非」，謂非止此一物也。此中壽以財物為例說明之，故曰使人喜歡的不僅僅是厚藏財物，使人厭惡的不僅僅是喪失財物。	作者認為「胭」即「臧」的或體，厚積財物之意。
馬文增：〈清華簡〈殷高宗問於三壽〉新釋、簡注、白話譯文〉，簡帛網，2015年5月30日	胭（臧），同藏，指財富。	認為同「藏」，指財富。
郭倩文：《《清華五》、《上博九》集釋及新見文字現象整理與研究》，中國華東師範大學漢語言文字學碩士論文，2016年6月，頁183。	胭，從整理者釋「臧」，蓄藏也。乃楚簡帛文字中，臧字新見字形。	意指蓄藏。
湯瑞芬：《《清華伍‧殷高宗問於三壽》考釋》，國立中興大學中國文學系碩士論文，2017年7月，頁25。	筆者認為《上博六‧用曰》簡13（莊：莊母陽部）與《清華壹‧程寤》簡9（從貝聲之殯：滂母月部）之字形，雖皆隸定為「殯」，但在字形結構與古音上，兩者並不相同……《清華壹‧程寤》「」，字形為從宀貝聲，則非「藏」字。因此，若以的字形結構判斷，應讀為從「爿」得聲的「藏」（從母陽部）字。	作者認為〈程寤〉之「」不該與「」同字。而「」字應釋為「藏」。

王寧（2015）、馬文增、郭倩文（2016）、湯瑞芬（2017）皆認同原整理者的看法，認為釋為「藏」，意指財物。然湯瑞芬從字形中則認為〈程寤〉中

〔註84〕清華大學出土文獻研究與保護中心編，李學勤主編：《清華大學藏戰國竹簡（伍）》，（上海：中西書局，2015年4月）下冊，頁153。

的「」與〈殷高宗問於三壽〉中的「」應該不同字。

劉洪濤在〈談戰國楚系的「」字〉中認為：

> 古文字中有「」字，裘錫圭先生認為是「寢」字的初文。「寐」、
> 「癮」等字從之，應分別分析為從「」、「未」聲和從「」、「夢」
> 聲。其說可從。〈程寤〉篇題的「寤」字也是如此，應該分析為從
> 「」、「吾」聲。據此，「寙」字當分析為「」、「貝」聲。「寙」
> 既然從「貝」得聲，大概也就不能讀為從「爿」得聲的「藏」了。
>
> ……〈程寤〉「人謀強不可以寙後，後戒人用汝」是說人謀略再高
> 強也不足以保全子孫後人，子孫後人只有繼承你的謀略，才可以
> 保全自己。據此，「寙」應該是保護、庇佑一類的意思。頗疑「寙」
> 應讀為「庇」。上古音「庇」屬幫母質部，「寙」之聲符「貝」屬
> 幫母月部，二字聲母相同，韻部旁轉，可以通用……因此，從「貝」
> 聲的「寙」可以用作從「比」聲的「庇」。〔註85〕

劉洪濤認為「寙」不該讀為「藏」，因為這個字應該是從「」「貝」聲，
應讀為「庇」。而何有祖則以「寙」字從「」從「貝」認為「寙」應是「寶」
字省寫，讀作「保」，訓為「保護、庇護」之意。〔註86〕但因為有傳世文獻《逸
周書》〈大開〉：「王拜：儆我後人，謀竟不可以藏。」〔註87〕的文句對照，依
原整理者隸定為「藏」〔註88〕其說並無不妥，黃懷信在〈清華簡〈程寤〉解
讀〉中也認為：

> 藏，讀為「臧」，善。《逸周書‧大開》：「王拜儆我後人，謀競不可
> 以藏。」〈小開〉：「人謀競，不可以臧。」《國語‧越語下》範蠡曰：
> 「爭者，事之末也。」
>
> 可語譯為……人如果謀劃與人相爭，就不會有好結果。後戒啊後

〔註85〕劉洪濤：〈談戰國楚系的「」字〉，簡帛網 http://www.bsm.org.cn/show_article.php?id
=1258，2010 年 5 月 29 日。

〔註86〕何有祖：〈清華簡〈程寤〉補札〉，簡帛網 http://www.bsm.org.cn/show_article.php?id=
1259，2010 年 5 月 31 日。

〔註87〕〔漢〕皇甫謐：《逸周書》，（西安：陝西師範大學出版，1997 年 3 月第 1 版），頁
16。

〔註88〕趙思木：《《清華大學藏戰國竹簡（壹）》集釋及專題研究》，華東師範大學中國古
代文學博士論文，2017 年 6 月，頁 104。

戒！〔註89〕

因此〈程寤〉中的「」從《逸周書》隸定為「藏」，其意為「臧」。《說文新附攷》〔註90〕中引徐鉉：「臣鉉等按漢書通用臧字，从艸後人所加。」鄭珍記云：「按：漢孔耽孫叔敖碑、祝睦後碑已有藏字。从艸漢人所加。」在漢朝以前只有「臧」而沒有「藏」，从「艸」之「藏」是漢朝以後才有。原整理者認為「」為「藏」，意為前行，黃懷信則認為應讀為「臧」，即「善」之意。

另外，在《上海博物館藏戰國竹書（六）》〈用曰〉【簡13】：「又（有）痕在心」，陳偉認為「」字似從「疒」從「貝」，古文字中「爿」與「疒」二篇旁常混用，因此此字可視為从「爿」从「貝」，是「贓」字異寫，讀做「藏」。〔註91〕吳珮瑜則認為「」字應隸定為「痕」，據聲符讀為「莊」，有「莊敬」之意。〔註92〕此字从「爿」从「貝」，形狀和〈程寤〉之「」不同，應該是不同的二個字。

除了《清華壹‧程寤》中的「」依《逸周書》被隸定為「藏（臧）」外，《包山簡》與《郭店簡‧緇衣》中也有「」〔註93〕與「」〔註94〕。據何琳儀說法，這些字形从口从戕，疑為「臧」之異文。〔註95〕

蕭毅在《楚簡文字研究》中舉《仰天湖》的「」為例：「與財物相關的有些字常加『貝』，藏物的藏也常加貝，如《仰天湖》【簡25-20】。」〔註96〕

〔註89〕黃懷信：〈清華簡〈程寤〉解讀〉，簡帛網 http://www.bsm.org.cn/show_article.php?id=1426，2011 年 3 月 28 日。

〔註90〕〔清〕鄭珍記：《說文新附攷》，（北京：中華書局，1985 年新一版），第一冊頁 19。

〔註91〕陳偉：〈〈用曰〉校讀〉，簡帛網 http://www.bsm.org.cn/show_article.php?id=623，2007 年 7 月 15 日。

〔註92〕吳珮瑜：《《上海博物館藏戰國楚竹書（六）〈用曰〉》研究》，國立臺灣師範大學國文系碩士論文，2011 年 6 月，頁 210。

〔註93〕湖北省荊沙鐵路考古隊編：《包山楚簡》【簡 2】，（北京：文物出版社，1991 年 10 月），圖版頁 I。

〔註94〕荊門市博物館編：《郭店楚墓竹簡》，（北京：文物出版社，1998 年 5 月），頁 15。

〔註95〕何琳儀：《戰國古文字典》，（北京：中華書局，2007 年 5 月），上冊 703。

〔註96〕蕭毅：《楚簡文字研究》，（武漢：武漢大學出版社，2010 年 3 月），頁 27。

何琳儀則以為「」字：〔註97〕「從貝臧聲，疑贓之異文。《玉篇》：『贓，藏也。』」商承祚認為：「從貝臧聲。臧從口，與金文同，漢以來易口為臣而作臧而臧廢。臧訓善，故從口。從貝，有藏貝意，為藏之初體。」〔註98〕石云孫在〈貝部字研究〉〔註99〕說明：「帶『貝』的字又是價值觀念的表徵，古人視『貝』為寶，『寶貝』一詞流傳不衰，《說文》『貨貝而寶龜』，龜貝並提，俱視為『寶』……大凡一切珍貴財貨都可稱寶。」據此，「」為藏之初文，而《清華壹‧程寤》中的「」也具「貝」形，上加「宀」形省略「戈口」，應是「藏」之另一種寫法。因此應如整理者隸定為「藏」，讀作「臧」，其意為「善」。

　　〈殷高宗問於三壽〉【簡4】【簡5】中壽對殷高宗問題的回答：「宙（中）壽含（答）曰：虐（吾）畠（聞）夫長莫長於風，虐（吾）畠（聞）夫墜（險）莫墜（險）於心，肩（厭）非，亞（惡）非芒（喪）。」句中的「」從「爿」從「貝」，為楚簡新見字，與〈程寤〉的「」字只差在上面的「宀」字偏旁、以及「爿」形的筆畫差異。在楚簡中「宀」形字很多，羅師凡晸曾在其《郭店楚簡異體字研究》中指出：「至於『中』與『宙』的用法從文例上看並無分別，可見『宀』形添加與否，並不會造成文意上的改變。」〔註100〕此外，楚文字中有許多簡省筆畫的情況，劉偉浠在《《清華大學藏戰國竹簡（伍）》疑難字詞集釋及相關問題研究》中指出：「單筆簡化，指原來不該有缺筆的字減少一筆，減少的筆畫可以是橫筆、豎筆、斜筆、曲筆等。多數字體減少的筆畫並不影響該字的釋讀，而且不與其他形近之字相混。」〔註101〕「」字的「爿」形少一筆豎畫，便屬「單筆簡化」，不影響該字的釋讀。因此，筆者認為依原整

〔註97〕何琳儀：《戰國古文字典》，（北京：中華書局，2007年5月），上冊704。

〔註98〕中山大學古文字研究室：〈仰天湖二十五號墓竹簡〈遣策〉考釋〉，《戰國楚簡研究》第四期，1977年，頁1～19。

〔註99〕石云孫：〈貝部字研究〉，《安慶師院社會科學學報》1998年5月第02期，頁1～6。

〔註100〕羅凡晸：《郭店楚簡異體字研究》，國立臺灣師範大學國文研究所碩士論文，2000年6月，頁484。

〔註101〕劉偉浠：《《清華大學藏戰國竹簡（伍）》疑難字詞集釋及相關問題研究》，福建師範大學漢語言文字學碩士論文，2017年6月，頁75。

理者將「」釋為「臧（藏）」是可信的。

　　古「藏」字寫作「臧」，《說文解字》段玉裁注「臧」字：〔註102〕「凡物善者必隱於內也，以從艸之藏為臧匿字，始於漢末，改易經典，不可從也。又贓私字，古亦用臧。」徐中舒在《甲骨文字典》引楊樹達所解「臧」字：「臧當以臧獲為本義，臧為戰敗屈服之人，獲言戰時所獲。《漢書司馬遷傳注》引晉灼云：『臧獲，敗敵所被獲為奴隸者。』為奴者不敢橫恣，故臧引申有善義。」〔註103〕唐桂馨則認為：「臣之被虜於人而置之戕下，俾無所逃，是臧奴也，引申之為藏為贓。許（慎）釋為善，乃後起義。」〔註104〕

　　《荀子・富國》：「足國之道：節用裕民，而善臧其餘。」王先謙《集解》：「裕，謂優饒也。善臧其餘，謂雖有餘不耗損而善藏之。盧文弨曰：『臧，古藏字。』」李滌生《荀子集釋》解釋為：「言富國之術，在節省用度，富裕民眾，而善藏所餘，不使損耗。」〔註105〕《莊子・山木》：「其民愚而樸，少私而寡欲；知作而不知藏，與而不求其報。」成玄英疏曰：「作，謂耕作也。藏，謂藏貯也。君既懷道，民亦還淳。」〔註106〕原整理者引《詩・十月之交》「亶侯多藏」，朱熹《集傳》：「藏，蓄也。」句認為「」在此應為「蓄藏」之意，與前引之《荀子・富國》、《莊子・山木》之「臧（藏）」意同，加上此字從「貝」，應是指蓄藏財物之意。因此【簡4】【簡5】：「审（中）壽含（答）曰：『虘（吾）𦕢（聞）夫長莫長於風，虘（吾）𦕢（聞）夫墮（險）莫墮（險）於心，肩（厭）非，亞（惡）非亾（喪）。』」之翻譯應為：「中壽回答說：『我聽說長沒有比風更長的，我聽說險沒有比心更險的，讓人滿足的難道不是蓄藏財物嗎？令人厭惡的難道不是喪失嗎？』」

〔註102〕〔東漢〕許慎著，〔清〕段玉裁注：《圈點說文解字》，（臺北：書銘出版社，1992年9月），頁119。

〔註103〕徐中舒主編：《甲骨文字典》，（新北：達觀出版事業有限公司，2017年6月），頁322。

〔註104〕唐桂馨：《說文識小錄》收錄於董蓮池編：《說文解字研究文獻集成（七）》（北京：作家出版社，2007年10月），頁506。

〔註105〕李滌生：《荀子集釋》，（臺北：臺灣學生書局，1979年2月初版），頁199。

〔註106〕〔清〕郭慶藩：《莊子集釋》，（北京：中華書局，1978年6月），頁673。

第二章 疑難字分釋

第五節 釋「🔲」（腥）

〈殷高宗問於三壽〉【簡6】【簡7】:「彭且（祖）會曰:『虐（吾）矞（聞）夫長莫長於水，虐（吾）矞（聞）夫墮（險）莫墮（險）於㮚（鬼），肩（厭）非坪（平），亞（惡）非🔲。』」〔註107〕原注釋者對「🔲」的解釋為:

> 腥，從聖得聲，耕部書母字，讀為耕部溪母之「傾」。傾，傾仄失衡，
> 《說文》:「傾，仄也。」失衡則危。《國語·晉語二》:「大命其傾」，
> 韋昭注:「傾，危也。」

原注釋者從字音考證，認為「🔲」是從字音得義，以「聖」古音為書紐耕母字推測讀為溪紐耕母字之「傾」，然完全沒解釋「🔲」字左下的「🔲」字形為何。由於〈殷高宗問於三壽〉簡文中出現「🔲」字為其他楚簡所無，因此學者們意見分歧，列表如下:

李學勤:〈關於清華簡中的「丁」字〉2012/5/9《初識清華簡》:（上海:中西書局，2013年6月），頁186～187。	次論字音。清華簡〈殷高宗問於三壽〉通篇有韵，有句云:「厭非（必）平，惡非（必）聖」，末一字原為從「聖」從「🔲」，係雙音符字。按「丁」古音端母耕部，從「聖」的「𧏿」和與「聖」密切相關的「聽」等字都在透母耕部，故正好與同屬耕部的「平」押韵。這由字的本身和字的韵腳來說，都可印證「🔲」乃是「丁」字。	作者認為該字左下從「丁」，與「聽」、「聖」韻部同部，因此可證倒山形乃「丁」字。
郭永秉:〈釋清華簡中倒山形的「覆」字〉收錄於《清華簡研究（第二輯）》2014年1月12日	鄔可晶兄看了李先生文之後，很快提示我:這兩句文義相對，與「平」相對的「聖」，顯然不應讀為「逞」，而應讀為「傾」，此字所從的倒山形，不是表音的聲符，而是意符，以傾覆之山形所會之「覆」義，作為「傾」這個詞的意符（傾、覆義近，古代多連言），是極合適的。可晶兄的提示甚是，此字顯然當是在假借字上添加意符而成的形聲字（可比較「獅」字、甲骨文從日從異初文的「翌」字的形成過程）。聖、傾皆耕部字，聲母關係亦密切，其證如《說文》小徐本以「耿」字（耿是見母字）	從上下二句的句式出發，認為上句為「平」、下句應釋為「傾」字。加上「聖」、「傾」皆耕韻，因此是借「聖」表「傾」字。

〔註107〕清華大學出土文獻研究與保護中心編，李學勤主編:《清華大學藏戰國竹簡（伍）》，（上海:中西書局，2015年4月）下冊，頁153。

	為「從光、聖省聲」，李學勤先生指出清華簡〈繫年〉的「彔子耿」即大保簋的「彔子耴」（秉按，「耴」即「聖〔聽〕字初文），「『聖』與『聲』通，而『聲』字從『殸』是溪母字」。從頃得聲的「穎」、「潁」等字聲母是喻四，與定母關係極為密切，故亦與「耴（聽）」的聲母接近。所以借「聖」表「傾」是完全沒有問題的。	
王寧：〈讀〈殷高宗問於三壽〉散札〉，簡帛網，2015 年 5 月 17 日	此亦以「平」與「傾」為對文，「平」為平整，「傾」為傾斜，此是以地勢為例說明，故曰使人喜歡的不僅僅是平整，使人厭惡的不僅僅是傾斜（或傾覆）。	王寧認為「平」與「傾」為對文。
馬文增：〈清華簡〈殷高宗問於三壽〉新釋、簡注、白話譯文〉，簡帛網，2015 年 5 月 30 日	傾，傾覆、破敗。 人厭兵荒馬亂，惡身家破敗。	釋為「傾」，破敗之意。
郭倩文：《《清華五》、《上博九》集釋及新見文字現象整理與研究》，中國華東師範大學漢語言文字學碩士論文，2016 年 6 月，頁 185。	「睲」，從聖得聲，未見於其他古文字材料，為《清華五》新見字。簡文中讀為「傾」，傾仄也。	認同讀作「傾」，傾仄。
湯瑞芬：《《清華伍‧殷高宗問於三壽》考釋》，國立中興大學中國文學研究所碩士論文，2017 年 7 月。	瑞芬按：「」所加的意符為從傾覆之倒山形，表意作用更為貼切，故同意郭永秉說言，「傾」應如學者所言，訓為傾覆、倒塌之意。高宗問於三位不同年齡的長者，且是由少壽、中壽到彭祖，因此三位長者的「厭」在境界上應該是一層比一層高，「惡」所呈現的狀況，應該也是每況愈下，因此筆者認為「平」與「傾」應非單純地指地勢的平坦與傾斜，而是指國家的安危，引申有死亡之意，古籍可見《墨子‧七患》：「以七患守城，敵至國傾。」故「厭非（必）平，惡非（必）傾」意指「知足必致太平；不知足必致滅亡」。	認同郭永秉的說法，「傾」為傾覆之意。

　　李學勤認為「」字從聖從，乃雙音符字。並認為左下之應隸定為「丁」，「丁」、「聖」，與前段「厭非平」之「平」字同屬耕母字，因此「」為「」之聲符可證。〔註108〕然其後郭永秉卻認為李學勤所言其左下的「」

〔註108〕李學勤：〈關於清華簡中的「丁」字〉收錄於李學勤：《初識清華簡》，（上海：中

不該屬於聲符而應屬意符，「」字的聲符應該是與「聽」、「聲」關係密切的「聖」，左下之倒山形應是表「傾覆」之意，因此這個字應隸定為「傾」，與上文之「平」同韻。〔註109〕湯瑞芬也認同郭永秉之說，認為左下之倒山形應為形符而非聲符，應隸定為「傾」，表示「滅亡」之意。

　　查類似「」左下「」字形的尚有「」〈芮良夫毖〉【簡6】及「」〈赤鵠之集湯之屋〉【簡15】，丁若山（郭永秉）在讀完李學勤〈關於清華簡中的「丁」字形〉初稿後，曾發表〈讀清華三懸想一則〉：

> 如果不考慮字形，我認為〈赤鵠之集湯之屋〉的字似是用作一個有加、蓋、被、覆一類意義的動詞的。結合前面所說〈芮良夫毖〉的「其由不顛」句，「顛」「」連用的情況，我很懷疑字應該讀為「覆」。「顛覆」是古書成語，見於《詩經》多篇及《逸周書·芮良夫》（〈芮良夫〉云：「惟爾小子，飾言事王，寔蕃有徒，王貌受之，終弗獲用，面相誣蒙，及爾顛覆。」）……〈赤鵠之集湯之屋〉的也讀為「覆」，用為覆蓋、覆蔽之義。「是始為埠（草／蔽），覆者（諸）屋」，意思是，方始做了甲衣之類的遮蔽物覆蓋在屋上（以抵禦白兔）。似乎也可以說通。〔註110〕

　　丁若山從文義及《逸周書·芮良夫》一文認為「」應與「顛」字合為「顛覆」一詞，從而推之〈赤鵠之集湯之屋〉中之「」也應讀為「覆」，即「覆蓋、覆蔽」之意。侯乃峰也發表〈清華簡（三）所見「倒山形」之字構形臆說〉一文，除認同丁若山之推論外，並從甲骨文中的「阜」從「山」形之豎書來推測「」可能為倒山形：

> 清華簡（三）中所見的字形，若將「山」字橫著書寫成「」、「」形，原本就是可以用來表示「阜」字的。——或許是由於橫著書寫

西書局，2013年6月），頁186～187。

〔註109〕郭永秉：〈釋清華簡中倒山形的「覆」字〉收錄於清華大學出土獻研究與保護中心編：《清華簡研究（第二輯）》，（上海：中西書局，2015年8月），頁147～148。

〔註110〕丁若山：〈讀清華三懸想一則〉，簡帛網 http://www.bsm.org.cn/show_article.php?id=1807，2013年1月12日。

的「⬤」、「⬤」形寫起來不習慣，感覺彆扭，所以書手乾脆就倒著書寫，從而形成我們現在看到的字形。

其次從讀音上來講。阜，古音在並母幽部；覆，古音在滂母覺部；二字聲母同屬唇音，陰部陰入對轉，古音極其接近，「阜」讀為「覆」從讀音上說是不存在問題的。〔註111〕

正如侯乃峰在文末所言：「關鍵是 ⬤ 字倒底是什麼字，這個問題不解決，所說的一切皆是懸想。」他以字形字音來推測，卻缺乏直接證據，認為「⬤」是由橫寫的「⬤」再右轉 90 度而成，既無直接例證，在古文字中也缺乏類似實例可做旁證，因此其推論似太過牽強。然因無更強大的證據說明此字究為何字，因此多位學者也就承襲前說，以此字為「倒山形」的「覆」字。郭永秉在〈釋清華簡中的倒山形「覆」字〉一文中認為「⬤」字不能釋讀為「丁」而應讀為「覆」：

> 將 ⬤ 字跟清華簡同一書手所抄的大量「山」字比較可知，它無疑就是將「山」字顛倒過來的寫法。《古璽彙編》3850 燕璽所謂「公孫丁」之「丁」，寫法似與簡文所謂「丁」相近（惟中豎少了一橫），也是倒覆的山形。……《說文》以倒「人」形為「𣎏」字古文，「真」字上部即从之；「𣎏」之古文實即「顛」字初文。把「山」字倒覆過來寫，很可能就是「反覆」之「覆」初文。〔註112〕

郭永秉從《說文》中的倒「人」形為「𣎏」字古文，而「𣎏」字即「顛」字初文說明若「山」倒覆來寫有可能是「覆」之初文。甲骨文常有以「倒寫」造字的方法，例如「育」字在甲骨文中的寫法為「⬤」（一期・前二・二五・三），徐中舒在《甲骨文字典》中說明：

> 從 ⬤（女）從 ⬤、⬤、⬤，⬤為倒子形，⬤ 或作 ⬤人、⬤、⬤ 或作 ⬤，⬤，並同。象產子之形，子旁或作數小點乃羊水。與《說

〔註111〕侯乃峰：〈清華簡（三）所見「倒山形」之字構形臆說〉，簡帛網 http://www.bsm.org.cn/show_article.php?id=1811，2013 年 1 月 14 日。

〔註112〕郭永秉：〈釋清華簡中倒山形的「覆」字〉收錄於《清華簡研究（第二輯）》，（上海：中西書局，2015 年 8 月），頁 146。

文》育字或體形略同。或省人形作，同。母系氏族之酋長乃一族之始祖母，以其蕃育子孫之功，故以毓尊稱之，後世承此尊號亦稱君長為毓，典籍皆作后。〔註113〕

甲骨文中的「育」，其字形即从女及倒子，明確可見倒寫字形的造字法，也表達「育」字本義即是「產子」之意。而某些倒寫字形，則是說明與原字相反的意思，如「屰」字甲骨文寫作「」（甲骨文合集‧2960），羅振玉在〈增訂殷虛書契考釋〉釋「屰」字：「案字為倒人形，示人自外入之狀，與逆同字同意，故卜辭逆字亦如此作。」〔註114〕甲骨文屰為倒人形，表達人從外而入的意思，是以倒字做為反義的造字法。

馬楠在〈〈芮良夫毖〉與文獻相類文句分析及補釋〉一文中直接將「」字隸定為「𡴋」：

> 句謂君子不敬，如重載行于險路而無扶助導引，末句「其由不遺𡴋」頗不可解，今試為一說。「由」訓為「用」，《詩‧小旻》三章云「如匪行邁謀，是用不得于道」，四章云「如彼筑室于道謀，是用不潰于成」，皆與此句相類。
>
> 「遺」字从辵从化从鼎，疑化、鼎為「貨」形訛變，即不爾，亦可釋作從「化」得聲。《說文》「賄，資也。从貝，為聲。或曰：此古貨字，讀若貴。」為聲、化聲、貴聲字多可相通。
>
> 「𡴋」字為倒山之形，在清華簡他篇中用作「聖」字的附加聲符，此句「敬」、「𡴋」為韻，可見為耕部字無疑。此處試讀為「成」。
>
> 因而「其由不遺𡴋」正可與〈小旻〉「是用不潰于成」相對應，《毛傳》、《鄭箋》訓「潰」為遂，義與「是用不得于道」之「得」相近。
>
> 〔註115〕

〔註113〕徐中舒主編：《甲骨文字典》，（新北：達觀出版事業有限公司，2017年6月），頁1581。

〔註114〕羅振玉：〈增訂殷虛書契考釋〉，（臺北：藝文印書館，1975年11月），頁66。

〔註115〕馬楠：〈〈芮良夫毖〉與文獻相類文句分析及補釋〉，《深圳大學學報》，2013年第1期，頁77。

　　馬楠將〈芮良夫毖〉與傳世文獻《詩經》、《尚書》等相類文句做比對，認為倒山形的「」因為押韻的關係，所以應該是與「敬」字韻部相同為「耕」部字，與《詩經・小旻》「是用不潰于成」句相對應，故解為「成」。馬楠同時也指出，「在《清華簡》他篇用做聖字的附加聲符」，即是指〈殷高宗問於三壽〉中「肩（厭）非坪（平），亞（惡）非。」句中之「」，並認為「巾」應該是「聖」字附加的聲符。

　　趙平安在其〈再論所謂倒山形的字及其用法〉一文中，說明他對「」字形的解釋，並提出不同的見解：

> 在整理小組討論的時候，我曾懷疑這是亭的專字。通過較長時間的思考，我認為釋為亭可能是一種比較好的選擇……
>
> （亭）過去主要有兩系寫法，一系是上面所舉的吳越文字，一系是秦文字。秦文字亭都是從高省、丁聲，或曰從𠅤、丁聲。其中丁字早期作填實的三角形，後來填實的三角形筆畫化，慢慢向《說文》小篆寫法靠攏。「」是東周時期另一系亭的寫法，目前看至少楚系文字如此。它和秦系的寫法來源不同，和吳越一系的寫法關係密切，吳越一系的寫法是在其基礎上增纍而成的。吳越文字和楚文字的這種差異，是由於東周時期各系文字發展不平衡造成的……從結果看，吳越和楚系的亭字後來都消失了，只有秦系的亭字傳承下來，沿用至今。〔註116〕

　　趙平安認為倒山形的「」字應釋讀為「亭」，並且應該是保留較古寫法的楚系文字的「亭」字。趙平安同時也認同郭永秉在〈釋清華簡中倒山形「覆」字〉一文對於「」字的解讀，認為「厭非（匪）平，惡非（匪）」句中「平」與「傾」相對，因此「」字可釋讀為「傾」。〔註117〕其後，李守奎

〔註116〕趙平安〈再論所謂倒山形的字及其用法〉，最早收錄於《深圳大學學報》（人文社會科學版），2014 年 2 月，頁 52～53。筆者所用版本則為趙平安：《新出簡帛與古文字古文獻研究續集》，（北京：商務印書館，2018 年 6 月），頁 57-58。

〔註117〕趙平安〈再論所謂倒山形的字及其用法〉，收錄於趙平安：《新出簡帛與古文字古文獻研究續集》，（北京：商務印書館，2018 年 6 月），頁 60。

發表〈漢字倒寫構形與古文字的釋讀〉一文，綜合了李學勤、馬楠、郭永秉、趙平安等學者的說法，認為此字應可從原本隸定的「丁」改讀為「覆」，然卻仍有諸多疑點：

> 倒山形可以釋讀為覆，是目前最有根據、最為合理的說法，為何還有學者提出質疑和新的解釋？其中重要的一點就是「顛覆」一詞在楚簡中多次出現，寫法比較穩定。
>
> ……
>
> 古文字考釋中，對文字異體的考釋需要考慮到當時的書寫習慣，但一來書寫習慣不是一個絕對標準，二來我們對書寫習慣的瞭解有限。我們只能說合乎習慣的可能性更大，不合乎習慣的需要更加充分的證據。〔註118〕

李守奎以「屰（逆字初文）」為人的倒寫、「至」為倒寫的矢字為例，並引述陳劍所說：「從筆順上看來字形是倒著書寫的。」推測倒山形的「」有可能為「覆」的初文，「這可能與顛的初文是倒人，覆的初文是倒山有關。顛與覆是否存在這種差別還可以進一步考察。」〔註119〕季旭昇在《說文新證》中也認為倒山形之「」應釋為「覆」：

> 楚系「覆」字象覆「山」形，《清三‧芮》：「其由不顛覆」，依字形、文例可釋為「覆」（郭永秉〈釋清華簡中倒山形的「覆」字〉），趙平安主張當釋為「亭」（〈再論所謂倒山形的字及其用法〉）。〔註120〕

綜上所述，許多學者都視「」為「倒山形」，在許多論文發表後，學者們也暫以「覆」字解讀，然這也僅止於推論，尚無更進一步資料證明此字確實為「覆」。查楚簡中「山」字寫法為「」（《清華貳‧繫年》【簡116】）、「」（《清華伍‧湯處於湯丘》【簡18】），與《清華叁‧芮良夫毖》【簡6】

〔註118〕李守奎：〈漢字倒寫構形與古文字的釋讀〉，收錄於《漢學研究》：（臺北：漢學研究中心，第33卷第二期，2015年6月），頁173～194。

〔註119〕李守奎：〈漢字倒寫構形與古文字的釋讀〉，收錄於《漢學研究》：（臺北：漢學研究中心，第33卷第二期，2015年6月），頁194。

〔註120〕季旭昇：《說文新證》，（臺北：藝文印書館，2014年9月），頁620。

的「」與《清華叁‧赤鵠之集湯之屋》【簡 15】的「」比較，原本隸定為「丁」的「」的確像是「山」字形的倒寫，依其橫畫是右下較粗較寬、左下較細並往上勾的筆勢來看，「」字在書寫時很有可能是將簡倒過來寫的。《清華參‧說命中》【簡 1】中的「丁」字為「」，依書寫筆勢來看，〈說命〉、〈芮良夫毖〉、〈殷高宗問於三壽〉等篇的運筆方式相類，賈連翔經筆勢分析認為這些篇章應為同一書寫者書寫，〔註 121〕若賈氏之推測屬實，同一字在同一書寫者手中是否會有二種不同字形？在《清華肆‧筮法》【簡 11】有一倒山形：「見瞿（數）」，〔註 122〕原考釋者隸定為「丁」，然同一篇【簡 46】有「兌，（丁）。」其形狀也顯然不同。因此「」字究竟該隸定為何字，因沒有確切證據，姑從學者們推測為「倒山形」之「覆」。在〈殷高宗問於三壽〉【簡 6】【簡 7】彭祖回答高宗：「肙（厭）非坪（平），亞（惡）非。」句中的「」字左下偏旁「」字形模糊，然考察《清華伍》下冊之字形表，發現重新描摹的字形為「」，其左下偏旁明顯為倒山形之「」〔註 123〕，故此字從「聖」從「帀」可知。

查「聖」字在甲骨文中為「」〔註 124〕，李孝定認為：

> 象人上著大耳。從口會意。聖之初誼為聽覺官能之敏銳，故引申訓通，賢聖之義又其引申也。諸家論「聽」「聲」「聖」諸字之關係……許君以形聲說之，非是。「聽」「聲」「聖」三字同源，其始當本一字……金文作「」（齊鎛）、「」（王孫鐘）、「」（曾伯簋）、「」（井人鐘）、「」（師望鼎）、「」（穆公鼎）、「」

〔註 121〕賈連翔：〈談清華簡所見書手字迹和文字修改現象〉，收錄於楊振紅、鄔文玲主編：《簡帛研究──2015 年秋冬卷》，（桂林：廣西師範大學出版社，2015 年 10 月），頁 39。

〔註 122〕清華大學出土文獻研究與保護中心編，李學勤主編：《清華大學藏戰國竹簡（肆）》，（上海：中西書局，2013 年 1 月），上冊，頁 26。

〔註 123〕清華大學出土文獻研究與保護中心編，李學勤主編：《清華大學藏戰國竹簡（伍）》，（上海：中西書局，2015 年 4 月）下冊，頁 216。

〔註 124〕《甲骨文合集》18089

（克鼎）、「」（師𧊒鼎），克鼎「聖」字與契文全同，餘均從「壬」，

亦從「人」所衍化。〔註125〕

徐中舒也認為：

> 從從口，，乃以耳形著於人首部位強調耳之功用；從口
> 者，口有言詠，耳得感知者為聲；以耳知聲為聽；耳具敏銳之聽聞
> 之功效是為聖。聲、聽、聖三字同源，其始本為一字，後世分化其
> 形音義乃有別，然典籍中此三字亦互相通用。之會意為聖，既言
> 其聽覺功能之精通，又謂其效果之明確。故其引伸義亦訓通、訓明、
> 訓賢、乃至以精通者為聖。金文作（克鼎），耳下從人與甲骨文
> 同；或作（齊鎛）、（王孫鐘），漸衍為耳下從壬，是為《說
> 文》聖字篆文所本。《說文》：「聖，通也。從耳、呈聲。」壬本與耳
> 為一體，而許慎以口壬結合為聲符呈，顯誤。〔註126〕

甲骨文中「聖」字象人形上有一大耳，強調耳朵的功能，有從口者，即口
說耳聽，因此李孝定、徐中舒皆認為古文字中「聽」、「聲」、「聖」三字本為一
字，之後才分化成不同的三個字。金文上承甲骨文，但其下部之「人」形則漸
訛變為「壬」形：

> 金文「聖」字承甲文而漸次變化，所變異者在耳下之人形，漸變之
> 軌亦可見，即：（小篆）。許慎據篆文解為
> 「呈聲」，與初文不合。學者或據古文字解金文「聖」為「從耴壬聲」，
> 亦正誤參半：壬，實可起標音作用，然乃漸訛所致。又，匽伯匜字
> 耳上增作形，此乃受「聲」字影響所致。〔註127〕

金文中耳下的人形在發展中逐漸變化，克鼎的「」字左下還是人形，
其後到了齊鎛的「」至王孫鐘的「」，其演變順序確如張世超所言，至

〔註125〕李孝定：《甲骨文字集釋第十二》，（臺北：中央研究院歷史語言研究所專刊，1965
　　　　年6月），頁3519。

〔註126〕徐中舒主編：《甲骨文字典》，（新北：達觀出版事業有限公司，2017年6月），頁
　　　　1287。

〔註127〕張世超、孫凌安、金國泰、馬如森：《金文形義通解》，（日本京都：中文出版社，
　　　　1996年3月），頁2778～2779。

許慎《說文》:「从耳呈聲」〔註128〕時所見字形下部偏旁皆為「壬」,因此誤以「呈」為「聖」之聲符。何琳儀在《戰國古文字典》釋「聖」時認為:

> 聖,甲骨文作(乙 516)。从人,耶聲,耶之繁文。西周金文作(牆盤),或聲化以壬作(克鼎),春秋金文作(齊侯鎛)、(曾伯霖匜),其人旁由 聲化為壬旁。戰國文字承襲兩周金文,壬旁或省作土旁。《說文》:「聖,通也,从耳,呈聲。」聖,舊屬呈之準聲,茲易屬耶聲首。耶、聖、聽一字分化。
>
> 戰國文字聖所从口旁與壬旁相接或與呈同形,然與呈實無關。

何琳儀的看法與李孝定、徐中舒一致,也認為「聖」字下之「壬」偏旁為人形演變而來,在古文字中「聖」、「聽」、「耶」三字實為一字。傳世文獻中《左傳・文公十七年》經:「夏四月癸亥,葬我小君聲姜。」〔註129〕《穀梁傳》與《左傳》相同,然在《公羊傳》中同一則則是:「十七年夏,葬我小君聖姜。」〔註130〕吳大澂:「,聲也,通也。聞聲知情謂之聖,聖聲古通。」〔註131〕

古「聖」字與「聲」、「聽」通,但「聲」之上部「殸」甲骨文寫作「」【合・317】,「聲」字另有寫作「」(粹・1225),徐中舒認為:「從從聽,會叩擊懸磬之意。擊磬則空氣振動,傳之於耳而感之者為聲。或作乃字之省。《說文》:『聲,音也。從耳殸聲。殸籀文磬。』」〔註132〕《說文》解釋「殸」字則言:「,籀文省。」〔註133〕亦即「磬」字的籀文省寫,何琳儀解釋「聲」字時亦言:

〔註128〕〔漢〕許慎撰;〔清〕段玉裁注:《圈點說文解字》,(臺北:書銘出版社,1992 年 9 月),頁 598。

〔註129〕〔清〕阮元刻本:《十三經注疏・左傳》嘉慶廿年江西南昌府學開雕影印本,(臺北:藝文印書館,1989 年第 11 版),頁 349-1。

〔註130〕〔清〕阮元刻本:《十三經注疏・公羊傳》嘉慶廿年江西南昌府學開雕影印本,(臺北:藝文印書館,1989 年第 11 版),頁 181-2。

〔註131〕吳大澂:《說文古籀補卷十二》收錄於董蓮池編:《說文解字研究文獻集集》,(北京:作家出版社,2007 年 10 月),頁 624。

〔註132〕徐中舒主編:《甲骨文字典》,(新北:達觀出版事業有限公司,2017 年 6 月),頁 1289。

〔註133〕〔漢〕許慎撰;〔清〕段玉裁注:《圈點說文解字》,(臺北:書銘出版社,1992 年 9 月),頁 456。

殸，骨文作 [image] （前四・一〇・五）。从殳从声；會擊磬之意，声亦聲。声象懸磬之形（石上之中為懸磬繩索），磬之初文。声與殸，猶壴與鼓。甲骨文殸或作 [image] （類纂二二八〇），左下石旁由 [image] 演化為 [image] 。春秋金文声作 [image] （甗鑄 [image] 作 [image] ），石旁由 [image] 演化為 [image] ……戰國文字声作 [image] ，石旁譌變與籀文 [image] 甚近。秦系文字声或省作 [image] 、 [image] 或 [image] 作與籀文 [image] 形近。《說文》「磬，樂石也。从石殸象縣虡之形，殳擊之也，古者毌句氏作磬（苦定切） [image] ，籀文省， [image] 古文从巠。」声、殸、磬、聲為一字之孳乳。」〔註134〕

何琳儀認為甲骨文「 [image] 」乃「殸」之初文，從「声」從「殳」，有擊磬之意。「声」象懸磬之形，春秋金文曾有在「聖」字上加「声」之形以表達「聲」字，「声」、「殸」、「聲」、「磬」為一字之孳乳。

季旭昇於《說文新證》中解釋「聲」字時則言：「甲骨文从殸耳，會以耳聞殸（磬）聲之意；从口，口亦發聲器官。《說文》謂『殸聲』。」〔註135〕即「聲」為聽聞擊磬之聲，因此可確知「聲」、「磬」二字關係密切。從甲骨文「 [image] 」為「殸」來看，「殸」即「磬」字。何琳儀於《戰國古文字典》中所引之【甗鑄 [image] 】中之「殸」作從「 [image] 」從「聖」的「 [image] 」來看，「聲」亦有從「聖」之形。

另從字音來看，「聲」與「磬」在古文中聲音相近（皆為耕母字，「聲」為書紐耕母、「磬」則為溪紐耕母），因此在傳世文獻中有互用情況，如《儀禮・大射儀》：「至乏聲止。」《鄭注》：「古文聲為磬。」〔註136〕馬敘倫認為：「（磬）字從石殸聲，其字造於殸後，以殸為聲。」〔註137〕即「磬」字原作「殸」，「磬」乃後再造者。而「聲」古作「殸」，《馬王堆漢墓帛書・十大經・順道》：「用力甚少，名殸章明。」〔註138〕。所以從字形與字音來看，「殸」為「聲」之

〔註134〕何琳儀：《戰國古文字典》，（北京：中華書局，2007 年 5 月），上冊頁 790。

〔註135〕季旭昇：《說文新證》，（臺北：藝文印書館，2014 年 9 月），頁 841～842。

〔註136〕〔清〕阮元刻本：《十三經注疏・儀禮》嘉慶廿年江西南昌府學開雕影印本，（臺北：藝文印書館，1989 年第 11 版），頁 203-1。

〔註137〕馬敘倫：《說文解字六書疏證卷十八》，（臺北：鼎文書局，1975 年 10 月），第三冊，頁 2393。

〔註138〕《馬王堆漢墓帛書・十大經・順道》

初文，在傳世典籍中有時以「殸」代「聲」，有時以「聲」為「磬」。

　　而「磬」與「罄」字又常通用，《禮記・樂記》：「石聲磬磬以立辨。」《鄭注》：「磬當為罄字之誤也。」〔註139〕《左傳・僖公二十六年》：「室如縣罄，野無青草。」《杜預注》：「罄亦作磬，盡也。」〔註140〕《國語・魯語上》則作：「室如懸磬，野無青草。」〔註141〕《玉篇》：「磬為罄字。」〔註142〕《說文解字詁林補遺》：「《左氏僖廿六年傳》：『室如懸罄』，《釋文》：『罄本作磬，是罄為磬之假借。』」〔註143〕在先秦文獻中「磬」與「罄」通可證。

　　「罄」，許慎《說文解字》：「，器中空也，從缶殸聲。殸，古文「磬」字，《詩》云：『缾之罄矣。』」〔註144〕《詩經・小雅・天寶》：「天保定爾，俾爾戩穀，罄無不宜，受天百祿。」《毛注》：「罄，盡也。」〔註145〕在先秦傳世文獻中的《詩經》、《左傳》皆以「罄」為盡的意思，但除《說文解字》一書外，甲骨文金文皆無此字例。

　　在〈殷高宗問於三壽〉中「肩（厭）非坪（平），亞（惡）非。」依整理者的意見可知，二句話是有押韻關係。查「坪（平）」字乃並母耕部字，因此原注釋者認為「」也應是耕部字之「傾」，並解釋為「傾仄」之意，然從字形來看，「傾」古文原作「頃」，許慎《說文解字》：「頭不正也，從匕頁。」〔註146〕馬敘倫認為「（頃）曲身矢首，故頃為頭不正。」〔註147〕因此若將「」釋為「傾」字，除了韻部相同是押韻字外，於字形並無任何關係。

〔註139〕〔清〕阮元刻本：《十三經注疏・禮記》嘉慶廿年江西南昌府學開雕影印本，（臺北：藝文印書館，1989 年第 11 版），頁 693-1。

〔註140〕〔清〕阮元刻本：《十三經注疏・左傳》嘉慶廿年江西南昌府學開雕影印本，（臺北：藝文印書館，1989 年第 11 版），頁 264-2。

〔註141〕《國語》。

〔註142〕〔晉〕顧野王：《玉篇零卷》，（北京：中華書局，1985 年第一版），第三冊頁 224。

〔註143〕《說文解字詁林補遺》。

〔註144〕〔漢〕許慎撰；〔清〕段玉裁注：《圈點說文解字》，（臺北：書銘出版社，1992 年 9 月），頁 900。

〔註145〕〔清〕阮元刻本：《十三經注疏・詩經》嘉慶廿年江西南昌府學開雕影印本，（臺北：藝文印書館，1989 年第 11 版），頁 330-2。

〔註146〕〔漢〕許慎撰；〔清〕段玉裁注：《圈點說文解字》，（臺北：書銘出版社，1992 年 9 月），頁 389。

〔註147〕馬敘倫：《說文解字六書疏證卷十五》，（臺北：鼎文書局，1975 年 10 月），第三冊，頁 2051。

原整理者認為，「肩（厭）非坪（平），亞（惡）非。」二句中「坪（平）」與「」在意義上應該相對，但查中壽回答高宗問題時的：「肩（厭）非脤（藏），亞（惡）非屵（喪）。」句中的「脤（藏）」與「屵（喪）」來看，在字義上並非完全相對。因此如硬要將「」釋為「傾」是太過武斷。筆者以為，「」字從聖從，而「聖」與「聲」、「殸」同源；「殸」為「磬」之初文，傳世文獻之中「磬」與「罄」又相互假借，因此推測「」或為同屬耕部之「罄」字，其義為「盡」之意。其左下之「」字形為「倒山」之形，雖尚無法確知此字為何，但若如依李守奎等人認為是「覆」來解釋，「」從聖從「倒山形」之，與從殸從石之「磬」字形組合邏輯相類。而偏旁從「石」與從「山」亦有互用之字形，例如「巖」字：許慎《說文解字》：「，厓也，從山，嚴聲。」〔註148〕另「礹」：「，石山也，從石，嚴聲。」雖然許慎對這二字的解釋不同，然黃錫全於《汗簡注釋》中提到：

> 巖，《說文》「礹，石山也」，系《詩》「維石巖巖」本字，因以為「巖」。鈇鐘嚴作，井人編鐘作。《說文》嚴字古文作，敢字古文作。三體石經《無逸》敢字古文作。陳球後碑「礹礹猶嶽」，礹同巖。唐陽華巖銘巖字古文作。此形原當作。
>
> 〔註149〕

馬敘倫也持相同觀點：「礹為巖之異文。《詩·節南山》『維石巖巖』可證也。」〔註150〕從山之「巖」同從石之「礹」，從這個字例可推，從石之「磬」與從倒山之「」或有可能為同一字。而呈現倒山形之偏旁「」更進一步代表倒覆、倒空之意。

將此字釋為「罄」字在字形上與聲音上俱有關聯，較之「傾」字似更能解

〔註148〕〔漢〕許慎撰；〔清〕段玉裁注：《圈點說文解字》，（臺北：書銘出版社，1992 年 9 月），頁 445。

〔註149〕黃錫全：《汗簡注釋》，（長沙：武漢大學出版社，1993 年 12 月），頁 344。

〔註150〕馬敘倫：《說文解字六書疏證卷十八》，（臺北：鼎文書局，1975 年 10 月），第三冊，頁 2391。

釋文意。因此在〈殷高宗問於三壽〉【簡6】【簡7】：「彭且（祖）舍曰：『虔（吾）螽（聞）夫長莫長於水，虔（吾）螽（聞）夫墮（險）莫墮（險）於鬼（鬼），肩（厭）非坪（平），亞（惡）非 。』」句應釋讀為：「彭祖回答說：『我聽說長沒有長過於水的，我聽說險沒有險於鬼的。讓人滿足的難道不是平安和樂嗎？讓人厭惡的難道不是一切成空嗎？』」

第六節　釋「」（悬）

〈殷高宗問於三壽〉【簡8】：「句（苟）我與尔（爾）相念相 ，殜=（世世）至于遂飤（嗣）。」〔註151〕原注釋者解釋為：

念，《爾雅・釋詁》：「思也。」謀，《國語・魯語下》：「咨事為謀。」

原整理者認為「」應為「謀」，並舉《國語》例認為其為「咨事」之意。

王寧：〈讀〈殷高宗問於三壽〉散札〉2015年5月17日。	這是高宗說一旦我和你們思考、討論問題，就感到非常快樂以至於耽誤了吃飯。	作者認為是「討論問題」的意思。
曹峰：〈讀〈殷高宗問於三壽〉上半篇一些心得〉，2015年5月25日。	「苟我與爾相念相謀，世世至于後飤」，當指假如殷高宗與彭祖兩人相互深思熟慮，就能開創長治久安的政治局面。銀雀山漢簡〈六韜〉有：「文王在酆，召太公望曰：『嗚呼！謀念哉！……汝嘗助予務謀，今我何如？』」這是周文王告誡太子發要勤於思慮。	作者舉〈六韜〉為例，認為該字應釋為「謀」。
李美辰：《清華簡武丁類文獻集釋與研究》，長春：吉林大學漢語言文字學碩士學位論文，2016年6月，頁133。	念，慮也。《逸周書・本典》：「非不念，念而不知。」謀，《說文》：「謀，慮難曰謀。從言，某聲。𠰔古文謀，譬亦古文。」段玉裁注：「錯本（楷化）不誤，從母非從毋也。母聲某聲同在一部。」吳大澂《古籀補》：「古謀字從言從每，與許書誨字相類。疑古文謀誨為一字。《說命》『朝名納誨』當讀為『納謀』。」念、謀同義。	作者舉《逸周書》、《古籀補》等認為當讀作「謀」。
湯瑞芬：《《清華伍・殷高宗問於三壽》考釋》，國立中興大學中國文學研	網友「魚游春水」曾指出《清華參・芮良夫毖》簡18「朁訓朁教，朁箴朁悬」，「悬」應讀為「誨」，且「訓」、「教」、「箴」、「誨」四字詞義相通。暮四郎應該是採取魚游春水的	作者認為某些網友將此字讀作「誨」不妥，「誨」有教導意，與高

〔註151〕清華大學出土文獻研究與保護中心編，李學勤主編：《清華大學藏戰國竹簡（伍）》，（上海：中西書局，2015年4月）下冊，頁153。

究所碩士論文，201。7 年 7 月，頁31。	說法。此篇文章為韻文，整理者將「愳」讀為「謀」，是為之部韻，若將「愳」改讀為「誨」，仍為「之部」的韻字。《國語·楚語上》:「既得以為輔，又恐其荒失遺忘，故使朝夕規誨箴諫。」「箴」有規勸、告誡的意思;「誨」有教導的意思。殷高宗「問」於三壽，為詢問、探討之義，而非對其有所規勸、教導，故以彼此刺激思想、相互討論似乎較為恰當，因此筆者較同意整理者讀「愳」為「謀」。李美辰之說則語意有所重複。	宗「問」三壽本意不同，故贊成原整理者的看法。

　　王寧（2015）、曹峰、李美辰（2016）及湯瑞芬（2017）皆認可原整理者的看法。但湯瑞芬舉出某些網友在「簡帛論壇」中對此字有不同意見，〔註152〕有人認為應讀作「誨」，方能與前句押韻。

　　「」在〈殷高宗問於三壽〉另出現在【簡18】:「衣備（服）惪（端）而好訏，丂（孝）㥊（慈）而衰（哀）眔（鰥），卹（恤）遠而新（親），憙（喜）神而胹（憂）人，寺（是）名曰惪。」〔註153〕及【簡20】—【簡21】:「內亟（基）而外比，上下毋倉（攘），𠂢=（左右）比，弜（強）救（並）丩（糾）出，經緯忎（順）齊，土（妒）悁（怨）毋复（作），而天目毋冐（眛），寺（是）名曰利。」〔註154〕其於簡文中的字形如下表:

【簡8】	【簡18】	【簡21】

【簡18】的「卹（恤）遠而新（親）」原注釋者解釋為:

　　恤，憂。《書·大誥》:「不卬自恤」，孔穎達疏:「恤，憂也。」謀，《書·大禹謨》蔡沈集傳:「圖為也。」謀親，有作為於親近。〔註155〕

〔註152〕〈清華五〈殷高宗問於三壽〉初讀〉，簡帛論壇:http://www.bsm.org.cn/forum/forum.php?mod=viewthread&tid=3249&highlight=殷高宗問於三壽。

〔註153〕清華大學出土文獻研究與保護中心編，李學勤主編:《清華大學藏戰國竹簡（伍）》，（上海:中西書局，2015 年 4 月）下冊，頁 151。

〔註154〕清華大學出土文獻研究與保護中心編，李學勤主編:《清華大學藏戰國竹簡（伍）》，（上海:中西書局，2015 年 4 月）下冊，頁 151。

〔註155〕清華大學出土文獻研究與保護中心編，李學勤主編:《清華大學藏戰國竹簡（伍）》，

但於【簡21】之「＝（左右）比」原注釋者卻解釋為：

> 愄，讀為「毋」。比，《論語‧為政》「君子周而不比」，孔安國曰：「阿
> 黨為比。」〔註156〕

同一字形在同一簡文中，卻有不同的解讀，在【簡8】：「句（苟）我與尔
（爾）相念相，殜＝（世世）至于迻猷（嗣）。」句中「」字有學者與
原注釋者意見不同，將此字訓為「誨」，並認為「誨」、「謀」上古為同一字，
〔註157〕有「教導」之意。

查從母從心之「愄」甲骨文無，戰國後期之金文有之，容庚《金文編》：

> ，謀，古文從母從言，此從母從心。《中山王䶦鼎》：「愄忌虐𢓜。」

〔註158〕

張世超所編之《金文形義通解》釋「謀」：

> 《說文》：「慮難曰謀，從言某聲。古文謀，亦古文謀。」二
> 古文一從口母聲，一從言母聲，此從心母聲，三形符義近通用。
> 案：「從言某聲」始於戰國秦系文字，東土六國從母聲前此，則作
> 「誨」。
>
> 〔坿注〕：「謀」古作「誨」。〔註159〕

《中山王䶦鼎》有一從母從心之「」字釋讀為「謀」，張世超認為在《說
文》中所錄之從口母聲的古文「」、及從言母聲的古文「」與從心母聲之
「」其形符義近所以通用，但他在附注中又言：「謀古作誨。」並於「誨」
字之下釋曰：

（上海：中西書局，2015年4月）下冊，頁157。

〔註156〕清華大學出土文獻研究與保護中心編，李學勤主編：《清華大學藏戰國竹簡（伍）》，
（上海：中西書局，2015年4月）下冊，頁158。

〔註157〕湯瑞芬引網友「魚游春水」、「暮四郎」等人在簡帛論壇中的意見，認為「愄」在
【簡8】中應該為「誨」，並且「訓」、「教」、「箴」、「誨」四字意義相同。湯瑞芬：
《〈清華伍‧殷高宗問於三壽〉考釋》，國立中興大學中國文學系碩士論文，2017
年7月，頁31。

〔註158〕容庚編著；張振林、馬國權摹補：《金文編》，（北京，中華書局，2003年12月），
頁140。

〔註159〕張世超、孫凌安、金國泰、馬如森：《金文形義通解》，（日本京都：中文出版社，
1996年3月），頁484～485。

> 《說文》「謀」古文作，从言母聲，母、每聲同。案：此即「謀」古字，「謀」始於戰國秦系文字，晚出之形耳。「曉教」之義，則後世假「誨」為之者，或另為一字，與金文此字無干。〔註160〕

張世超認為从言从某之「謀」字蓋秦系文字，而「誨」與「𢘓」字則為同字，「誨」字訓為「曉教」乃後世借「誨」字所衍生的，或有可能是另一個字。商承祚也認為：「謀、誨一字，某、每同聲，此从母，每省也，故亦為『誨』。金文《王孫鐘》『誨猷』即『謀猷』。」〔註161〕于豪亮亦言：「𢘓即謀之異體字，《古文四聲韻．尤韻》謀字作，《汗簡．心部》謀字作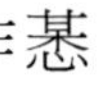，均與此字相近。古从母得聲之字或假作謀，如《書．洛誥》：『拜手稽首誨言』，誨言即謀言；《王孫鐘》：『誨猷不飤』，誨猷即謀猷；曶鼎：『曶迺每於䬚』每即謀。因此謀字可作𢘓。」〔註162〕查《汗簡》〔註163〕之「謀」做「」，從某從心，並列於「心部」，是造字原則與從母從心之「𢘓」相類。

何琳儀在《戰國古文字典》中釋「𢘓」：

> 𢘓，从心，母聲，謀之異文。見《說文》：「謀，古文作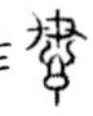。」中山王鼎：「𢘓忌」讀「謀慮」。《管子．法法》：「諸侯之謀慮。」〔註164〕

「𢘓」字在其他楚簡中皆釋為「謀」，《郭店簡．老子．甲》【簡25】：「其安也，易（持）也，其未菲（兆）也，易（謀）也。」原注釋者解釋「」為「謀」，〔註165〕對照現行《老子》通行本第六十四章：「其安易持，其未兆易謀。」〔註166〕來看，將從母從心之「」釋為「謀」是可信的。另外，在《清華壹．程寤》【簡9】有：「人𢘓疆（彊），不可㠯（以）𥨊（藏），逡=戒〔=〕（後戒後戒）。」句，原整理者也將從母從心之「」解釋為「謀」。

〔註160〕張世超、孫凌安、金國泰、馬如森：《金文形義通解》，（日本京都：中文出版社，1996年3月），頁484。

〔註161〕商承祚：《說文中之古文攷》，（上海：上海古籍出版社，1983年3月），頁17。

〔註162〕于豪亮：〈中山三器銘文考釋〉，收錄於《金文文獻集成第二十九冊》，（香港：香港明石文化國際出版有限公司，2006年7月），頁545。

〔註163〕〔宋〕郭忠恕編：《漢簡》，（北京：中華書局，1983年12月第一版），頁30上。

〔註164〕何琳儀：《戰國古文字典》，（北京：中華書局，2007年5月），上冊頁129。

〔註165〕荊門市博物館：《郭店楚墓竹簡》，（北京：文物出版社，1998年5月），頁116。

〔註166〕王淮注釋：《老子探義》，（臺北：臺灣商務印書館，1998年6月），頁250。

查「謀」字在秦簡作 ，楚簡作 （慈），見《郭店簡》〈老子〉、〈緇衣〉、〈尊德義〉、〈語叢三〉諸篇，及《上博簡》〈彭祖〉、〈曹沫之陣〉、〈孔子問季康子〉及《清華簡》〈程寤〉等篇。另外，尚有從心某聲之 （惎），見《上博三》〈容成氏〉。又作 （㖼），見《上博四》〈曹沫之陣〉、《清華貳》〈繫年〉、《清華肆》〈筮法〉，與秦簡從言從某不同。

查「每」、「母」、「某」上古音皆為明紐之母字，因此從言從每之「誨」，與從母從言之「」、從母從心之「」、從言從某之「謀」同出一源，《說文》：「，慮難曰謀。」段玉裁注云：「，鍇本作 不誤，從母非從毋也，母聲某聲同在一部。」〔註167〕吳大澂《說文古籀補》亦云：「古謀字從言從每，與許書誨字相類。疑古文謀誨為一字。《說命》：『朝名納誨』當讀為『納謀』。」〔註168〕然傳世文獻「謀」與「誨」字意義不同，在〈殷高宗問於三壽〉：「句（苟）我與尔（爾）相念相 ，殜=（世世）至于遂飤（嗣）。」句中之「」應從原注釋者之意，讀為「謀」，然其義應不僅於「咨事」，而應指「就長者而諮問」之意。《禮記‧曲禮上》：「謀於長者。」〔註169〕清朱彬的《禮記訓纂》注引郝仲輿言：「謀，謂就長者諮問也。」〔註170〕〈殷高宗問於三壽〉【簡7】【簡8】乃高宗自言，謂就三壽詢問治國之事，因此若將此字訓為「就長者諮問」或更符合文意。因此「句（苟）我與尔（爾）相念相 ，殜=（世世）至于遂飤（嗣）。」應解讀為：「（高宗說）假如我與諸位互相思考，向您們多詢問國事，國家便能長治後世得以享祀。」

然【簡21】：「=（左右）比」原注釋者將「」讀為「毋」，為否定詞用法。但是在〈《清華簡》整理報告補正〉中，馬楠認為這個字應讀為「謀」：

〔註167〕〔漢〕許慎撰；〔清〕段玉裁注：《圈點說文解字》，（臺北：書銘出版社，1992年9月），頁92。

〔註168〕吳大澂：《說文古籀補卷十二》收錄於董蓮池編：《說文解字研究文獻集集》，（北京：作家出版社，2007年10月），頁605。

〔註169〕〔清〕阮元刻本：《十三經注疏‧禮記》嘉慶廿年江西南昌府學開雕影印本，（臺北：藝文印書館，1989年第11版），頁18-1。

〔註170〕〔清〕朱彬撰，沈文倬、水渭松校點：《禮記訓纂》，（杭州：浙江大學出版社，2010年7月），頁9。

「內至（基）而外比，上下毋倉（攘），左右愗（毋）比。」讀為「左右謀比」，「比」訓為和諧。〔註171〕

馬楠認為「愗」應讀為「謀」，「比」也非原注釋者所認定之「阿黨」的負面意思而應訓為「和諧」。原注釋者認為从母从心之「愗」應釋為「毋」，是指「愗」與「毋」通，然於〈殷高宗問於三壽〉一文中，「毋」字共出現五次，字形皆作「毋」，如同在【簡21】之「土（妒）悁（怨）毋复（作）」，在同一篇中既已有「毋」字，是否還有再藉「愗」表示「毋」的必要？

甲骨文中無「毋」字，金祥恆認為：

> 甲骨文常借母為毋。案古無毋字。考之甲骨文字，借母為毋，金文石鼓文亦然。金文如分甲盤「母（毋）敢不即帥」，國差罎「母（毋）瘝母（毋）疣（荒）」，叔夷鐘「母（毋）或丞穎」，「母（毋）疾母（毋）亡」，齡鎛「用彌壽老母（毋）死」，毛公鼎「女（汝）母（毋）敢妄」等等，不勝枚舉。石鼓文遟水石「母不」，亦借母為毋，黃生字詁云：「古本無毋字，但借母字轉聲，鐘鼎文凡禁止之毋，并从二注作𣫯，或止作𣫲，可見古無其字，但从假借也。自小篆誤連中畫作毋，許氏遂為之說云，从女有奸之者。」孫詒讓古籀拾遺亦云：「母、毋一字。」蓋古本無毋字，借母為之，許氏所云「本無其字，依聲託事」者也。〔註172〕

在金文中以「母」為「毋」，因此金祥恆認為二字應原為一字，「毋」字本無，因藉「母」字為文，其後小篆誤連中畫，才分化為二字。何琳儀於《戰國古文字典》中也認為：

> 毋，从女。中間加一橫筆為分化符號，女亦聲。毋為女之準聲首（均屬魚部）。或說毋由母分化（連接母字中間兩點即是毋）。毋，明紐魚部，母，明紐之部。之、魚旁轉。毋為母之準聲首。其實女、母、

〔註171〕清華大學出土文獻讀書會：〈清華簡第五冊整理報告補正〉，清華大學出土文獻與保護中心 http://www.tsinghua.edu.cn/publish/cetrp/6842/2015/20150408112711717568509/20150408112711717568509_.html，2015 年 4 月 18 日。

〔註172〕金祥恆：〈甲骨文叚借字續說——比毋〉，《中國文字》第十六冊，（臺北：國立臺灣大學文學院中國文學系編印，1965 年 6 月），頁 1～5。

均一字分化。《說文》：「，止之也。从女有奸之者。（武扶切）」

毋典籍通作無、勿。〔註173〕

何琳儀認為「母」、「女」、「毋」均一字分化，是戰國文字中使用「毋」字多讀作「無」，有否定之意。然在楚簡中，少見从心之「」代毋者，〔註174〕加以上文所述，〈殷高宗問於三壽〉簡文中已有「（毋）」字，是無必要再以筆畫更複雜的「」代替「毋」。

因此筆者以為，【簡21】：「=（左右）比」句中之「」應該還是如字讀為「謀」，其義為「圖謀、營求」，如《論語‧衛靈公》：「君子謀道不謀食。」皇侃《疏》曰：「謀，猶圖也。」〔註175〕而「比」應非負面義，應訓為「親」之意，《周禮‧夏官‧大司馬》：「比小事大，以和邦國。」鄭玄注云：「比猶親，使大國親小國、小國事大國，相合和也。」〔註176〕故在〈殷高宗問於三壽〉中「=（左右）比」句應該釋為：「使左右下屬彼此相親和諧」之意。

第七節 釋「」（飤）

〈殷高宗問於三壽〉【簡8】：「句（苟）我與尔（爾）相念相（謀），殜=（世世）至于遂。」〔註177〕原注釋者認為：

飤，讀為「嗣」，皆邪母之部字，續也。後嗣，指後續者。

其他學者對此字的解釋如下：

〔註173〕何琳儀：《戰國古文字典》，（北京：中華書局，2007年5月），上冊頁562。

〔註174〕湯瑞芬：「楚簡中從心旁之「母」似乎很少用作「毋」字，因此筆者同意馬楠的意見，改讀為『左右謀比』，『謀』訓為『圖謀、營求』。」湯瑞芬：《〈清華伍‧殷高宗問於三壽〉考釋》，國立中興大學中國文學系碩士論文，2017年7月，頁95。

〔註175〕〔清〕阮元刻本：《十三經注疏‧論語》嘉慶廿年江西南昌府學開雕影印本，（臺北：藝文印書館，1989年第11版），頁141-1。

〔註176〕〔清〕阮元刻本：《十三經注疏‧周禮》嘉慶廿年江西南昌府學開雕影印本，（臺北：藝文印書館，1989年第11版），頁439-2。

〔註177〕清華大學出土文獻研究與保護中心編，李學勤主編：《清華大學藏戰國竹簡（伍）》，（上海：中西書局，2015年4月）下冊，頁153。

馬楠：〈清華簡第五冊補釋六則〉，清華大學出土與文獻保護中心，2015 年 4 月 8 日	「後飤」，整理報告讀為「後嗣」，但「世世」與「後嗣」語意重複。疑「後飤」如字讀。簡【八】「亡（無）飤」，正是如字讀。《尚書・盤庚上》「世選爾勞，予不掩爾善。茲予大享于先王，爾祖其從與享之」，「至於後飤」語意即同於「從與享之」，謂世世配享。	作者認為「飤」應如字讀，意指配享。
清華大學出土文獻讀書會：〈清華簡第五冊整理報告補正〉，清華大學出土文獻與保護中心，2015 年 4 月 18 日	內容同上。	同上。
王寧：〈讀〈殷高宗問於三壽〉散札〉2015 年 5 月 17 日	「殜=」當讀為「泄泄」或「洩洩」，《左傳・隱公元年》：「公入而賦：『大隧之中，其樂也融融。』姜出而賦：『大隧之外，其樂也洩洩。』」杜注：「洩洩，舒散也。」楊柏峻注：「洩本作泄，今作洩者，蓋乃《唐石經》避唐太宗李世民諱改。《金澤文庫》本作泄。」《文選・張衡〈思玄賦〉》：「聆廣樂之九奏兮，展洩洩以彤彤。」舊注：「洩洩、彤彤，皆樂貌。」後飤，馬楠先生認為：「『後飤』，整理報告讀為『後嗣』，但『世世』與『後嗣』語意重複。疑『後飤』如字讀，【簡八】『亡（無）飤』，正是如字讀。《尚書・盤庚上》『世選爾勞，予不掩爾善。茲予大享于先王，爾祖其從與享之』，『至於後飤』語意即同『從與享之』，謂世世配享。」言「後飤」，如字讀是也，然解釋疑非。「後飤」即吃飯而後，謂耽誤吃飯。這是高宗說一旦我和你們思考、討論問題，就感到非常快樂以至於耽誤了吃飯。	王寧認同馬楠的解釋，認為「飤」字應如字讀，但是意思應該是指「吃飯」，「後飤」應指吃飯而後，即擔誤吃飯之意。
曹峰：〈讀〈殷高宗問於三壽〉上半篇一些心得〉，清華大學出土與文獻保護中心，2015 年 5 月 25 日	釋文：苟我與爾相念相謀，世世至于後飤（嗣）。 「苟我與爾相念相謀，世世至于後飤」，當指假如殷高宗與彭祖兩人相互深思熟慮，就能開創長治久安的政治局面。銀雀山漢簡《六韜》有：「王文在酆，召太公望曰：『嗚呼！謀念哉！……汝嘗助予務謀，今我何如？』」這是周文王告誡太子發要勤於思慮。「後嗣」和前面的「無飤」，馬楠指出當如字讀，「《尚書・盤庚上》『世選爾勞，予不掩爾善。茲予大享于先王，	作者認同「飤」應如字讀，舉《尚書》的例子認為「至於後飤」表面上指的是祖先世代得以享祀，實際上是只後代地位福祿的維護及保障。

	爾祖其從與享之。』，『至於後飤』語意即同於『從與享之』，謂世世配享。」將「飤」理解為享祀，可從。「世世至于後飤」表面上指的是祖先世代得以享祀，實際指的是後代地位福祿的維護與保障。上博簡《三德》有「忌而不忌，天乃降災；已而不已，天乃降異。其身不沒，至于孫子。」意思該忌諱不忌諱，該制止不制止，天就要降下災異，不僅本人不保，還會殃及子孫，這是反向言之。總之，這段話表達了殷高宗自我警戒，希望慎守勿失的意願，和前文「厭非（必）臧，惡非（必）喪。」「厭非（必）平，惡非（必）傾。」「厭非（必）富，惡非（必）無食。」是相呼應的。	
馬文增：〈清華簡〈殷高宗問於三壽〉新釋、簡注、白話譯文〉，簡帛網，2015 年 5 月 30 日	釋文：茍我與爾相念相謀，世世至于後嗣。 白話譯文：君民同心，方可世代相繼。	作者認為「飤」同於「嗣」。
湯瑞芬：《《清華伍‧殷高宗問於三壽》考釋》，國立中興大學中國文學研究所碩士論文，2017 年 7 月。頁 32	於簡文文意中，未見高宗具有快樂的情緒，而是對未來懷有憂患意識，因此「殜=」無法用「泄泄」或「洩洩」來解釋，還是像整理者那樣，讀為「世世」好。 整理者將「飤」讀為「嗣」確有重複的問題。王寧之說則與簡文文意不符。筆者贊成馬楠將「後飤」如字讀，訓為世世配享，如同曹峰所言，使後代子孫亦有保障，指國家可以久安長治。「茍我與爾相念相謀，世世至於後飤」意指高宗與三壽彼此刺激思考、相互討論國事，以維持國家久安長治之狀態。	作者認同馬楠與曹峰的說法，「飤」應如字讀，訓為世世配享。

簡文「殜=（世世）至于送[圖]」，清華大學讀書會引馬楠在〈清華簡第五冊補釋六則〉中之見解認為「世世」與「送[圖]」有語意重覆的問題，因此主張「[圖]」應該如字讀為「飤」，即代代配享之意，湯瑞芬亦贊同馬楠如字讀之說。王寧則認為，「送[圖]」中之「飤」應如字讀，但應為「吃飯而後」，意指高宗與三壽談天得太開心以致忘了吃飯。曹峰也認為「[圖]」當釋為「嗣」，前文雖已有「世世」看起來似乎與「送[圖]」語意重覆，表面上雖指「祖先世世可得配享」，實際上卻是指後代子孫地位可得到維護與保障。

（一）從字形上來說

在〈殷高宗問於三壽〉簡文中出現二次「」字，【簡8】：「肩（厭）非稟（富），亞（惡）非亡（無）。」原整理者關於這個「」字的解釋為：

> 飤，《說文》：「糧也。」段注：「飤，以食食人物。其字本作食，俗作飤，或作飼。」〔註178〕

同一簡的二個「」字卻有不同的二種說法，原整理者認為「」可讀為「後嗣」，是因「飤」、「飼」與「嗣」古音相近，筆者查閱相關文獻，發現「後嗣」一詞在《尚書·伊訓》：「敷求哲人，俾輔于爾後嗣。」〔註179〕就已出現，或許基於這個用例，原整理者才認為「」讀為「嗣」。

然查「」在甲骨文中的寫法為「」【合 20147】，徐中舒在《甲骨文字典》中解：

> 從食從 （人）。金文作 （王孫鐘）、（父乙飤盉），與甲骨文略同。《說文》：「飤，糧也。從人食。」〔註180〕

甲骨文字形即是從食從人，徐中舒解釋了字形卻因沒能進一步釋其義。馬敍倫則認為：

> 飤之初文疑與金文飲字作 者同，蓋本作 也，即如今文。二字之冓造完全一致，即說文訓食也。飤，《字林》，一曰飯也。是其義亦同也，即音精紐，飤音邪紐，同為舌尖前音也。《余義鐘》：「歈飤謌舞。」即「飲食歌舞」也，是飤即飲食之食本字。而即為今通言食飯之吃本字，吃即聲同脂類。故今借吃字，亦猶即為就義所專故也。〔註181〕

馬敍倫認為「飤」之造字原則與「飲」相同，二字有相同的構造，又同為

〔註178〕清華大學出土文獻研究與保護中心編，李學勤主編：《清華大學藏戰國竹簡（伍）》，（上海：中西書局，2015 年 4 月）下冊，頁 153。

〔註179〕〔清〕阮元刻本：《十三經注疏·尚書》嘉慶廿年江西南昌府學開雕影印本，（臺北：藝文印書館，1989 年第 11 版），頁 115-1。

〔註180〕徐中舒主編：《甲骨文字典》，（新北：達觀出版事業有限公司，2017 年 6 月），頁 572。

〔註181〕馬敍倫：《讀金器刻辭卷下》，（北京：中華書局，1962 年 12 月），頁 158。

舌尖前音，因此「𩚥」即飲食的「食」的本字。甲骨文「飲」作「」【甲骨文合集 775】，董作賓：「畲即飲字，第一期作，象人俯首吐舌，捧尊就飲之形，歈其本字，畲其省變也。」〔註182〕「𩚥」與「飲」字左上之「」與「」皆象人口向下之形，「」則為盛裝食物之「皀」，其後朝下的口形與人身分離，而成為後來所知的「食」字，而此字之本義與食、吃相同。

在張世超所編的《金文形義通解》則認為：

「𩚥」與「食」本一字之繁簡，可以「歈」與「畲」類比之。「𩚥」字最初當寫作，其初文當象人于皀（殷）前用食事，省去人身而但留人之倒口於簋上者則作、等形，甲文皆有之；其人體形與口形離而為二者則作（甲文《後》下七、一三）（金文父乙𩚥盉）。鄆孝子鼎器銘「𩚥」字，蓋銘作「食」。古繁簡本無別。睡虎地秦簡「食」字均從人作，則秦系文字皆取其繁。康伯簋字人形背對，可知當時人已將此字看作「人」「食」會意，許氏之說，其來舊矣。伯歔父簋字之右上側甚異，劉心源曰：「從𩚥，從，即。」（《奇觚室吉金文述》三卷十葉伯就父敦）當是。〔註183〕

按張世超的說法，「𩚥」字初文當為「」，象一人張口對著盛裝食物的殷，其本義本就是「食」，而「食」與「𩚥」乃一字之繁簡。其後因為向下的口形與人身分開，其後便以從食從人視之，許慎《說文解字》受其影響，便也以從食從人解釋。王慎行認為：「甲骨文𩚥字作、形，像人于簋旁就食之狀，許說字形不誤；𩚥實為動詞『食』之本字，《說文》訓為名詞之『糧』則失之。」〔註184〕

在何琳儀的《戰國古文字典》中則是這樣解釋的：

𩚥，西周金文作（命簋），從人，從食，會進食之意，食亦聲。

〔註182〕董作賓：《殷曆譜卷八（旬譜七）》，（臺北：國立中央研究院歷史語言研究所專刊，線裝書），下編，卷八頁 9。

〔註183〕張世超、孫凌安、金國泰、馬如森：《金文形義通解》，（日本京都：中文出版社，1996 年 3 月），頁 1302。

〔註184〕王慎行：〈從人形古文字零識〉，《殷都學刊 1991 年第一期》，頁 13～19。

春秋金文作 （郎子行盆）。戰國文字承襲金文。《說文》：「，糧也。从人、食。（祥吏切）」段注：「以食食人物，其字本作食，俗作飤。或作飼。」〔註185〕

何琳儀僅就字形加以論述，並認為「飤」即進食之意。在楚文字中出現的「飤」字很多，字形與寫法也很固定，左邊由口形之「」與「皂」二部份組成，右邊則是人形。如《清華伍・湯處於湯丘》【簡2】：「湯亦（食）之。」及【簡15】：「（食）時不旨（嗜）（饕）」二個「飤」字都是「食、吃」的意思。〔註186〕

（二）從字義上來看

在〈殷高宗問於三壽〉【簡8】：「句（苟）我與尔（爾）相念相（謀），殜＝（世世）至于送。」句中之「」整理者認為應該為「嗣」，然馬楠認為「」應如字讀，與【簡8】：「肩（厭）非稟（富），亞（惡）非亡（無）。」相同。「」讀為「飤」，其義為「饗祀」之意。《尚書・盤庚》：「世選爾勞，予不掩爾善。茲予大享于先王，爾祖其從與享之。」孔安國《疏》云：「古者天子錄功臣配食於廟大享烝享也，所以不掩汝善。」〔註187〕即天子功臣可在太廟配享之意。《管子・輕重甲》：「昔堯之五吏無所食，君請立五歷之祭，祭堯之五吏。」〔註188〕《管子・幼官》：「申守不慎，不過七日而內有讒謀；詭禁不修，不過六日而竊盜者起；死亡不食，不過四日而軍財在敵。」〔註189〕王念孫引王引之云：「食，猶饗也。」「食」在這二段文字中乃「祭獻、配享」之意。「飤」與「食」乃一字之繁簡，因此筆者贊同馬楠、湯瑞芬所言。

「飤」在楚簡中出現的次數很多，大多如字讀，釋為「食」。李守奎在《楚

〔註185〕何琳儀：《戰國古文字典》，（北京：中華書局，2007年5月），上冊頁66。

〔註186〕清華大學出土文獻研究與保護中心編，李學勤主編：《清華大學藏戰國竹簡（伍）》，（上海：中西書局，2015年4月）下冊，頁135～136。

〔註187〕〔清〕阮元刻本：《十三經注疏・尚書》嘉慶廿年江西南昌府學開雕影印本，（臺北：藝文印書館，1989年第11版），頁192-1。

〔註188〕〔春秋〕管仲著，吳文濤、張善良編：《管子》，（北京：燕山出版社，1995年10月），頁523。

〔註189〕〔春秋〕管仲著，吳文濤、張善良編：《管子》，（北京：燕山出版社，1995年10月），頁76。

文字編》「飤」之字例下說明：〔註190〕「楚之飤皆讀為食，當即歙食之食。」
例如《清華伍・厚父》【簡13】：〔註191〕「曰酉（酒）非 （食），隹（惟）
神之卿（饗）。」原整理者釋「 」：〔註192〕「飤，讀為食。」《上博二・容
成氏》【簡3】：〔註193〕「凡民俾敓者，教而謀之，飲而 之，思（使）役
百官而月青（請）之。」《上博二・容成氏》【簡21】：〔註194〕「 不重味，
朝不車逆。」在這二句話中，「飤」皆釋為「食」。在《上海博物館藏戰國楚竹
書三・周易》【簡44】〔註195〕「井卦」：「初六：汬（井）普（泥）不 （食），
舊汬（井）亡（无）离（禽）。」季旭昇在《《上海博物館藏戰國楚竹書（三）》
讀本》一書釋此句：

> 初六以陰處陽，在井卦之下，有井已荒廢不能吃，舊的井，無禽獸
> 到來的現象。

> 今本「井泥不食，舊井无禽」，王弼注：「最在井底，上又无應，沈
> 滯淖穢，故曰『井泥不食』也。」〔註196〕

對照今本《周易》，此處之「 」也釋為「食」。從以上「飤」在楚簡中
出現的詞例來看，〈殷高宗問於三壽〉【簡8】中的「 」應如字讀，其義則為
「祭獻、配享」之意。因此：「句（苟）我與尔（爾）相念相懋（謀），殜=（世
世）至于迻 。」句的意思就是「如果我與你們互相深思、相互討論，那麼
世世就能得到配享。」

〔註190〕李守奎：《楚文字編》，（上海：華東師範大學出版社，2003年12月），頁317。
〔註191〕清華大學出土文獻研究與保護中心編，李學勤主編：《清華大學藏戰國竹簡（伍）》，
（上海：中西書局，2015年4月）下冊，頁110。
〔註192〕清華大學出土文獻研究與保護中心編，李學勤主編：《清華大學藏戰國竹簡（伍）》，
（上海：中西書局，2015年4月）下冊，頁116。
〔註193〕馬承源編：《上海博物館藏戰國楚竹書（二）》，（上海：上海古籍出版社，2002年
12月），頁95。
〔註194〕馬承源編：《上海博物館藏戰國楚竹書（二）》，（上海：上海古籍出版社，2002年
12月），頁113。
〔註195〕馬承源編：《上海博物館藏戰國楚竹書（三）》，（上海：上海古籍出版社，2002年
12月），頁56。
〔註196〕季旭昇主編：《《上海博物館藏戰國楚竹書（三）》讀本》，（臺北：萬卷樓圖書股份
有限公司，2005年10月初版），頁125。

第八節　釋「![字]」（罩）

〈殷高宗問於三壽〉【簡8】【簡9】：「我思天風，既![字]或杢（止），虔（吾）孚（勉）自印（抑）畏以敬，夫孳（茲）□。」〔註197〕原注釋者認為：

回，迴轉，《說文》：「回，轉也。」止，停，《廣雅·釋詁二》：「止，逗也。」簡文指風起風止。

原整理者認為「![字]」字應釋為「回」，有「迴轉」之意。學者們則多認可原整理者的說法，認為釋讀為「回」可通讀文句，如以下列表：

王寧：〈讀〈殷高宗問於三壽〉散札〉，2015年5月17日	「罩」字又見清華簡〈說命上〉第五簡：「說於罩伐」，此字以前的說法較多，或釋為地名，實應即「圍」之或體，《說文》：「圍，守也。」其字從「宀」與「守」字從「宀」會意正同，「圍伐」即圍而伐之，《公羊傳·襄公十二年》：「邑不言圍，此其言圍何？伐而言圍者，取邑之辭也；伐而不言圍者，非取邑之辭也。」〈說命〉之「圍」亦此意，故下文言傅說取失仲之邑。此讀為「回」可通，古有「回風」、「迴風」之說，《楚辭·九章·悲回風》：「悲回風之搖蕙兮」，王注：「回風為飄，飄風回邪，以興讒人。」《爾雅·釋天》：「迴風為飄。」《詩·何人斯》毛傳曰：「飄風，暴起之風。」回風之「回」的後起專字當即「飆」，《玉篇》、《廣韻》：「大風貌。」《文選郭景純〈江賦〉》：「長風飆以增扇。」李注：「飆，大風貌，音韋。」蓋暴起之風迴旋而大，故引申為大風貌也。	作者認為「罩」字應為「圍」字或體，讀作「回」，並引《楚辭》、《爾雅》等，指「回風」乃是大風之意。
曹峰：〈關於清華簡〈殷高宗問於三壽〉的若干研究〉，《出土文獻與先秦經史國際學術研討會論文集》（香港：香港大學2015），頁272。	「我思天風，既回或止。」如整理者所言，這說的是「風起風止」，但〈殷高宗問於三壽〉為什麼要講這句話呢？由「我思」構成的四字句，常見於《詩經》……因此，「我思天風，既回或止。」可能是古詩中的一句。講天風既迴旋又停止，可能比喻人事也應該有相應的舉措。	曹峰認為「我思天風，既回或止」應該是古詩中一句。未解釋何以「罩」釋為「回」。
湯瑞芬：《《清華伍·殷高宗問於三壽》考釋》，國立	同意整理者及蚊首之說，簡文即言天風既旋起而終止。王永昌斷讀為「我思天」，與簡文句式有異，採整理者之斷讀。「我思」構成的四	作者認為「風起風止」是高宗對自我的提醒。

〔註197〕清華大學出土文獻研究與保護中心編，李學勤主編：《清華大學藏戰國竹簡（伍）》，（上海：中西書局，2015年4月）下冊，頁150。

中興大學中國文學研究所碩士論文，2017 年 7 月。頁 33～34。	字句，雖常見於《詩經》，但是否為古詩中的一句，仍有待確認。筆者認為簡文或許並非如曹峰所言「因應風起風止，對人事做相對應的措施」，而是高宗對自我的提醒，因為君王的作為會對自然現象產生的影響，如《書‧洪範》記載：「曰休徵。曰肅、時雨若。曰乂，時暘若。曰晰，時燠若。曰謀，時寒若。曰聖，時風若。曰咎徵。曰狂，恆雨若。曰僭，恆暘若。曰豫，恆燠若。曰急，恆寒若。曰蒙，恆風若。」藉由觀察天風的變化，警惕身為統治者的自己，承接下句「虔（吾）孛（勉）自卬（抑）畏，以敬夫孳（茲）□」。

王寧舉《清華叁‧說命上》的「![字]」字為例，認為此字在〈說命上〉各學者說法分歧，然在〈殷高宗問於三壽〉中讀為「回」字可以解釋，並認為此指「回風」，即暴起之風，迴旋而大。曹峰則認為「我思天風，既回或止」的四字句，有可能是古詩的一句話。湯瑞芬則認同「![字]」可釋讀為「回」，並舉《尚書》的例子認為在此是殷高宗觀察天風的變化，警惕身為統治者的自己。

「![字]」字除在〈殷高宗問於三壽〉【簡 9】出現外，在《清華叁‧說命上》【簡 5】：「敓（說）于![字]伐遶（失）审（中）。」學者們對於「![字]」的解釋說法分歧。原整理者認為應釋為「圍」，〔註198〕但許多學者對此字卻有不同的見解，例如子居認為應釋為「郼」，讀如「衣」：

> 筆者以為，此字當即「郼」字。《呂氏春秋‧慎大》：「湯為天子，夏民親郼如夏。」高誘注：「郼，讀如衣，今兗州人謂殷氏皆曰衣。」
> 《呂氏春秋‧慎勢》：「湯其無郼，武其無岐，不能成功。」高誘注：「郼，湯之本國。」故「說於郼伐佚仲」即傅說自郼地出發征伐佚仲。〔註199〕

張卉則認為「![字]」字不該釋為「圍」，應是地名無誤，然非子居所認為的「郼」：

〔註198〕清華大學出土文獻研究與保護中心編，李學勤主編：《清華大學藏戰國竹簡（叁）》，（上海：中西書局，2013 年 1 月）下冊，頁 124。

〔註199〕子居：〈清華簡上篇〈說命〉解析〉，孔子 2000 網，http://www.confucius2000.com/lanmu2/jianbo.htm，2013 年 1 月 6 日。

將「𡩡」釋為「圍」不妥，楚簡帛中「圍」皆寫作「回」，如清華簡二〈繫年〉曰秦晉「回商密」，《左傳・僖公二十五年》作「圍商密」；馬王堆帛書《戰國縱橫家書・蘇秦謂陳軫章》曰「楚回雍氏」，《史記・田敬仲完世家》作「楚圍雍氏」；上博簡六〈莊王既成〉曰「王子回」，《史記楚世家》作「公子圍」，《集解》引徐廣曰：「《史記》多作回。」可知「回」是初文，「圍」是後起字，秦漢之前「圍」皆寫作「回」。

筆者認為「𡩡」，從「宀」從「韋」，即「韋」，楚文字常常贅加「宀」作為繁飾。「韋」在簡文中為地名，在文獻中有迹可尋……因此簡文「說于韋伐失仲」和文獻「祝融之後封于豕韋，殷武丁滅之」所言當為一事，即武丁命傅說伐滅豕韋，「韋」是「豕韋」的簡稱。〔註200〕

張卉從楚簡中「圍」字多寫為「回」，並以楚文字常加飾筆，推論「𡩡」字上部之「宀」為飾加之筆，其本字應為「韋」，因此有可能是地名「豕韋」的簡稱。王志平與張卉相同，認為「」應釋為「韋」：

清華簡（三）〈說命上〉：「說于𡩡伐失仲」，整理者讀「𡩡」為「圍」，訓「於」為「往」。這樣以來，于、圍、伐將是三個動詞連用。傳世文獻雖有三動詞連用之例，但終非常見。似乎仍以「𡩡」作專有名詞為妥……而簡帛論壇 ee 網友指出似應讀為「韋」，即豕韋氏所在「韋」。我們贊同 ee 網友的讀法。

韋是殷商王畿內的異姓諸侯，《詩・商頌・長發》：「韋、顧既伐，昆吾、夏桀。」《鄭箋》：「韋，豕韋，彭姓也。顧、昆吾皆己姓也。三國黨於桀惡，湯先伐韋、顧，克之。昆吾、夏桀則同時誅也。」陸德明《釋文》：「韋、顧，二國名也。」王應麟《詩地理考》卷五〈商頌〉「韋顧」條云：「《通典》：滑州韋成縣，古豕韋國。」陳奐《詩毛氏傳疏》卷三十：「今河南衛輝府滑縣東南五十里有廢韋城。」即

〔註200〕張卉：〈清華簡〈說命上〉「說于𡩡伐失仲」考〉，簡帛網：http://www.gwz.fudan.edu.cn/Web/Show/2201，2013 年 12 月 28 日。

韋國在今河南滑縣境內⋯⋯〔註201〕

王志平指出應認同網友 ee 在「簡帛論壇」的推論，應釋為「韋」，是殷商時的一個異姓諸侯，網友 ee 在「簡帛論壇」中認為：

> 宑，子居先生已釋為地名，但他釋此地為「湯之本國」之「郼」，應有問題，宑似應讀為「韋」，即豕韋氏所在「韋」，聯繫失仲氏生二牡豕的記載，此篇失仲氏似即典籍之豕韋氏。〔註202〕

釋「宑」為「郼」或為「韋」的學者多從傳世文獻中查找資料，原整理者雖釋「宑」為「圍」，卻無說明考釋的原因。楊蒙生在〈清華簡〈說命上〉校補〉一文中，特別解釋了原因：

> 《殷周金文集成》2739 號𣪘方鼎銘文有「周公于征伐東夷豐伯薄姑」（引按，注（一九）引文脫「征」字），可證。

> 對比簡文的「于宑（圍）伐」和鼎銘的「于征伐」，我們懷疑前者是一種與普通征伐有別的討伐方式。這一點，文獻中有很好的例證⋯⋯〔註203〕

因為有𣪘方鼎銘文相同的句型，加上傳世文獻中有提及「圍攻」的詞例，因此楊蒙生認為原整理者將「宑」釋為「圍」合理，並認為「圍」是一種特別的討伐方法。其後王寧在〈讀〈殷高宗問於三壽〉散札〉中又對此字在字形上做更進一步的解釋：

> 「宑」字又見清華簡〈說命上〉第五簡：「說於宑伐」，此字以前的說法較多，或釋為地名，實應即「圍」之或體，《說文》：「圍，守也。」其字從「宀」與「守」字從「宀」會意正同，「圍伐」即圍而伐之，《公羊傳・襄公十二年》：「邑不言圍，此其言圍何？伐而言圍者，

〔註201〕王志平：〈清華簡〈說命〉中的幾個地名〉，清華大學出土文獻研究與保護中心，2013 年 12 月 25 日。

〔註202〕清華簡三〈說命〉初讀，「簡帛論壇」：http://www.bsm.org.cn/bbs/read.php?tid=3036&page=4，第 32 樓，2013 年 1 月 15 日。

〔註203〕楊蒙生：〈清華簡〈說命上〉校補〉，清華大學出土文獻研究與保護中心 http://www.ctwx.tsinghua.edu.cn/publish/cetrp/6831/2013/20130107081942810606656/20130107081942810606656_.html，2013 年 1 月 7 日。

取邑之辭也；伐而不言圍者，非取邑之辭也。」〈說命〉之「圍」亦
此意，故下文言傳說取失仲之邑。此讀為「回」可通，古有「回風」、
「迴風」之說，《楚辭九章悲回風》：「悲回風之搖蕙兮」，王注：「回
風為飄，飄風回邪，以興讒人。」《爾雅釋天》：「迴風為飄。」《詩
何人斯》毛傳曰：「飄風，暴起之風。」回風之「回」的後起專字當
即「飂」，《玉篇》、《廣韻》：「大風貌。」《文選郭景純〈江賦〉》：「長
風飂以增扇。」李注：「飂，大風貌，音韋。」蓋暴起之風迴旋而
大，故引申為大風貌也。〔註204〕

　　王寧認為〈說命上〉的「![字]」當釋為「圍」，除了傳世文獻多有記載外，
又引許慎《說文解字》：「圍，守也，從囗韋聲。」〔註205〕認為「![字]」字從「宀」
與「守」之會意同。《說文》：「守，守官也。從宀從寸。從宀，寺府之事也。從
寸，法度也。」〔註206〕筆者以為，在《清華叄·說命上》：「說于![字]伐」中之
「![字]」，其可釋讀為「圍」，然「韋」字上多加之「宀」部是否如王寧所言：「字
從「宀」與『守』字從『宀』會意正同」？楚簡中有許多文字上加「宀」部之
字，何琳儀謂戰國文字多有增繁無義偏旁的情況，「係指在文字中增加形符，然
而所增形符對文字的表意功能不起直接作用。即便有一定的作用，也因其間關
係模糊，不宜確指。」〔註207〕劉志基在其〈說楚簡帛文字中的『宀』及其相關
字〉一文中提到：

　　「宀」在楚文字中是可以作為羨符存在的……所謂羨符，就是與字
音字義無關，因而對字的構成而言它們是可有可無的。〔註208〕

　　因此張卉認為「![窜]」字從「宀」從「韋」，上部之「宀」為飾加之偏旁。若

〔註204〕王寧：〈讀〈殷高宗問於三壽〉散札〉，復旦大學出土文獻與古文字研究中心
　　　　http://www.gwz.fudan.edu.cn/SrcShow.asp?Src_ID=2525，2015 年 5 月 17 日。
〔註205〕〔漢〕許慎撰；〔清〕段玉裁注：《圈點說文解字》，（臺北：書銘出版社，1992 年
　　　　9 月），頁 281。
〔註206〕〔漢〕許慎撰；〔清〕段玉裁注：《圈點說文解字》，（臺北：書銘出版社，1992 年
　　　　9 月），頁 343～344。
〔註207〕何琳儀：《戰國文字通論（訂補）》，（南京：江蘇人民出版社，2003 年 1 月），頁
　　　　215。
〔註208〕劉志基：〈說楚簡帛文字中的『宀』及其相關字〉，《中國文字研究第五輯》，頁 150
　　　　～154。

暫不考慮「宀」偏旁是否有具體意義,「韋」本為「圍」字初文:

> 韋字金文作 ![字]、![字] 口帀同意,![字]、![字] 則甲文从 ![字] 之譌變,甲文作
> ![字],實當為 ![字] 之省文,象眾人圍城之形,乃圍之本字……韋象
> 圍城,相背為其引申義,獸皮之韋,純屬假借,無義可求,許君
> 以可束枉戾為言,以就「相背」之義,此許君說假借之通病……
> 竊疑「圍」、「衛」古本同字,城守者言之則為「衛」,自攻戰者言
> 之則為「圍」,後始演為二字耳。〔註209〕

依李孝定的說法,「韋」字若依攻戰者角度讀為「圍」,依守城者角度則為
「衛」,同一個字有相反的二種意思,直至後世「韋」加「囗」成「圍」、「韋」
加「行」成「衛」。

如上文所述,楚文字中許多有加「宀」偏旁的字,有些本就有本字,在釋
讀時也釋為本字。例如《上博五‧季庚子問於孔子》一文中的「」字,
原整理者便釋為「主」。季旭昇在〈遠臣觀其所主,近臣觀其主──談《上博五‧
季庚子問於孔子》簡 14 的「主人」〉一文中討論「」認為:

> (葛烈今)來到魯國,應該會寄住在一個身分學識相當的人家,因
> 此「其主人」應該是指招待葛烈今留住在家中的屋主。

> 在先秦文獻中,外來的賓客投宿某個主人,這種動作往往只用一個
> 「主」字。〔註210〕

季旭昇在該文的補記中又引《清華柒‧子犯子餘》中的「宔」字佐證:

> 子犯話語中的第一個「主君」是指「秦穆公」,秦穆公並不是子犯的
> 上司,所以這裡的「主君」只能是「接待我們一行人的國君」(其後
> 簡稱「主」)。子犯話語中的第二個「主」是指重耳,重耳是子犯的
> 上司,所以這個「主」字是指「主人」,與前面的「主君」不同義。

季旭昇認為在《上博五‧季庚子問於孔子》中的「![字]」字是指與葛烈今

〔註209〕李孝定:《金文詁林讀後記(卷五)》,(臺北:中央研究院歷史語言研究所,1982
　　　　年 6 月),頁 222。

〔註210〕季旭昇:〈遠臣觀其所主,近臣觀其主──談《上博五‧季庚子問於孔子》簡 14
　　　　的「主人」〉,發表於出土文獻與域外漢學國際學術研討會,2018 年 11 月。

身分相當的主人（屋主），在《清華柒·子犯子餘》中的「宔」字則是指「主人」，與主君意義不同。另外，在《郭店簡·緇衣》【簡 10】有「」字，[註 211] 黃麗娟認為此字應釋為「國」，[註 212]「或」字加「邑」、「匚」、「口」都是表示「範圍」之義，而這些多加的偏旁是為「有義繁化」，《郭店楚簡·緇衣》與《禮記·緇衣》對讀後，【簡 10】的「」應釋讀為「國」。

　　職是，《上博五·季庚子問於孔子》的「」，與《郭店楚簡·緇衣》的「」二字所加之「宀」便非無意義的添加飾筆，而是「有義偏旁」因此在〈說命上〉：「敫（說）于伐」句中的「」所增添之「宀」，或如前述是表示「區域、範圍」的「有義偏旁」，因此將此字釋讀為「圍」是可從的。高田忠周在釋「寰」字時曾言：

　　且仍金文家字或作，客字亦作，又作。又漢嵩嶽少室石

　　闕篆文，寰字作圜，皆宀口通用而混譌耳。[註 213]

　　高田忠周認為金文中「宀」與「口」字經常混用，戰國文字承襲金文，或在偏旁上有所混用。因此從宀的「」與從口的「圍」字或可推斷為一字，因此在〈說命上〉的「敫（說）于伐。」應指「圍攻」，係指戰爭時的一種技巧。

　　在〈殷高宗問於三壽〉【簡 8】【簡 9】：「我思天風，既或止（止），虗（吾）孕（勉）自印（抑）畏以敬，夫挐（茲）口。」句中之從「宀」從「韋」之「」，與〈說命上〉的「」字同。「韋」字在甲骨文中的寫法如「」【甲骨文合集 11850】「」【甲骨文合集 4190】，徐中舒認為：

　　從口，口旁從二止或三止，口為城邑，止表足跡，會巡邏護衛

　　於城邑四周之意，為衛之初文……《說文》：「韋，相背也。从舛，

〔註 211〕荊門市博物館編：《郭店楚墓竹簡》，（北京：文物出版社，1998 年 5 月），頁 17。

〔註 212〕黃麗娟：《郭店楚簡緇衣文字研究》，國立師範大學國文研究所碩士論文，2001 年 6 月，頁 221。

〔註 213〕古文字詁林編纂委員會：《古文字詁林》，（上海：上海教育出版社，1999 年），頁 5002。

口聲。」為引申義。〔註214〕

徐中舒認為「韋」字中間囗為城邑，止表示足跡，所以為「衛」之初文。張世超在《金文形義通解》也持相同看法：

《說文》：「相背也。从舛，口聲。獸皮之韋，可以束枉戾，相韋背，故借以為皮韋。�，古文韋。」「韋」字初文作𡔐、𤔡，皆見於商代爵文，象四足繞邑，即眾人圍城之形，此亦即「圍」「衛」之初文。殷商甲骨文省作𦥑、𢍏、𣈤等形。其𢍏形即為金文及小篆所承。甲骨文形聲字「衛」从行，𢍏（韋）聲。𢍏，為𢍏之異構，以方取代口，至周金文則多譌方為𠂤（帀）。〔註215〕

張世超除認為「韋」字為「衛」初文外，他也認為應為「圍」字初文，而許慎《說文》解為皮韋，則因「韋」字本義廢而皮韋義行之故。

何琳儀的《戰國古文字典》也持相同看法：

韋，商代金文作𤔡（韋爵）。从四止，从丁（城）之初文，會四周圍城之意，圍之初文。《說文》「圍，守也。从囗，韋聲。」《公羊・莊十》「圍不言戰」，注「以兵守城四圍。」甲骨文作𢍏（前四・三一・六），省二止。西周金文作𡔐（韋鼎），以帀易丁，帀（師）表示師旅。春秋金文作𢍶（黃韋俞父盤）。戰國文字承襲春秋金文，或省丁旁作𡴘、𡴜、𡴞，或草率作𣈤形。《說文》「韋，相背也。从舛，口聲，獸皮之韋可以束枉戾相韋背，故借以為皮韋，（字非切）。�，古文韋。」許慎所謂「相背」，本應作違。（《說文》「違，離也。从辵，韋聲。」）所謂皮韋本應作韗。（《龍龕手鑑》「韗，音韋。」

〔註216〕

何琳儀認為，戰國文字承襲春秋金文，偶有省略中間丁旁的韋，是指在四周圍城之意，為「圍」之初文。季旭昇之《說文新證》：

圍也。假借為皮革。羅振玉以為卜辭韋、衛一字（《增考》65頁），

〔註214〕徐中舒主編：《甲骨文字典》，（新北：達觀出版事業有限公司，2017年6月），頁632。

〔註215〕張世超、孫凌安、金國泰、馬如森：《金文形義通解》，（日本京都：中文出版社，1996年3月），頁1416。

〔註216〕何琳儀：《戰國古文字典》，（北京：中華書局，2007年5月），下冊頁1176。

從語源來看，很有道理。《說文》釋為「相背」，與「衛」義相反，圍、衛二字似乎也有同源關係，其基本字根應當都是「韋」。

殷金文從四止圍口，口亦聲；甲骨文省從三止、或二止。李孝定《甲骨文字集釋》以為甲骨文「韋」字實即「圍」字，以殷金文來看，李說是也，字象四止（或三止、或二止）圍口（城邑）。古文韋「止」形訛變。〔註217〕

季旭昇引李孝定說法認為「圍」、「衛」二字之初文皆為「韋」，而「皮革」義則為假借義。殷金文有從四止圍口、或從三止、二止者，從字形上實指「圍」字。

在〈殷高宗問於三壽〉【簡8】【簡9】：「我思天風，既■或㞢（止）」中之「■」就字形來看應解為「圍」，其意與「回」通，「圍」、「韋」、「回」上古音皆為匣母微韻。〔註218〕《上博簡・弟子問》【簡4】：「豐（曹）之■（喪），丌（其）必噂（乎）？■（回）！」簡文中顏回作顏韋。而在傳世文獻中，「回」常作「圍」字，如楚靈王名「圍」，於《左傳・襄公二十六年》：「五月，至于城麇，鄭皇頡戍之，出與楚師戰，敗，穿封戍囚皇頡，公子圍與之爭之。」注曰：「公子圍，共王子靈王也。」〔註219〕《史記・楚世家》：「康王寵弟公子圍、子比、子皙、弃疾。」〔註220〕《集解》引徐廣語曰：「史記多作『回』。」另外，在《史記・田敬仲元世家》：「十二年，攻魏。楚圍雍氏，秦敗屈丐。」〔註221〕但在《帛書戰國縱橫家書・蘇秦謂陳軫章》〔註222〕卻寫作：「齊宋攻魏，楚回（圍）翁（雍）是（氏），秦敗屈丐。」

張世超所編之《金文形義通解》解「回」字：

《說文》：「轉也。從口，中象回轉形。◉，古文。」金文與《說文》古文同。高鴻縉曰：「此象淵水回旋之形，故託以寄回旋之意，動詞。

〔註217〕季旭昇：《說文新證》，（臺北：藝文印書館，2014年9月），頁476～477。

〔註218〕郭錫良：《漢字古音手冊》，（北京：商務印書館，2017年3月），頁219、頁227。

〔註219〕〔清〕阮元刻本：《十三經注疏・左傳》嘉慶廿年江西南昌府學開雕影印本，（臺北：藝文印書館，1989年第11版），頁632-1。

〔註220〕〔漢〕司馬遷：《史記》，（臺北：鼎文書局，1979年），頁1703。

〔註221〕〔漢〕司馬遷：《史記》，（臺北：鼎文書局，1979年），頁1896。

〔註222〕河洛出版社編輯部：《帛書戰國策》，（臺北：河洛出版社，1977年5月），頁31。

後引申為回歸，久而成習，而淵水回旋，乃造洄字以還其原。」（《中國字例》二篇一八六葉。）甚塙。《汗簡》作⟨圖⟩，《古文四聲韻》作⟨圖⟩，均其象也。「回」象淵水回旋，故顏回字子淵。「回」，詛楚文作⟨圖⟩，秦系作⟨圖⟩，篆文作⟨圖⟩，乃沿秦系文字之譌，許氏所解字形非是。〔註223〕

金文「回」與《說文》所載之古文「⟨圖⟩」字相同，象淵水回旋之形，因此而有回旋之意。何琳儀之《戰國古文字典》：

> 回，甲骨文作⟨圖⟩（甲三三三九），象回環之形，或說，象水旋渦之形，洄之初文。《三蒼》「水轉曰洄。」金文作⟨圖⟩（⟨圖⟩回父丁爵）。戰國文字承襲商周文字，方向略有變化。或封閉回環形作⟨圖⟩、⟨圖⟩等，為小篆所本。《說文》「⟨圖⟩，轉也。從口，中象回轉形。（戶恢切），⟨圖⟩，古文。」〔註224〕

戰國文字承襲商周文字，何琳儀認為象回環之形，或象水旋渦之形。傳世文獻中「回」多有「旋轉」之意，《詩經·大雅·雲漢》：「倬彼雲漢，昭回于天。」〔註225〕〈毛傳〉云：「回，轉也。」鄭玄〈箋〉云：「雲漢謂天河也，昭，光也。倬然，天河水氣也。精光轉運於天，時旱渴雨。」《楚辭·九章·悲回風》有「回風」之說：〔註226〕「悲回風之搖蕙兮，心冤結而內傷。」王逸注曰：「回風為飄，飄風回邪，以興讒人。言飄風動搖芳草，使不得安。以言讒人亦別離忠直，使得罪過也。故己見之，中心冤結，而傷痛也。冤，一作宛。」

《禮記·月令》〔註227〕：「孟春行夏令則雨水不時，草木蚤落，國時有恐。行秋令則其民大疫，猋風暴總至，藜莠蓬蒿並興。」鄭玄曰：「正月宿直尾箕，箕好風，其氣逆也。回風為猋。」「回風」，又作「迴風」，《爾雅·釋天》：〔註228〕

〔註223〕張世超、孫凌安、金國泰、馬如森：《金文形義通解》，（日本京都：中文出版社，1996年3月），頁1537。

〔註224〕何琳儀：《戰國古文字典》，（北京：中華書局，2007年5月），下冊頁1180。

〔註225〕〔清〕阮元刻本：《十三經注疏·詩經》嘉慶廿年江西南昌府學開雕影印本，（臺北：藝文印書館，1989年第11版），頁659-1。

〔註226〕〔漢〕王逸，〔宋〕洪興祖：《楚辭章句補注》，（長春：吉林人民出版社，2005年7月），頁157。

〔註227〕〔清〕阮元刻本：《十三經注疏·禮記》嘉慶廿年江西南昌府學開雕影印本，（臺北：藝文印書館，1989年第11版），頁289-2。

〔註228〕〔清〕阮元刻本：《十三經注疏·爾雅》嘉慶廿年江西南昌府學開雕影印本，（臺

「迴風為飄。」郭璞曰：「旋風也，飄音瓢。」清朝郝懿行《爾雅義疏》云：
〔註229〕「旋風回旋于地，不上不下，異于頹、焱，其行飄飄，故謂之飄。」從
《詩經》、《楚辭》、《禮記》及《爾雅》對「回風」的記載來看，「回風」是指原
地旋轉、狂飆的大風。因此在〈殷高宗問於三壽〉的「我思天風，既 或 （止）」
句中的「」應釋為「回」。董仲舒於《春秋繁露·五行對》中提及「天風」有
云：〔註230〕「地出雲為雨，起氣為風。風雨者，地之所為。地不敢有其功名，
必上之於天。命若從天氣者，故曰天風天雨也，莫曰地風地雨也。」東漢王充《論
衡·感虛》認為風是天地之號令：

> 夫風者，氣也，論者以為天地之號令也。武王誅紂是乎？天當安靜
> 以祐之。如誅紂非乎？而天風者、怒也。武王不奉天令，求索己過，
> 瞋目言曰：「余在，天下誰敢害吾者！」重天怒，增己之惡也，風何
> 肯止？父母怒，子不改過，瞋目大言，父母肯貰之乎？如風、天所
> 為，禍氣自然，是亦無知，不為瞋目麾之故止。夫風猶雨也，使武
> 王瞋目以旄麾雨而止之乎？武王不能止雨，則亦不能止風。〔註231〕

王充認為「天風」、「天雨」是禍氣所致，即使領導者瞋目憤怒也不會停
止，而這些狂風暴雨的現象，與領導者是否奉天令、求己過有關。因此在〈殷
高宗問於三壽〉中之「我思天風，既 或止」的確與殷高宗之是否聽天令有
關，因此「虡（吾）孚（勉）自卬（抑）畏以敬」，對於會迴旋狂暴的天風
既敬且畏。

第九節　釋「」（ 占）

〈殷高宗問於三壽〉【簡8】【簡9】：「孚=（君子）而不譚（讀）箸（書）

北：藝文印書館，1989 年第 11 版），頁 96-2。

〔註229〕〔清〕郝懿行：《爾雅義疏》，收錄於《郝懿行集》（濟南：齊魯書社，2010 年 4
月），頁 3311。

〔註230〕〔漢〕董仲舒著，曾振宇注：《春秋繁露》，（開封：河南大學出版社，2009 年 4
月），頁 275。

〔註231〕〔漢〕王充：《論衡》，（長春：時代文藝出版社，2008 年 4 月），頁 124。

，則若尖（小人）之瘋（聾）痊（狂）而不吝（友）。」〔註232〕原整理者

認為：

> 「孳」下一字磨滅不清，下部從心。譚，「讀」字異體，曾侯乙墓竹
> 簡一五三號「櫝」字右下部亦從牛，不從貝。占，《史記·五帝本紀》
> 正義：「數也。」

〈殷高宗問於三壽〉【簡9】「」字原圖模糊不清，然考察原整理者所

編之文字編，其字形為「」〔註233〕，確如「占」字。原整理者引《史記》

正義認為「（占）」為「數」，因此「箸（書）占」應為「書數」，然其他

學者並不贊同這種說法，見列表如下：

| 胡敕瑞:〈〈殷高宗問於三壽札記〉一則〉清華大學出土與文獻保護中，2015年4月16日。 | 不過整理者引《史記·五帝本紀》正義，釋「占」為「數」，恐非確詁。古時六藝包含書、數，整理者也許認為簡文此處乃書、書並提。《史記·五帝本紀》文作「順天地之紀，幽明之占，死生之說，存亡之難。」張守節《正義》：「幽，陰；明，陽也。占，數也。言陰陽五行，黃帝占數而知之。」很顯然，《正義》「占」訓「占數」，不可與數、書牽混。《說文·言部》：「讀，誦書也。」段註改「誦書」為「籀書」，因為古之「讀」之義，包括句讀、紬繹文意，「而『讀』之義不止於諷誦，諷誦止得其文辭，『讀』乃得其義蘊。」簡文中的「占」若訓為「數」，則與「讀」之「籀讀」義不協。古籍中有「讀書」的用法，但「讀占」則不見文列。簡文「占」當讀如「笘」。《廣雅·釋器》：「籥、笘，觚也。」王念孫《疏證》：「『籥』通作『觚』。《急就篇》『急就奇觚與眾異。』顏師古註云：『觚者，學書之牘，或以記事，削木為之，蓋簡屬也。』」陸機《文賦》：「或操觚以率爾。」李善註：「觚，木之方者。古人用之以書，猶今之簡也。」王觀國《學林》卷五「觚甬」條：「《禮部韻畧》曰『觚，竹簡也。』《玉篇》曰：『觚，破觚為圜也。』以此考之，則操觚者，操竹簡也。」「笘」義同「觚」，也同「籥」，《說文·竹部》：「籥，書僮竹笘也。」慧琳《一切經音義》卷二十六「書鬲」猶如簡文 | 作者不認同原整理者將「占」釋為「數」，認為應讀作「笘」，意指竹簡。並引《禮記》中之「筴籥」意同於「書笘」，為同義連用。另外，作者也推論「占」或為「笘」之初文，古人著書於竹簡、帛書，因此「笘」從「竹」、「帖」從「巾」，皆為古人的書寫材料。 |

〔註232〕清華大學出土文獻研究與保護中心編，李學勤主編：《清華大學藏戰國竹簡（伍）》，
　　　　（上海：中西書局，2015年4月）下冊，頁150。

〔註233〕清華大學出土文獻研究與保護中心編，李學勤主編：《清華大學藏戰國竹簡（伍）》，
　　　　（上海：中西書局，2015年4月）下冊，頁182。

之「箸（書）占（笘）」。

《禮記・少儀》：「筴籥，其執之皆尚左手。」鄭玄註：「筴，蓍也；籥，如笛三孔。」鄭注可商。王引之曾指出「籥」當為簡書，非是管筆。我們認為，「筴籥」之「筴」大概也指簡冊，非指龜蓍。《儀禮・聘禮》：「百名以上書於策，不及百名書於方。」鄭玄注：「策，簡也，方，板也。」簡策之「策」或作「筴」，《國語・魯語上》：「書以為三筴。」韋昭注：「筴，簡書也。」《禮記・少儀》之「筴籥」也同簡文之「箸（書）占（笘）。」

《尚書・金縢》：「啟籥見書。」陸德明《音義》引馬融註：「籥，開藏卜兆書管。」鄭玄、王肅註同馬融。王引之以為「籥」非是管籥，馬、鄭、王註并誤。王引之案：「書者，占兆之辭。籥者，簡屬，所以載書，故必啟籥然後見書也。啟，謂展視之，下文『以啟金縢之書』，與此同。」《尚書・金縢》中的「籥」也如簡文之「占（笘）」。

古人所取名字，名與字之間，義多關涉。春秋時期齊國田完的子孫有名陳書者，字子占。「占」讀如「笘」，「笘」義為書簡，所以子占名曰「書」。簡文中的「箸（書）占（笘）」正是同義連用。

「笘」之初文或作「占」，古籍中也見「佔」用同「笘」。《禮記・學記》：「今之教者，呻其佔畢，多其訊。」鄭玄注：「呻，吟也。佔，視也。簡謂之畢。訊猶問也。言今之師自不曉經之義，但吟誦其所視簡之文，多其難問也。」《爾雅・釋器》：「簡，謂之畢。」陸德明《音義》引李巡本，「畢」從竹作「篳」。郭璞註云：「今簡札也。」鄭玄註云「簡謂之畢」，同於《爾雅》之訓。然而鄭訓「佔」為「視」則不當。王引之以為『『佔』讀為『笘』。「佔」「占」并與「笘」同。「佔」亦簡之類，故以「佔畢」連文。《禮記・學記》之「佔畢」義同簡文中的「箸（書）占（笘）」。

古人書于竹帛，書寫材料主要是竹簡、帛書。職是之故，「占」或從竹旁而作「笘」，《說文・竹部》：「笘，從竹、占聲。潁川人名小兒所書寫為笘。」《集韻》：「笘，簡也。」「占」又從巾旁而作「帖」，《說文・巾部》：「帖，帛書署也。從巾、占聲。」《廣韻》：「帖，卷帖。」「笘」、「帖」同源，皆從「占」得聲。

| 王寧：〈讀〈殷高宗問於三壽〉散札〉，2015 / 05 / 17 | 「讀書占」可能是讀書而占卜的意思，《金縢》載周公占卜曰「乃卜三龜，一習吉；啟籥見書，乃並是吉。」賈誼〈鵩鳥賦〉：「發書占之。」可能古人占卜要讀書（筮書）而斷。 | 王寧認為「占」即占卜，意指占卜後要讀書而斷。 |

李美辰：《清華簡武丁類文獻集釋與研究》，（長春：吉林大學漢語言文字學碩士論文，2016 年），頁137。	占，《說文》：「占，視兆問也。從卜，從口。」占，問也，《漢書・韓安國傳》：「發政占古語。」這裡的「讀書占」應是指君子從讀書中領會為政之道，或者說是從讀書中懂得許多道理。	作者認為「占」指從讀書中懂得道理之意。
湯瑞芬：《《清華伍・殷高宗問於三壽》考釋》，國立中興大學中國文學研究所碩士論文，2017 年 7 月。頁 37～38。	李美辰將「占」訓為「問」，「問」為動詞，但其後並無賓語，語法似不通順，故不採用此說。《易經》為五經之一，為文人必讀之書，且「周易」之占法記載於《繫辭上》：「大衍之數五十，其用四十有九。分而為二以象兩，掛一以象三；揲之以四，以象四時。歸奇於扐以象閏。五歲再閏，故再扐而後掛，……是故四營而成易，十有八變而成卦，八卦而小成。」文或許具有占卜的知識。中國自殷商時期即建立占卜制度，並有卜官之設立，《周禮》太卜掌三兆之法，占卜國家吉凶，《左傳》亦有許多卜筮之記載。故若簡文之「君子」為上位者，則應由專業貞人進行占卜，應無需自行查看筮書，因此筆者同意胡敕瑞的意見。筆者認為此處的「讀書占」應該不只是單純的指「讀書」，可能泛指「學習」。如《說苑・反質》：「公明宣學於曾子，三年，不讀書。曾子曰：『宣，而君參之門，三年不學，何也？』」《荀子・勸學》中說明學習的重要，學習的意義開始於讀書人，片刻不停止，直到達成聖人為止：「學惡乎始？惡乎終？曰：其數則始乎誦經，終乎讀禮；其義則始乎為士，終乎為聖人。」君子可透過學習提升自身的德性，得到生命的內聖之學，如《禮記・大學》中所言：「大學之道在明明德，在親民，在止於至善。知止而後有定，定而後能靜，靜而後能安，安而後能慮，慮而後能得。物有本末，事有終始，知所先後，則近道矣。」因此，君子若不學習，除了知識上的匱乏，更無法完成德性的修養。	作者認為「讀書占」不僅是指讀書之意，而應指讀書加上學習之意。

　　胡敕瑞引《廣雅・釋器》：「籀、笘，籲也。」並分別從《禮記》、《尚書》中之「籀」字申義，引春秋時齊之陳書字子占作證，認為「（占）」應作「笘」，「箸（書）（占）」應與「筮籀」、「佔畢」相類，為同義連用之詞。王寧則認為「占」即「占卜」之義，古人占卜並讀書而斷。李美辰認為「」

即「占」，問也，意指君子從讀書當中領會很多道理。湯瑞芬則不贊同李美辰訓為「問」的解釋，認為胡敉瑞的訓為「笘」的說法比較合理，而「讀箸（書）」不只是指讀書，應該是指廣泛的學習之意。

徐中舒在《甲骨文字典》釋「占」：

> 從卜從 口。《說文》：「占，視兆問也。」

> 〔釋義〕卜問之義。〔註234〕

甲骨文「占」字作「」（一期前八・一四・二），然亦有做「」（一期續五・九・二），徐中舒認為：

> 從從占，與《說文》占字義近。《說文》：「占，視兆問也。」

> 但卜辭中多作「王固曰」，並非視兆而問，乃是殷王視兆以斷吉凶。

> 視卜兆以斷吉凶，或作預言，卜辭中用於占辭之前。〔註235〕

徐中舒認為「」多寫為「王固曰」，應該是指殷王視兆來斷定吉凶，或是預言某事。朱歧祥釋「占」：

> 象卜骨，卜見兆裂紋以問疑也，從占聲，亦有省作，與咼
> 形近。隸作固，即占字。《說文》：「視兆問也，從卜從口。」卜辭
> 用本義。卜辭主要分前辭、貞辭、固辭和驗辭四部份。固辭乃見卜
> 兆而問事宜否之辭。殷王占問的內容除吉凶禍福外，還有出入、
> 孕子、受年、疾病、天氣、征戰、祭祀等大小事誼。〔註236〕

朱歧祥認為「」、「」即是「占」字，是見卜兆而問事之是否合宜之辭，除了吉凶，從卜辭中還可見到殷王占卜出入、孕子、疾病、天氣等事宜。季旭昇也認為「固」是觀看兆象，引伸為占斷：

> 甲骨文從口、從囚（兆），作「固」，會察看卜兆，占斷吉凶之意。《周
> 禮・春官・占人》：「凡卜筮，君占體，大夫占色，史占墨，卜人

〔註234〕徐中舒主編：《甲骨文字典》，（新北：達觀出版事業有限公司，2017 年 6 月），頁351。

〔註235〕徐中舒主編：《甲骨文字典》，（新北：達觀出版事業有限公司，2017 年 6 月），頁352。

〔註236〕朱歧祥：《殷墟甲骨文字通釋稿》，（臺北：文史哲出版社，1989 年 12 月），頁291。

占坼。」鄭注:「體,兆象也。色,兆氣也。墨,兆廣也。坼,兆
釁也。」「口」形或寫在「囧」形之下,作「囼」;「口」形或簡化為
「﹏」形。(裘錫圭《從殷墟卜辭的「王占曰」說到古漢語的宵談
對轉》)其作「占」形者,辭云:「乙丑卜,王貞,占:娥子余子?」
《甲骨文字詁林》按語云:「卜辭『占』皆用為占問之義,與『囧』
同訓,而字則有別。」(3422 頁)戰國秦漢繼承者為此形。〔註237〕

　　季旭昇引《周禮》鄭注說明依卜筮者身分不同而占卜不同事項,因此在甲
骨文中「囼(占)」與「囧」字形不同,但意義相同,皆有察看卜兆占斷吉凶之
意,戰國秦漢之後則繼承此形。何琳儀在《戰國古文字典》中說明:

占,甲骨文作 🦴(前四‧二五‧一)。從卜,從口,會占卜之意。

戰國文字承襲甲骨文,或於口旁之中加點、橫為飾。《說文》「占,
視兆問也。從卜,從口(職廉切)。」或歸談部。〔註238〕

　　「占」即占卜之意,在戰國文字中或在口旁加點或加橫線,如《清華壹‧
程寤》【簡2】「占」。

　　在《清華簡》中除〈殷高宗問於三壽〉外,「占」字另出現四次,列表如下:

《清華壹‧程寤》【簡2】〔註239〕	悪(寤)敬(驚),告王=(王。王)弗敢占,翌(詔)大(太)子發,卑(俾)需(靈)名萖(凶),攴(祓)。
《清華壹‧程寤》【簡3】	宗方(坊)杢(社)禝(稷),忍(祈)于六末山川,攻于商神,朢(望),承(烝),占于明堂。
《清華肆‧筮法》【簡63】〔註240〕	凸(凡)是,各堂(當)亓(其)刲(卦),乃力(扐)占=之=(占之,占之)必力(扐),刲(卦)乃不訊(忒)。
《清華陸‧子儀》【簡14】〔註241〕	級(給)織不能官尻(處),占夢重(永)不休。

　　《清華肆‧筮法》是卜筮之方,「占」字在簡文中就是占卜之意,另外,〈程
寤〉、〈子儀〉二篇中的「占」字也是占卜,「察看卜(夢)兆,占斷吉凶」。然

〔註237〕季旭昇:《說文新證》,(臺北:藝文印書館,2014 年 9 月),頁 249～250。
〔註238〕何琳儀:《戰國古文字典》,(北京:中華書局,2007 年 5 月),下冊頁 1404。
〔註239〕清華大學出土文獻研究與保護中心編,李學勤主編:《清華大學藏戰國竹簡(壹)》,(上海:中西書局,2010 年 12 月),上冊,頁 48。
〔註240〕清華大學出土文獻研究與保護中心編,李學勤主編:《清華大學藏戰國竹簡(肆)》,(上海:中西書局,2013 年 1 月),上冊,頁 52。
〔註241〕清華大學出土文獻研究與保護中心編,李學勤主編:《清華大學藏戰國竹簡(陸)》,(上海:中西書局,2016 年 4 月),上冊,頁 79。

〈殷高宗問於三壽〉的「　　」會成為學者們討論的原因是在簡文中「䎷＝（君子）而不譚（讀）箸（書）　　，則若尖（小人）之瀧（寵）痒（狂）而不客（友）。」整理者將這句話中的「箸（書）　　（占）」理解為一組詞彙，因此才會舉《史記・五帝本紀》：「順天地之紀，幽明之占，死生之說，存亡之難。」〔註242〕句「占」字的解釋：「占，數也。」並認為「箸（書）　　（占）」應理解為「書數」。其後胡敕瑞沿襲將「箸（書）　　（占）」為一名詞的邏輯，認為將　　（占）理解為「數」不妥，應該是「笘」，胡敕瑞認為「笘的初文或作占」〔註243〕，並舉《禮記・學記》：「今之教者，呻其佔畢，多其訊。」〔註244〕句，並引清王引之的解釋認為「佔」應解為「笘」，為書簡之意，湯瑞芬也認為讀作「笘」較為恰當。然胡敕瑞並沒有直接的例證可證明「占」為「笘」之初文，而湯瑞芬將「讀箸（書）　　（占）」擴大解釋為「學習」，是又太過度延伸了。

王寧在〈讀〈殷高宗問於三壽〉散札〉一文中認為「讀書占」是指讀書而占卜的意思，〔註245〕並引賈誼〈鵩鳥賦〉：「異物之來集兮，私怪其故，發書占之兮，筴言其度。」〔註246〕中之「發書占之」說明「占」應為本義，即「占卜」之意。李美辰則釋「占」為問，並認為係指殷高宗「從讀書中領略很多道理」之意。

筆者認為，「䎷＝（君子）而不譚（讀）箸（書）　　，則若尖（小人）之瀧（寵）痒（狂）而不客（友）。」句中之「　　」，應如王寧釋為「占卜」之意。殷商是一個尚鬼的朝代，藍敏菁在其整理的〈探知鬼神的旨意〉一文中

〔註242〕〔漢〕司馬遷：《史記》，（臺北：鼎文書局，1979年），頁6。

〔註243〕胡敕瑞：〈〈殷高宗問於三壽〉札記一則〉，清華大學出土與文獻保護中心 http://www.tsinghua.edu.cn/publish/cetrp/6842/2015/20150416120024695943049/20150416120024695943049_.html，2015年4月16日，頁2。

〔註244〕〔清〕阮元刻本：《十三經注疏・禮記》嘉慶廿年江西南昌府學開雕影印本，（臺北：藝文印書館，1989年第11版），頁651-2。

〔註245〕王寧：〈讀〈殷高宗問於三壽〉散札〉，復旦大學出土文獻與古文字研究中心 http://www.gwz.fudan.edu.cn/SrcShow.asp?Src_ID=2525，2015年5月17日，頁6。

〔註246〕〔漢〕司馬遷：《史記》，（臺北：鼎文書局，1979年），頁2497。

提到：

> 從出土的甲骨，我們可以得知占卜是殷商社會裡不可或缺的日常活
> 動之一。殷商統治者在面臨生老病死、婚喪喜慶、征戰、封邑、任
> 官、氣候觀測、田獵農作、祭祀等等幾乎無事不測。因此從問吉凶、
> 占禍福、定猶豫、解疑難、預測事情的可行性等頻繁的占卜活動，
> 也逐漸確立了一套與甲骨占卜相應的卜官制度。〔註247〕

殷高宗武丁對許多事件都要預作占卜，考古學家發現在河南安陽出土的數萬片甲骨片皆屬於殷高宗時期，也證明了高宗凡事問卜的習慣：

> 商王武丁時期，這是中國歷史上現存的有文字記載的最早的時期，
> 這些記載見于殷商甲骨卜辭……這一時期的甲骨文多達數萬片，既
> 清楚地記載了天文現象──和本文有關的是五次月食的記錄──又
> 以干支的形式記載了月、日等更多的曆法記錄。〔註248〕

殷墟出土的甲骨片詳實記錄了在殷商時代頻繁的占卜活動，「問吉凶、占禍福、定猶豫、解疑難」，凡事問卜也能預測未知之事。《論語・堯曰》：〔註249〕「子曰：『不知命，無以為君子也。不知禮，無以立也。不知言，無以知人也。』」正義曰：「此章言君子立身知人也。命謂窮達之分，言天之賦命窮達有時，當待時而動。若不知天命而妄動，則非君子也。禮者，恭儉莊敬立身之本，若其不知則無以立也。聽人之言當別其是非，若不能別其是非則無以知人之善惡也。」潘重規在《論語今注》中提到「天命」一詞說：

> 命是「五十而知天命」的命。君子能修身以俟命。若人不知命，則
> 見利必趨，見害必避，終究不能成為君子。〔註250〕

朱熹認為「天命即天道之流行而賦於物者，乃事物所以當然之故也。」

〔註247〕藍敏菁整理：〈探求鬼神的旨意〉，台北：中央研究院歷史語言研究所，http://museum. sinica.edu.tw/education_resources_detail.php?id=97

〔註248〕夏含夷（Edward L. Shaughness）：〈商王武丁的末期：中國上古年代學的重構實驗 (The last years of Shang King WU Ding: An Experiment in Reconstructing the Chronology of Ancient China)〉，芝加哥大學東亞語言與文化系，https://www.sinoss. net/qikan/uploadfile/2010/1130/1233.pdf ，2003 年 1 月 20 日。

〔註249〕〔清〕阮元刻本：《十三經注疏・論語》嘉慶廿年江西南昌府學開雕影印本，（臺 北：藝文印書館，1989 年第 11 版），頁 180-1。

〔註250〕潘重規：《論語今注》，（臺北：里仁書局，2012 年 3 月 30 日初版三刷），頁 442。

〔註251〕宇宙之間的變化運轉，皆有其自然之道，透過占卜或可明白此自然天道。《尚書‧金縢》有：〔註252〕「乃卜三龜，一習吉；啟籥見書，乃并是吉。」注云：「三兆既同吉，開籥見占兆書乃亦并是吉。」古人占卜時並以兆書證之。《史記‧屈原賈生列傳》錄賈誼〈鵬鳥賦〉有：〔註253〕「異物來集兮，私怪其故，發書占之兮，筴言其度。」正義解釋：「發策數之書，占其度驗。」古代帝王藉占卜來明白天道運行，以期在政治上做出相對應的舉措，占卜之後以兆書來驗證占卜結果。在《史記‧日者列傳》提到司馬季主：〔註254〕「自古受命而王，王者之興何嘗不以卜筮決於天命哉！其於周尤甚，及秦可見。代王之入，任於卜者。太卜之起，由漢興而有。」帝王除自行占卜，也委任卜者代為占卜，因此，在〈殷高宗問於三壽〉：「夆=（君子）而不譚（讀）箸（書）占，則若尖（小人）之瓏（聳）痽（狂）而不吝（友）。」句中之「（占）」應理解為「占」，意思就是占卜之意。整句話係指：「君子若不讀書占卜文字，預知天命，則會如小人一樣又聳又狂而使人無法親近。」

第十節　釋「」（瓏痽）

〈殷高宗問於三壽〉【簡8】【簡9】：「夆=（君子）而不譚（讀）箸（書）占，則若尖（小人）之（瓏）（痽）而不吝（友）。」〔註255〕原整理者解釋為：

> 瓏，讀為「縱」。《國語‧楚語下》「夫民氣縱則底」，韋昭注：「放也。」即放縱。狂，《新書‧大政上》：「知善而弗行謂之狂。」友，匣母之部字，讀為曉母之部之「悔」，悔改。〔註256〕

〔註251〕〔宋〕朱熹：《四書章句集注》，（上海：上海古籍出版社，2001年12月），頁229。

〔註252〕〔清〕阮元刻本：《十三經注疏‧尚書》嘉慶廿年江西南昌府學開雕影印本，（臺北：藝文印書館，1989年第11版），頁187-1。

〔註253〕〔漢〕司馬遷：《史記》，（臺北：鼎文書局，1979年），頁2497。

〔註254〕〔漢〕司馬遷：《史記》，（臺北：鼎文書局，1979年），頁2315。

〔註255〕清華大學出土文獻研究與保護中心編，李學勤主編：《清華大學藏戰國竹簡（伍）》，（上海：中西書局，2015年4月）下冊，頁150。

〔註256〕清華大學出土文獻研究與保護中心編，李學勤主編：《清華大學藏戰國竹簡（伍）》，

　　《清華伍‧殷高宗問於三壽》一文中，「▢▢」二字的討論度最高，除原整理者之外，有關這二字的討論文章，以筆者所見就有十篇之多。「▢」字於其他楚簡未見，「▢」字則於《清華肆‧筮法》出現二次，於《清華伍‧厚父》出現一次。

| 楊鵬樺：〈清華伍〈殷高宗問於三壽〉「若小人之聾盲」識解〉，2015 年 4 月 11 日 | 清華伍《殷高宗問於三壽》簡 9-10：「君子而不讀書占，則若小人之癃痙而不友。」「癃痙」，整理者讀「縱狂」，謂「縱」即放縱，「狂」下則引《新書‧大政上》：「知善而弗行謂之狂。」清華讀書會則在「癃」後括注「癃」，未作闡釋。

今案：從古音看，整理者讀「痙」為「狂」很順恰，而讀「癃」（來紐東部）為「縱」（精紐東部），與讀書會讀「癃」（來紐冬部）相似，雖不緊密，但均可疏通。然而判定其釋讀是否妥善，當著眼整句句意。簡文謂君子若「不讀書占」（依整理者說法，即不讀「書」與「數」），便會像小人一樣「癃痙」，則「癃痙」當是「不讀書占」的結果，或有無知無識之類含義。而無論整理者所謂的「縱狂」（放縱、知善不行）還是讀書會所說的「癃狂」（《說文》：「癃，罷病也。」又：「狂，狾犬也。」或許讀書會將此二字均解為疾病），似乎都難以跟「不讀書占」緊密聯繫。

筆者懷疑「癃痙」當讀「聾盲」。主要考慮到以下幾點：

首先，二字均從「疒」，當即義符，則二者當與「病態」相關（讀書會將其理解為疾病，恐怕也是考慮到這一點），而聾、盲均為人身缺陷（且多屬先天性疾病），自可從疒作；若著眼「聾盲」的引申義，即無知無識（與「聰明」相反，詳下），從疒也合乎情理；

其次，「癃」與「聾」同聲符，據以上分析，二者或為一字異體（義符「疒」著眼其屬性，「耳」強調其部位）。「痙」從「坒」聲，「坒」聲字在楚簡中多讀為喉牙音陽部字（如往、枉、廣、曠）等，而「盲」屬明母陽部字，「亡」聲字上古音多歸明、曉二紐，痙與盲（坒與亡）雖無直接相通之例，但仍有糾葛——楚簡「坒」可用作「廣」，如郭店《老子》乙「坒（廣）德如不足」、上博一《詩論》「漢坒（廣）」、上博二《容成氏》「濟於坒（廣）川」等；「廣」在古書中則可通「光」， | 作者認為「癃痙」二字應讀為「聾盲」，二字皆從「疒」，應與疾病相關，「癃」與「聾」同聲符，「疒」著眼於屬性，「耳」則是指部位，因此解為「聾」可從。

「痙」從「坒」聲，「坒」雖與「盲」無直接相通之例，然「坒」於《郭店老子》、《上博一》、《上博二》皆有通「廣」之例，而「廣」於古書中可通「光」，「光」又可通「亡」聲字。並舉《郭店‧窮達以時》「造夫」作「造古」、《郭店‧五行》「容貌」作「容佝」。《上博二‧容成氏》「有無」作「有吳」等，均是唇音字與喉牙音音字通假的例子，「盲」（唇音陽部）與「痙」（喉牙音陽部）或可與之類比。 |

如《大戴禮記·曾子疾病》「則廣大矣」,《漢書·董仲舒傳》引作「廣」,又《穀梁傳》僖公十五年「德厚者流光」,《荀子·禮論》、《史記·禮書》均引作「廣」。而「光」聲字可通「亡」聲字,如今本《老子》第十四章「是謂恍惚」,傅奕本「恍」作「芒」,同書第二十一章「惟恍惟惚」,馬帛《老子》甲本「恍」作「望」。如此則「坒」、「光」、「亡」可輾轉相通,「瘴」可通「盲」,二字也當爲一字異體,與「矓」、「聾」的關係類同。此外,趙彤先生曾系統探討過中古舌根聲母字和雙唇聲母字在戰國楚系文獻中的交替現象及其原因,趙文所舉有郭店《窮達以時》「造夫」作「造古」、郭店《五行》「容貌」作「容佼」上博二《容成氏》「有無」作「有吳」等,均是唇音字與喉牙音音字通假的例子,「盲」(唇音陽部)與「瘴」(喉牙音陽部)或可與之類比。

再次,古書中「聾盲」(或「盲聾」)常並舉或對言。如:

《老子》第十二章:「五色令人目盲,五音令人耳聾。」《莊子·逍遙遊》:「瞽者無以與乎文章之觀,聾者無以與乎鐘鼓之聲。豈唯形骸有聾盲哉?夫知亦有之,是其言也,猶時女也。」《韓非子·姦劫弒臣》:「我以忠信事上積功勞而求安,是猶盲而欲知黑白之情,必不幾矣。若以道化行正理,不趨富貴,事上而求安,是猶聾而欲審清濁之聲也,愈不幾矣。」《論衡·論死》:「人無耳目則無所知,故聾盲之人比於草木。」而「聾」、「盲」可引申出無知無識、昏庸等義。「聾」字如《左傳》宣公十四年:「鄭昭、宋聾,晉使不害,我則必死。」杜注:「昭,明也。聾,闇也。」又《淮南子·說林》:「雖聾蟲而不自陷。」高誘注:「聾,無知也。」「盲」字如《論衡·謝短》:「夫知今不知古,謂之盲瞽。」古時「民」又稱「氓」,音同「盲」,或以為有盲目無知之義,現代將無知識者稱為「文盲」,均可佐證「盲」與「不讀書占」之間的關係。「聾」、「盲」這一詞義引申方式,也恰可與與之反義的「聰」、「明」相類比。此外,前引《逍遙遊》謂「豈唯形骸有聾盲哉?夫知亦有之」,正可作為「聾盲」表無知作注腳。《韓非子·用人》:「盲者處平而不遇深谿,愚者守靜而不陷險危」,則以「盲」、「愚」對言。

《劉子·崇學》:「耳形完而聽不聞者,聾也;目形全而視不見者,盲也;人性美而不監道者,不學也。……人不涉學,猶心之聾盲,不知遠祈明師,以攻心術,性之蔽也。」「人不涉學,猶心

另外,作者認為「聾盲」二字常在古書中對舉,並舉《老子》、《莊子·逍遙遊》、《左傳》、《劉子》等書例說明。

	之聾盲」，句意與簡文「君子而不讀書占，則若小人之癃（聾）痙（盲）」頗類似，雖稍後出，亦可並觀。	
楊鵬樺：〈清華五〈殷高宗問于三壽〉初讀〉，簡帛網論壇第十四樓	拙文《清華伍〈殷高宗問于三壽〉「若小人之聾盲」試解》（簡帛網 2015 年 4 月 11 日），將《三壽》簡 9-10「君子而不讀書占，則若小人之 AB 而不友」之「AB」讀爲「聾盲」。但其中 B 字（當爲喉牙音陽部字）讀盲（明紐陽部），自己感覺聲紐聯繫仍不夠緊密（儘管可以疏通）。文章發出後，我又想到 B 字也可能讀「聱」（當系喉牙音魚部字）。B 字聲符在楚簡中常用爲廣，而廣與聱聲母相近，韻部對轉。「聾聱」義同「聾盲」，拙文對詞義的相關闡述仍然適合。希望以後有機會再作補論。	重新審查之所發之文之「聾盲」解，認爲「聾聱」與聲音連繫更緊密。
王挺斌：〈讀清華（五）〈殷高宗問於三壽〉小札〉，2015 年 4 月 13 日。	清華伍《殷高宗問於三壽》簡 9-10： 君子而不讀書占，則若小人之癃痙而不友。 「癃痙」，整理者讀爲「縱狂」，認爲「縱」就是放縱，「狂」字下面又引了《新書·大政上》：「知善而弗行謂之狂。」清華讀書會則在「癃」後括注了「癃」。楊鵬樺先生本讀爲「聾盲」，後來感覺不妥而又改讀爲「聾聱」。 由以上的討論可知，「癃痙」二字確實費解，雖然字形可以隸定釋出，但是到底讀爲哪個詞還存在問題。將「癃痙」讀爲「縱狂」、「癃狂」、「聾盲」、「聾聱」，或在古音或在辭例或在文義上似乎都存在一定的障礙。 我們試著提出一個新解，即「癃痙」可能要讀爲「侗狂」。「痙」可讀爲「狂」，不勞煩證。同、龍古韻都在東部，聲紐亦不遠，從同聲字與從龍聲字在古書古注中有通假的例子，如《方言》：「無裥袴謂之襣。」郭注：「裥亦襱，字異耳。」《玉篇》「裥」同「襱」。又，《說文》「鮦」字下「讀若綺襱」。這兩例通假已收入《古文字通假會典》。所以「癃」也可以讀爲「侗」。「侗」即幼稚無知之義，《莊子·山木》「侗乎其無識」。「癃痙」讀爲「侗狂」，「狂」指狂妄，「侗」指幼稚，「侗狂」雖然不見於古書，但是《論語·泰伯》「子曰：『狂而不直，侗而不愿……』」中倒是同時提到了這兩種孔子所厭惡批評的不好品德，將「侗狂」放在簡文中去理解，應該說是比較合適順暢的。	作者認爲「癃痙」二字應讀爲「侗狂」，「龍」、「同」古韻都在東部，從同聲字與從龍聲字也有通假的例子。因此「癃」應可讀爲「侗」，即幼稚無知之義。並引《莊子》、《論語》「狂而不直，侗而不愿」爲例，指稱「癃痙」爲「侗狂」爲合理。
陳健：〈也說《清華五·殷高宗問於三壽》的「癃	關於《清華五·殷高宗問於三壽》「癃痙」的討論一時可謂蜂出。但筆者發現不管何種解釋，幾乎都是將「癃痙」作爲一個表示貶義的詞組來理	作者認爲「而」應視爲一轉折連詞，並舉《論語》

皇」〉，2015 年 4 月 14 日。	解的。這在語義照應上可以說的通，因為要和前文的「君子」相對照，以體現「小人」的特性。然而從句子的語法結構來看，情況可能是相反的。簡文： 「君子而不讀書占，則若小人之瘇瘇而不友」。 以轉折連詞「而」為中心，「君子」之於「不讀書占」當同於「小人之瘇瘇」之於「不友」，這與《論語·為政》的「人而無信」、《詩經·鄘風·相鼠》的「人而無儀」「人而無止」「人而無禮」等是同樣的道理。因此我們認為這裡的「瘇瘇」是一個表示褒義的詞組。 又古文字中有並列結構詞組使用同一偏旁的情況，如白于藍先生考釋中山王方壺「醓醓」一語，「瘇瘇」兩字亦當如是。但為何表示褒義的字要用「疒」這樣一個看似不吉的偏旁呢？其實簡文此處是明褒暗貶，表面上誇耀小人，實則痛斥小人的卑鄙。 鑒於此，我們將「瘇瘇」讀為「寵舜（皇）」，即「榮華」。 「瘇」可讀「寵」，無需贅言。「寵」可訓「榮」，《詩經·商頌·長發》「何天之龍」，鄭箋：「龍當作寵。寵，榮名之謂。」 「瘇」從「坒」得聲，可讀為「皇」，實乃大徐本《說文》之「舜」字。《說文》：「舜，華榮也，从舜，生聲。讀若皇。《爾雅》曰：『舜，華也。』（圖），舜或从艸、皇。」段玉裁《說文解字注》改「生聲」為「坒聲」，並曰：「形聲包會意。各本譌生，則非聲。大徐本篆文右半譌生，非也。」 馬瑞辰說《詩經·小雅·皇皇者華》：「皇即堇之省，為舜榮之貌，華、皇以雙聲為義，重言之則曰皇皇。詩蓋以華之有光榮，與使者之有光華，序所云『遠而有光華』也。」簡文「友」當訓「親」，如《詩經·周南·關雎》「琴瑟友之」之類。小人且有「榮華」，則拒人於千里之外，不可親近。《論語》一書多次提到君子與小人之別，部分內容或可參照。 總之，「瘇瘇」一詞還是讀解成一個褒義詞組為妥，但在修辭上依然作貶義詞用，所以字從「疒」旁。「瘇瘇」讀為「寵舜」，「榮華」之義。整句話的意思是說「君子不習書數，就好像小人只有外在的光彩，（而缺乏內在的優良品質）使人無法親近」。正如《論語》所言：「君子以文會友，以友輔仁。」	「人而無信」句做為證明。 另外，作者認為「瘇瘇」應是一表示褒義的詞組，使用「疒」偏旁是「明褒暗貶」，表面上是誇耀小人，實則痛斥小人之卑鄙。 作者認為應將「瘇瘇」讀為「寵舜（皇）」，即「榮華」，「瘇」讀作「寵」，訓為「榮」；「瘇」可讀為皇，即《大徐本》中之「舜」字。

焦帛：〈說〈殷高宗問於三壽〉的「聾狂」〉，2015年4月14日	《殷高宗問於三壽》簡9-10「君子而不讀書占，則若小人之癱痺而不友「之「癱痺」，關於其讀法，目前已見「縱狂」、「癱狂」、「聾盲」、「聾瞽」、「侗狂」等說，似均未達一間，故草成此札，略作補充。	作者引《韓非子》、《呂氏春秋》、《論衡》、《尉繚子》說明在古文中，「盲」、「聾」、「狂」經常出現，說明人愚昧不知的狀態。認為該詞應採自然直接的方式來讀。
	原整理者讀為「縱狂」、解「縱」為放縱，清華讀書會讀為「癱狂」，楊鵬樺先生已指出這些讀法於句意而言扣和不夠緊密，並說：	
	簡文謂君子若「不讀書占」（依整理者的說法，即不讀「書」與「數」），便會像小人一樣「癱痺」，則「癱痺」當是「不讀書占」的結果，或有無知無識之類的含義。	
	楊先生繼而提出「癱」讀為「聾」，並以此為定點去考慮「痺」的讀法，他先將「痺」讀為「盲」，後又嫌二者聲母難以溝通，轉將此字讀為「瞽」。楊先生對於句意的把握應可從，「癱」讀為「聾」亦甚可信，但為了遷就「聾」，將「痺」讀為「盲」、「瞽」等，則令人費解。	
	今按，「癱」和「痺」應分別取其最自然直接的讀法、「癱痺」應逕讀為「聾狂」。古書中「盲」、「聾」、「狂」三者常常同時出現，用來描述愚昧不知的狀態：	
	《韓非子·解老》：目不明則不能決黑白之分，耳不聰則不能別清濁之聲，智識亂則不能審得失之地。目不能決黑白之色則謂之盲，耳不能別清濁之聲則謂之聾，心不能審得失之地則謂之狂。盲則不能避晝日之險，聾則不能知雷霆之害，狂則不能免人間法令之禍。	
	《韓非子·內儲說》：嬰兒癡聾狂悖之人嘗有入此者乎？	
	《呂氏春秋·序意》：夫私視使目盲，私聽使耳聾，私慮使心狂。三者皆私設精則智無由公。智不公，則福日衰，災日隆，以日倪而西望知之。	
	《論衡》：何以知其聾也？以其聽之聰也。何以知其盲也？以其視之明也。何以知其狂也？以其言之當也。夫言當、視「明」、聽聰〔明〕，而道家謂之狂而盲聾。今言天之譴告，是謂天狂而盲聾也。	
	《尉繚子·兵談》：夫心狂、目盲、耳聾，以三悖率人者難矣。	
	我們猜想楊鵬樺先生之所以捨棄「狂」這樣直接的讀法，而努力將「痺」和「盲」一類的意思牽和，大概是因為文獻中有「盲聾」而沒有出現「聾」、「狂」單獨搭配的例子。但事實上，北大	

	簡中就有「聾」、「狂」並舉的絕佳證據，見《周訓》簡 2292： ……此諺之所謂曰「不狂不聾，不能為人公」者也。 閻步克先生指出《周訓》之「狂」應是癡、愚之意，狂與盲、聾類似，為心的無能狀態。可見，盲、聾、狂雖分別關涉眼、耳、心，但都表示人不聰明、無知，因此無論是「聾盲」還是「聾狂」都是一樣的意思，都是「君子不讀書占（牒／札？）」而造成的混沌無知的後果。	
清華大學出土文獻讀書會：〈清華簡第五冊整理報告補正〉，清華大學出土文獻與保護中心，2015／04／18	君子而不譚書占，則若小人之癭（癡）痓（狂）而不友，殷邦之妖祥並起。	沒有解釋，只釋為「癭（癡）痓（狂）」
王寧：〈讀〈殷高宗問於三壽〉散札〉，2015／05／17	君子而不讀箸（書）占，則若小人之癭（聾）狂而【9】不客（友）。 按：「讀書占」當是讀書而占卜的意思，《金縢》載周公占卜曰「乃卜三龜，一習吉；啟籥見書，乃並是吉。」賈誼《鵩鳥賦》：「發書占之。」蓋古人占卜要讀書（筮書）而斷。「友」或當讀為「有」，《玉篇・有部》：「有，不無也，果也，得也，取也，質也，宷也。」此可能為「果」或「得」義，占卜準確則曰「果」。此二句言君子若不讀書而占卜，就會和小人一樣糊里糊塗而得不到正確的結果。	王寧直接解為「聾狂」，並認為是指「糊里糊塗而得不到正確結果」的意思。
曹峰：〈讀〈殷高宗問於三壽〉上半篇的一些心得〉，2015年5月25日。	「君子而不讀箸（書）占，則若小人之癭痓而不友」一句，有一个清晰的語言結構，那就是本該如此，卻沒有如此。本應「讀箸（書）占」的君子卻沒有「讀箸（書）占」，本來「不友」的小人卻反而「癭痓」。其結構有點類似《論語・憲問》的「君子而不仁」、「小人而仁」；《論語・里仁》的「士志於道，而恥惡衣惡食者，未足與議也。」所以筆者贊同陳健的思路，這裡的「而」表示轉折。「讀箸（書）占」，整理者解釋為「讀書數」，胡敕瑞認為，「書」可讀，「數」不可讀，古無「讀占」的文例。此處「占」當讀如「笘」，也是簡書。其說可從。總的來講，這兩句可能意為，「作爲一個君子卻不喜歡讀書，就像一個不懂友愛的小人卻癭痓一樣」「這都是奇怪的反常的現象」。「癭痓」，應該是個好詞。	曹峰從語法分析認為「而」應該是轉折「卻」的意思，因此「癭痓」應該是正面的好詞。

馬文增:〈清華簡〈殷高宗問於三壽〉新釋、簡注、白話譯文〉,2015 年 5 月 30 日	小人之縱、誆而不友:之,動詞;縱,不約束自己,即「不忠」,偏心,自私;誆,說謊,即「不信」,不講信用;不友,不和,爭。「小人之縱、誆而不友」,同《中庸》之「小人之中庸小人而無忌憚矣。」	作者認為「龐痒」二字讀為「縱、誆」。即不約束自己、不講信用。
湯瑞芬:《清華伍·殷高宗問於三壽》考釋》,國立中興大學中國文學研究所碩士論文,2017 年 7 月。頁 41~42。	瑞芬案:曹峰所舉「君子而不仁」、「小人而仁」,並非完整的句子,原句為「君子而不仁者有矣夫,未有小人而仁者也。」 陳健就語法結構來看,認為「小人」與前文的「君子」對照,以突顯「小人」的特性,以轉折連詞「而」為中心。但筆者認為簡文「小人之龐痒而不友」的「而」是表示並列關係的連接詞,因此「龐痒」與「不友」應皆為貶義之形成詞。 楊鵬樺與焦帛以「君子不讀書」,得出「無知識、昏庸、混沌無知」的結論,因此將「龐痒」讀作「聾盲」、「聾瞽」及「聾狂」。筆者認為「龐痒」應該是形容小人外在行為的負面詞。君子可以透過學習,對自身有所約束,《論語·雍也》:「子曰:『君子博學於文,約之以禮,亦可以弗畔矣夫!』」反觀小人則無,《荀子·儒效》:「縱情性而不足問學,則為小人矣。」導致小人行為的「狂妄、輕狂」,但不代表小人不學習、沒有知識,因此筆者不同意楊鵬樺與焦帛之說。 學者多數認為「痒」讀為「狂」是可以接受的。對「龐」則有不同意見,如下表所示: 表格如下: 筆者採用王挺斌的意見,因其指出從「同聲」字與從「龍聲」字在古書古注中通假的例證,且其說語音上的連繫較為緊密。	作者認為「龐痒」二字應該與「不友」皆為貶義的詞,並認為王挺斌所解之「侗狂」的解釋較好,其於語音上的連繫較為緊密。

表格內容:

學者	讀作	上古聲母	上古韻部
簡文隸定	龐(龍)	來母	東部
王挺斌	侗(同)	定母	東部
網友「shanshan」	贛	見母	東部
整理者	縱	精母	東部
網友「溜達溜達」	陋	來母	侯部

學者們針對這二個字有以下幾種方向討論:

其一,依據簡文上下文解釋:如清華大學出土文獻讀書會:〈清華簡第五冊整理報告補正〉將這二字解為「龐狂」、馬文增〈清華簡〈殷高宗問於三壽〉新釋、簡注、白話譯文〉解釋為「縱」、「狂」(作者不認為是合在一起的詞)。

其二,依簡文內容判斷是否為正面詞,但未解釋這二個字的意義。如曹峰在〈讀〈殷高宗問於三壽〉上半篇的一些心得〉中認為該句的「而」是一個轉折連詞,指不友愛的小人卻「龐痒」,應該是個正面意義的詞。王寧在〈讀〈殷

高宗問於三壽〉散札〉則釋為「聾狂」，意思是指「糊里糊塗」。其三，依簡文語法結構及聲韻作解釋。如陳健〈也說《清華五・殷高宗問於三壽》的「寵皇」〉一文便將這個詞釋為「寵皇」，其義為「榮華」，作者認為句中的「而」為轉折連詞。「龐」與「寵」音韻相近可以互讀，「痽」從「里」得聲，即《大徐本》中的「𤯌」字。「𤯌」，華榮也，從舜，生声。讀若皇。然此二字從「疒」部乃說明小人「只有外在的光彩而缺乏內在優良的品質」。王挺斌在〈讀清華（五）〈殷高宗問於三壽〉小札〉一文中認為「痽」字釋為「狂」無疑，「龐」與「侗」聲音相近，應釋為「侗」，意思是幼稚無知，湯瑞芬也認同王挺斌的看法。最後，從古書的詞例中尋找，並依聲韻判斷。楊鵬樺先在〈清華伍〈殷高宗問於三壽〉「若小人之聾盲」識解〉文中舉《老子》、《莊子》等文為例，認為應釋為「聾盲」，但其後又在簡帛網論壇中重新解釋，認為「痽」與「瞽」在古音中發音比較接近，應釋為「聾瞽」為宜。焦帛則在〈說〈殷高宗問於三壽〉的「聾狂」〉一文中認為應該就讀作「聾狂」，並舉《北大簡・周訓》「不聾不狂，不能為人公」作為例證。

（A）

查「」字於其他楚簡未見，但新出之《清華捌・邦家處位》【簡01a】有一「」字：

> 邦豪（家）尻（處）立（位），（傾）吳（仄）亓（其）天命，印（抑）君臣必果以尼（度）。尼（度），君𨼦（速）臣，臣壴（適）逆君。君唯（聾）痽（狂），叟（吏）臣欲迷，政事逆頪（微），寵豪（福）逆亞（惡）……〔註257〕

在《清華捌・邦家處位》【簡01a】的「君唯（聾）痽（狂）」，其構詞與〈殷高宗問於三壽〉的「」相同，唯一不同處在於〈邦家處位〉是從「龍」從「耳」之「聾」；而〈殷高宗問於三壽〉中的「」則是從「疒」從「龍」，是否「」與「」字相同，只是偏旁不同？

〔註257〕清華大學出土文獻研究與保護中心編，李學勤主編：《清華大學藏戰國竹簡（捌）》，（上海：中西書局，2018 年 11 月），頁 203。

查「聾」字在甲骨文的寫法如「」（合 21099），在卜辭中多見「疾耳」之意，金文則作「」（聾鼎），張世超在《金文形義通解》釋「」：

> 「解字」：《說文》：「無聞也。从耳，龍聲。」金文與小篆形聲同，其右形左聲，與小篆微異。〔註258〕

金文「」字與小篆「」字構造不同，金文左邊為「龍」，右邊為「耳」，小篆則上面為「龍」，下邊為「耳」。馬敘倫認為「聾」字從「龍」是有其原因的：

> 聾之從龍得聲，蓋以聾是耳病，耳將聾者，其膜側而發聲龍龍然也。
> 翟云升據《本草》注龍耳虧聰，以為當從龍龍亦聲。然則轉注字作筚，將何說也？〔註259〕

馬敘倫認為「聾」字從龍因為當人耳朵將聾時，耳膜會發出「龍龍」的聲響，因此「聾」字從「龍」從「耳」，並認為翟云升依據《本草綱目》所注的注解不確。許慎《說文解字》云：

> 無聞也，從耳龍聲。〔註260〕

許慎直接解釋「聾」就是無聞，聽不見的意思。然在〈殷高宗問於三壽〉中從「疒」的「」是否與「聾」字相關？許慎《說文解字》釋「疒」：

> 倚也，人有疾痛也，象倚箸之形。〔註261〕

「疒」是象人有疾痛而倚靠在床上的樣子，季旭昇在《說文新證》中也說：

> 釋義：人病倚床。
>
> 釋形：甲骨文从爿从人，或加小點象生病盜汗，孫海波《甲骨文編》
> 釋疒是也。或釋疾，非，古文字另有疾字。〔註262〕

〔註258〕張世超、孫凌安、金國泰、馬如森：《金文形義通解》，（日本京都：中文出版社，1996 年 3 月），頁 2787。

〔註259〕馬敘倫：《說文解字六書疏證卷二十三》，（臺北：鼎文書局，1975 年 11 月），第三冊，頁 2968。

〔註260〕〔漢〕許慎撰；〔清〕段玉裁注：《圈點說文解字》，（臺北：書銘出版社，1992 年 9 月），頁 598。

〔註261〕〔漢〕許慎撰；〔清〕段玉裁注：《圈點說文解字》，（臺北：書銘出版社，1992 年 9 月），頁 351。

〔註262〕季旭昇：《說文新證》，（臺北：藝文印書館，2014 年 9 月），頁 610。

　　季旭昇認為「疒」是指人生病躺在床上的樣子，因此，從「疒」旁的字與生病或有相關。孫詩懿在《《說文解字》疒部字研究》一文中提到：

> 《說文解字》的疒部字中，基本上所有的字都是和疾病相關……有
>
> 少數字活躍在日常生活中，並且有了相關的引申義。〔註263〕

　　也就是說，從疒的字其大多數是和疾病相關的，據此可知從疒從龍之「」也有可能是人身體的一種疾病。清華大學出土文獻讀書會在〈清華簡第五冊整理報告補正〉中將此字釋讀為「癃」，〔註264〕然卻未說明推論原因。「癃」字在楚簡無見，許慎《說文解字》解「癃」：

> ，罷病也，從疒隆聲。〔註265〕

段玉裁注云：

> 病當作癃罷者，廢置之意。凡廢置不能事事曰罷癃，平原君傳躄者
>
> 自言：不幸有罷癃之病。然則凡廢疾皆得謂之罷癃也。

　　段玉裁認為「癃罷」是指什麼事都不能做的一種病。馬敘倫認為「癃」則是指「老衰之病」：

> 癃即今言龍鍾也，蓋老衰之病。《後漢書·光武紀注》引倉頡，癃病
>
> 也。字亦見《急就篇》。〔註266〕

　　馬敘倫認為「癃」即「龍鍾」之意，因年紀老而衰之症。然據郭錫良之《漢字古音手冊》〔註267〕中所敘，「癃」、「隆」上古音為來聲冬部，而「龍」則為來聲東部，二字韻部不同，於傳世文獻中也無「龍」與「隆」之通假之例。因此清華大學出土文獻讀書會將「」釋為「癃」有待近一步商榷。

〔註263〕孫詩懿：《《說文解字》疒部字研究》，遼寧師範大學碩士論文，2013 年 6 月，頁 34。

〔註264〕清華大學出土文獻讀書會：〈清華簡第五冊整理報告補正〉，清華大學出土文獻與保護中心 http://www.tsinghua.edu.cn/publish/cetrp/6842/2015/201504081127117175 68509/2015040811271171 7568509_.html，2015 年 4 月 18 日。

〔註265〕〔漢〕許慎撰；〔清〕段玉裁注：《圈點說文解字》，（臺北：書銘出版社，1992 年 9 月），頁 355。

〔註266〕馬敘倫：《說文解字六書疏證卷十四》，（臺北：鼎文書局，1975 年 10 月），第三冊，頁 1956

〔註267〕郭錫良：《漢字古音手冊》，（北京，商務印書館，2017 年 3 月一版），頁 455。《漢字古音手冊》乃依王力之《古代漢語》所編。

其他學者將「」解為「侗」、〔註268〕「寵」,〔註269〕原整理者將此字釋為「縱」,皆以「」字之聲符「龍」與「侗」、「寵」、「縱」有聲音相關,但除了聲音上的關連性外,學者們對於其所從之「疒」偏旁似乎並無太多討論。因此筆者認為若以從「疒」之字皆有與疾病或與診治相關來看,將「」字釋為「聾」較為適當。在《韓詩外傳》卷三有句:

> 傳曰:太平之時,無痦、瘲、跛、眇,尫蹇,侏儒,折知,父不哭子,兄不哭弟,道無襁負之遺育。然各以其序終者,賢醫之用也。
>
> 故安止平正,除疾之道無他焉,用賢而已矣。〔註270〕

《韓詩外傳》相傳為西漢韓嬰所撰,在卷三這段文字中使用了「痦瘲」一詞,並與跛眇、尫蹇、侏儒、折知等詞相連。「痦」指「不能言也。」〔註271〕,故可推「瘲」與「聾」意思相類,與「跛眇」等詞均指人身體上之疾病。韓嬰距〈殷高宗問於三壽〉抄寫時代不遠,或有可能當時「聾」字有從「疒」旁之「瘲」的另一種寫法。類似的疾病組合,在《上博二‧容成氏》【簡36】－【簡37】有句:

> 於是虐(乎)又(有)諗(喑)、(聾)、皮(跛)、(冥/眇)、癭、宎(疛)、妻(瘻)旬(始)起。〔註272〕

〈容成氏〉這段話與《韓詩外傳》的內容相近,簡文中所用「聾」字即從耳龍聲的「聾」,或可推知從疒聾聲的「」字意思與之相同?

楊鵬樺在〈〈清華伍〈殷高宗問於三壽〉「若小人之聾盲」識解〉中認為:

> 首先,二字均从「疒」,當即義符,則二者當與「病態」相關(讀

〔註268〕王寧:〈讀〈殷高宗問於三壽〉散札〉,復旦大學出土文獻與古文字研究中心 http://www.gwz.fudan.edu.cn/SrcShow.asp?Src_ID=2525,2015年5月17日。

〔註269〕陳健:〈也說《清華五‧殷高宗問於三壽》的「寵皇」〉,簡帛網 http://www.bsm.org.cn/show_article.php?id=2207,2015年4月14日。

〔註270〕〔漢〕韓嬰著,國立臺灣師範大學出版中心編輯:《韓詩外傳》,(臺北,師大出版中心,2012年),卷三,頁20。

〔註271〕〔漢〕許慎撰;〔清〕段玉裁注:《圈點說文解字》,(臺北:書銘出版社,1992年9月),頁352。

〔註272〕馬承源編:《上海博物館藏戰國楚竹書(二)》,(上海:上海古籍出版社,2002年12月),頁113。

書會將其理解為疾病，恐怕也是考慮到這一點），而聾、盲均為人身缺陷（且多屬先天性疾病），自可從疒作；若著眼「聾盲」的引申義，即無知無識（與「聰明「相反，詳下」，從疒也合乎情理；其次，「瓏」與「聾」同聲符，據以上分析，二者或為一字異體（義符「疒」著眼其屬性，「耳」強調其部位）。〔註273〕

　　楊鵬樺認為從「疒」乃指身體疾病，而「瓏」與「聾」的聲符同為「龍」，因此將此字解釋為「聾」是恰當的。此外，「聾」本指人聽不見，進而引申為沒有知識，就意義上解釋也是合乎情理的。焦帛也持相同看法：

今按，「瓏」和「痙」應分別取其最自然直接的讀法、「瓏痙」應徑讀為「聾狂」。古書中「盲」、「聾」、「狂」三者常常同時出現，用來描述愚昧不知的狀態……〔註274〕

　　焦帛指出楊鵬樺努力將「」釋為「聾盲」、「聾瞶」者，是因為在傳世文獻中「聾盲」、「聾瞶」較常合為一詞。然在《北京大學藏西漢竹簡（叁）‧周馴》【簡2292】中也有一句：

此諺之所謂曰不狂不聾，不能為人公者也。〔註275〕

　　簡文中「不狂不聾」即同時出現，因此焦帛認為將「」釋為「聾」為是，「聾狂」合為一詞意指「混沌無知」的狀態。除《北大簡（叁）‧周馴》的「不狂不聾」外，《清華捌‧邦家處位》的「君唯（聾）痙（狂），叟（吏）臣欲迷」句更提供了確切的證據，可證明〈殷高宗問於三壽〉中的「則若小人而不斉（友）」句中之「」即為從龍從耳之「聾」。劉信芳於〈清華藏八〈邦家處位〉章句（一）〉中解釋【簡01a】的「君唯（聾）痙（狂），叟（吏）臣欲迷，政事逆頻（微），寵稟（福）逆亞（惡）」：

〔註273〕楊鵬樺：〈清華伍〈殷高宗問於三壽〉「若小人之聾盲」識解〉，簡帛網 http://www.bsm.org.cn/show_article.php?id=2191，2015 年 4 月 11 日。

〔註274〕焦帛：〈說〈殷高宗問於三壽〉的「聾狂」〉，復旦大學出土文獻與古文字研究中心 http://www.gwz.fudan.edu.cn/SrcShow.asp?Src_ID=2495，2015 年 4 月 14 日。

〔註275〕北京大學出土文獻研究所：《北京大學藏西漢竹書（叁）》，（上海：上海古籍出版社，2015 年 9 月）

謂亂局的主要原因在上樑不正下樑歪，用人失察。〔註276〕

陳民鎮在〈清華簡（捌）讀札〉一文中解釋【簡01a】：

治國守業，不但要隨順天命，君臣還需要用「度」去實現善政。所謂「度」，指的是君主招徠合適的臣子，臣子則順從君主。君主若是昏瞆瘋狂，官吏也便迷亂。政事迎受美臣，而榮華富貴迎受惡臣。〔註277〕

陳民鎮將〈邦家處位〉的「聾狂」解釋為「昏瞆瘋狂」，「聾」字即耳聾，引申為神智昏亂的樣子。此外，《字彙》一書有收「瓏」字：

瓏，俗聾字。

聾，盧容切，音龍。耳無聞也。《釋名》：聾，籠也，如在蒙籠之內，聽不察也。《左傳》：耳不聽五聲之和為聾。又叶盧黃切，音近郎。《老子》：五色令人目盲，五音令人耳聾，五味令人口爽。〔註278〕

因此，在〈殷高宗問於三壽〉中的「聾」應與〈邦家處位〉之「聾」意義相同，是指昏亂不清的樣子，故而並非陳健、曹峰所言是有正面意義的褒義字。

（Ｂ）躳

「躳」除出現在〈殷高宗問於三壽〉外，在《清華伍‧厚父》【簡13】：
〔註279〕「民亦隹（唯）酉（酒）甬（用）歔（敗）畏（威）義（儀），亦隹（唯）酉（酒）甬（用）忥（恆）躳（狂）。」本簡圖版不甚清楚，然下冊之文字編所錄字形為「躳」。〔註280〕原整理者引《尚書》解釋：

〔註276〕劉信芳：〈清華藏八〈邦家處位〉章句（一）〉，簡帛網 http://www.bsm.org.cn/show_article.php?id=3257，2018年11月23日。

〔註277〕陳民鎮：〈清華簡（捌）讀札〉，清華大學出土文獻與保護中心，http://www.tsinghua.edu.cn，2018年11月17日。

〔註278〕〔明〕梅膺祚撰，〔清〕吳任臣補：《字彙》，（上海：上海辭書出版社，1991年6月），頁305。

〔註279〕清華大學出土文獻研究與保護中心編，李學勤主編：《清華大學藏戰國竹簡（伍）》，（上海：中西書局，2015年4月）下冊，頁110。

〔註280〕清華大學出土文獻研究與保護中心編，李學勤主編：《清華大學藏戰國竹簡（伍）》，

《書・多方》:「惟聖罔念作狂，惟狂克念作聖。」〔註281〕

由此可以，其以為此形就是「狂」，並引《尚書》的文例作為佐證的材料。馬文增在〈清華簡〈厚父〉新釋、簡注、白話譯文〉文中翻譯為:

夏桀濫用酒，敗壞了祭祀的嚴肅性，也因為酗酒變得暴戾發瘋。〔註282〕

可見其釋「⬛」為「發瘋」。高佑仁在〈〈厚父〉考釋（下）〉一文解釋「民亦佳（唯）酉（酒）甬（用）歔（敗）畏（威）義（儀），亦佳（唯）酉（酒）甬（用）忌（恆）⬛（狂）。」:

趙平安讀（忌）「恆」，暮四郎讀「極」訓「急」，表程度之深。馬文增讀「很」，訓暴戾。石小力讀「亟」，認為暮四郎所訓的程度副詞可備一說，但亦可能為時間副詞，表示速狂。白於藍讀為「癲」，與「狂」同義。

簡文是指，唯有飲酒會使人產生極為瘋狂的行為。酒精為親神經物質，有抑制中樞神經的作用，大量飲酒會產生醉酒狀態，而常見急性酒精中毒，會有震顫性譫妄，人會變得極端激動、顫抖、出現幻覺並且脫離現實。〔註283〕

高佑仁認為大量飲酒會產生醉酒狀態，甚至會有譫妄、激動、出現幻覺，因此「⬛」也指那種喪失心志、精神不正常的現象。另外，在《清華捌・邦家處位》【簡01a】中所用之「聾痓」也用相同從「疒」從「坒」字形，原整理者釋為「狂」。劉信芳在〈清華藏八〈邦家處位〉章句（一）〉中解釋「君唯聾痓（狂），叓（吏）臣欲迷，政事逆頯（微），寵熹（福）逆亞（惡）。」句言道:

君聾狂所以臣欲迷；君聾狂導致政事面臨衰微，君聾狂、臣欲迷致

（上海:中西書局，2015年4月）下冊，頁210。

〔註281〕清華大學出土文獻研究與保護中心編，李學勤主編:《清華大學藏戰國竹簡（伍）》，（上海:中西書局，2015年4月）下冊，頁116。

〔註282〕馬文增:〈清華簡〈厚父〉新釋、簡注、白話譯文〉，簡帛網，http://www.bsm.org.cn/show_article.php?id=2233，2015年5月12日。

〔註283〕高佑仁:〈〈厚父〉考釋（下）〉，收錄於《清華伍書類文獻研究》，（臺北:萬卷樓圖書股份有限公司，2018年4月），頁259。

使重臣為惡徒。頗有制度壞了（傾倒），本來可以做好官的也成了邪惡貪官的意涵。[註284]

劉信芳在章句解釋時便直接用「聲狂」說解「聲痙」，是否從「疒」從「㞷」之「痙」等於「狂」？楊鵬樺在〈清華伍〈殷高宗問於三壽〉「若小人之聲盲」識解〉一文中認為「痙」應讀作「盲」：

> 「痙」從「㞷」聲，「㞷」聲字在楚簡中多讀為喉牙音陽部字（如往、枉、廣、曠）等，而「盲」屬明母陽部字，「亡」聲字上古音多歸明、曉二紐，痙與盲（㞷與亡）雖無直接相通之例，但仍有糾葛……[註285]

楊鵬樺從「痙」字的聲符討論，並由上古音推測「痙」與「盲」之間的聲音相關，認為「痙」應讀作「盲」。陳健於〈也說《清華五・殷高宗問於三壽》的「寵皇」〉一文中，也是從「痙」的聲符來討論，認為應讀作「皇」：

> 「痙」從「㞷」得聲，可讀為「皇」，實乃大徐本《說文》之「蘳」字。《說文》：「蘳，華榮也，從舜，生声。讀若皇。《爾雅》曰：『蘳，華也。』，蘳或從艸、皇。」段玉裁《說文解字注》改「生聲」為「㞷聲」，並曰：「形聲包會意。各本譌生，則非聲。大徐本篆文右半譌生，非也。」[註286]

陳健認為「㞷」可讀為「皇」，其義是「蘳」字，即華榮之意，並引段玉裁注說明應為「㞷」聲而非「生」聲。查「㞷」字在甲骨文中作「㞷」（甲骨文合集67正），徐中舒解釋：

> 從之從大（王），王為聲符。為往來之往本字。《說文》：「㞷，草木妄生也，從之在土上，讀若皇。」草木妄生顯非㞷之朔義，《說文》謂㞷從土亦誤。

[註284] 劉信芳：〈清華藏八〈邦家處位〉章句（一）〉，簡帛網 http://www.bsm.org.cn/show_article.php?id=3257，2018 年 11 月 23 日。

[註285] 楊鵬樺：〈清華伍〈殷高宗問於三壽〉「若小人之聲盲」識解〉，簡帛網 http://www.bsm.org.cn/show_article.php?id=2191，2015 年 4 月 11 日。

[註286] 陳健：〈也說《清華五・殷高宗問於三壽》的「寵皇」〉，簡帛網 http://www.bsm.org.cn/show_article.php?id=2207，2015 年 4 月 14 日。

〔釋義〕之也，去也，從此適彼也。〔註287〕

徐中舒指甲骨文「」是「往來」之「往」的本字，並非許慎所解「草木妄生」，也不是從「土」。張世超也持相同看法：

〔解字〕《說文》：「艸木妄生也。从之在土上，讀若皇。」小徐本古文作𡊍。殷虛甲骨文作𡉈若𡉈，乃从止𡉈聲，為往來之「往」本字。或變為𡉈，省為𡉈。周原甲骨文作𡉈，下部所從已不類「𡉈」字。西周金文承其形，東周文字上譌從「止」（之），戰國時期下譌從「𡉈」，為小徐本古文所本。

〔釋義〕用為「皇」。〔註288〕

張世超認為許慎之說解有誤，同時也指出至東周文字時，字形便開始有所訛變，到了戰國時期「𡉈」字下部譌從「𡉈」。季旭昇於《說文新證》釋「𡉈」：

〔釋義〕往的初文。《說文》釋為「艸木妄生」（妄生即生長茂盛），雖於文獻無徵，但銅器中「𡉈」字往往借用為皇、旺等意義。如《陳逆簋》：「陳氏裔孫逆乍（作）為𡉈（皇）祖大宗簋。」《壺》：「（德）行盛𡉈（旺）。」《說文》「妄生」的「妄」義當承此而來。

〔釋形〕甲骨文𡉈字，羅振玉釋為从止、从土，謂即往之本字，其說甚是，但釋形似應為「从之、从土」，「之」本即有往義，加「土」強化地上行動的意味。前輩學者或釋為「从止，𡉈聲」，即從歷代字形演變來看，應該從「之」。尤其戰國文字毫無例外地一律從「之」，戰國文字除了秦系之外，之形和止形一般是不混淆的。

戰國文字「土」形或作「𡉈（挺）」形，為字形演變常例。秦漢以後「往」行，而「𡉈」廢矣。〔註289〕

季旭昇詳細考證「𡉈」字的字形演變，認為從戰國文字多從之的字形來看，「𡉈」應從之從土，有地上行動之意。而在金文中，「皇」字常借「𡉈」字形。

〔註287〕徐中舒主編：《甲骨文字典》，（新北：達觀出版事業有限公司，2017年6月），頁679。

〔註288〕張世超、孫凌安、金國泰、馬如森：《金文形義通解》，（日本京都：中文出版社，1996年3月），頁1506。

〔註289〕季旭昇：《說文新證》，（臺北：藝文印書館，2014年9月），頁499。

這或許是陳健釋「[圖]」為「皇」的原因。

查楚簡中隸定為「狂」者，其字形多作「[圖]（惶）」如《清華壹‧楚居》【簡4】：

> 至酓（熊）[圖]（狂）亦居京宗。至酓（熊）䎉（繹）與屈約（紃），
>
> 思（使）若（鄀）蕤（嗌）卜遷（徙）於臺（夷）[圖]（屯）……
>
> 〔註290〕

原整理者將「[圖]」隸定為「狂」，陳民鎮在〈清華簡〈楚居〉集釋〉一文中認為：〔註291〕「此處屈紃與熊繹並列，或同為熊狂之後。」《史記‧楚世家》記載：

> 周文王之時，季連之苗裔曰鬻熊。鬻熊子事文王，蚤卒。其子曰熊
>
> 麗。熊麗生熊狂，熊狂生熊繹。熊繹當周成王之時，舉文、武勤勞
>
> 之後嗣，而封熊繹於楚蠻，封子男之田，姓羋氏，居丹陽。〔註292〕

依《史記‧楚世家》記載，熊狂是熊繹之父，因此在〈楚居〉文中，熊繹與屈紃並列，然屈紃若為屈氏先祖，則於史書不合。〔註293〕「[圖]」從心從坒，許慎《說文解字》於「狂」下收一從心之「[圖]」：

> [圖]，古文从心。〔註294〕

許慎於《說文解字》釋「狂」則說：

> [圖]，狾犬也，从犬坒聲。〔註295〕

許慎認為「狂」即「狾犬」，查《說文解字》關於「狾」的解釋則為：

〔註290〕清華大學出土文獻研究與保護中心編，李學勤主編：《清華大學藏戰國竹簡（壹）》，（上海：中西書局，2010年12月），上冊，頁118。

〔註291〕陳民鎮〈清華簡〈楚居〉集釋〉，復旦大學出土文獻與古文字研究中心網，http://www.gwz.fudan.edu.cn/Web/Show/1663，2011年9月23日。

〔註292〕〔漢〕司馬遷：《史記》，（臺北：鼎文書局，1979年），頁1691。

〔註293〕詳細推論可查考金宇祥：《清華大學藏戰國竹簡（壹）‧楚居研究》，國立臺灣師範大學國文研究所碩士論文，2013年6月，頁203～204。

〔註294〕〔漢〕許慎撰；〔清〕段玉裁注：《圈點說文解字》，（臺北：書銘出版社，1992年9月），頁481。

〔註295〕〔漢〕許慎撰；〔清〕段玉裁注：《圈點說文解字》，（臺北：書銘出版社，1992年9月），頁481。

犴，猖犬也，从犬斩聲。《春秋傳》曰：「犴犬入華臣氏之門。」

〔註296〕

段玉裁在注解「**狂**」字時則曰：「二篆為轉注，假借之為人病之偁。」即「狂」與「犴」二字為轉注關係，而「狂」又被假借為人的疾病。馬敘倫也認為：

㞷，此蓋恇之異文。古文經傳借為狂耳。說解當作古文狂。〔註297〕

依馬敘倫所說，從心的「恇」是恇的異文，古文經傳借為「狂」，因此許慎在解「㞷」才會說是「狂」的古文字。然馬敘倫在說解「恇」字時又認為「恇」乃「惶」之異文，「恇」於《說文》中又解為「怯也」，〔註298〕「惶」則為「恐也」。〔註299〕筆者認為許慎《說文解字》認定「㞷」乃「狂」之古文字的原因，除了聲音相近外，「犴犬」即為「瘈狗」，《左傳・襄公十七年》：

十一月甲午，國人逐瘈狗，瘈狗入於華臣氏，國人從之。華臣懼，

遂奔陳。〔註300〕

許慎《說文解字》引《春秋傳》曰「犴犬入華臣氏之門」，然《左傳》則記為「瘈狗」，杜預注曰：

華臣心不自安，見逐狗而驚走。瘈，《字林》作犴，九世反。云狂犬

也。

同樣在《左傳・哀公十二年》亦有記載：

吳方無道，國無道，必棄疾於人，吳雖無道，猶足以患衛，往也，

長木之，斃無不摽也，國狗之瘈，無不噬也，而況大國乎。〔註301〕

杜預注曰：「瘈，狂也，噬齧也。」因此「瘈狗」與「犴犬」、「狂犬」意思

〔註296〕〔漢〕許慎撰；〔清〕段玉裁注：《圈點說文解字》，（臺北：書銘出版社，1992 年9 月），頁 481。

〔註297〕馬敘倫：《說文解字六書疏證卷十九》，（臺北：鼎文書局，1975 年 10 月），第四冊，頁 2515。

〔註298〕〔漢〕許慎撰；〔清〕段玉裁注：《圈點說文解字》，（臺北：書銘出版社，1992 年9 月），頁 519。

〔註299〕〔漢〕許慎撰；〔清〕段玉裁注：《圈點說文解字》，（臺北：書銘出版社，1992 年9 月），頁 519。

〔註300〕〔清〕阮元刻本：《十三經注疏・左傳》嘉慶廿年江西南昌府學開雕影印本，（臺北：藝文印書館，1989 年第 11 版），頁 575-1。

〔註301〕〔清〕阮元刻本：《十三經注疏・左傳》嘉慶廿年江西南昌府學開雕影印本，（臺北：藝文印書館，1989 年第 11 版），頁 1026-1。

相同，皆指發狂亂咬的狗。然「瘷」字於古文未見，《故訓匯纂》：

> 瘷，狂也。《左傳‧哀公十二年》「國狗之瘷，無不噬也」杜預注。
> 〔註302〕

「猘犬」即「瘷狗」，「瘷」即「狂」，因此「狂」有狂暴不安之意，而從心之「恇」為「狂」字古文，應是精神喪亂狂暴不安，或以為是「心神不定」，故而從「心」。

回到〈殷高宗問於三壽〉【簡9】之「」，雖然許多學者從上古音的聲音關聯而有不同的見解，〔註303〕然而筆者認為應從原整理者之意見釋為「狂」為佳，從前面「瘷」字從「广」「契」聲，釋為「狂」來看，「瘷」也被視為一種疾病。〔註304〕因此筆者推斷，《清華簡》的寫手認為「聾」「狂」都是一種疾病，因此二字皆從「广」部，並以「广」作為義符。在識讀時應就其自然直接的方式解釋。「」即讀作「狂」，其應指一種混亂、愚昧的狀態。〈殷高宗問於三壽〉【簡8】【簡9】：「尋＝（君子）而不諆（讀）箸（書）占，則若尖（小人）之（瓏）（痓）而不吝（友）。」應該解釋為：「君子若不讀書占卜文字，預知天命，則會如小人一樣又聾又狂而使人無法親近。」

第十一節　釋「」（廠）

〈殷高宗問於三壽〉【簡10】：「八絽（紀）則緇（棽），四牉（將）行。四昏（海）之昏（夷）則复（作），九牧九矣（有）牉（將）芑（喪）。」〔註305〕原整理者認為：〔註306〕

〔註302〕宗福邦、陳世鐃、蕭海波主編：《故訓匯纂》，（北京：商務印書館，2007年9月），上冊，頁1508。

〔註303〕如楊鵬樺：〈清華伍〈殷高宗問於三壽〉「若小人之聾盲」識解〉釋為「盲」，其後又在簡帛論壇改正為「聾」、陳健：〈也說《清華五‧殷高宗問於三壽》的「寵皇」〉中釋為「皇」，二位學者皆從上古音來考證。

〔註304〕《集韻》：「瘷，病也。」〔宋〕丁度編《集韻》，（上海：上海古籍出版社，1985年5月），上冊，頁506。

〔註305〕清華大學出土文獻研究與保護中心編，李學勤主編：《清華大學藏戰國竹簡（伍）》，（上海：中西書局，2015年4月）下冊，頁150。

〔註306〕清華大學出土文獻研究與保護中心編，李學勤主編：《清華大學藏戰國竹簡（伍）》，

嚴,《說文》:「教命急也。」簡文或指嚴屬的行政措施。

原整理者認為「」是指嚴屬的行政措拖,其他學者則各有不同看法,茲

列表如下:

王寧:〈讀〈殷高宗問於三壽〉散札〉,2015／05／17	「八紀」又稱「八維」,實指八方,《初學記》卷八引《河圖括地象》曰:「天有九部八紀,地有九州八柱。」《文選・王延壽〈魯靈光殿賦〉》:「三間四表,八維九隅。」張載注:「四角四方為八維。」「厰」不當讀「嚴」,而應讀為「巖」或「險」,《博物志》卷一:「周在中樞,三河之分,風雨所起,四險之國。」「四巖(險)」指國家四周的邊塞,亦指四方邊緣之地;行,《廣雅・釋詁二》:「去也」,離去之意,這裡當用為背離、背叛義,「八紀則紊,四巖將行」謂八方乃混亂,四方邊緣之地將背叛而離去也。	作者引《博物志》認為「厰」應讀作「巖」或「險」,指四方邊緣之地。
曹峰:〈讀〈殷高宗問於三壽〉上半篇的一些心得〉,2015年5月25日。	「殷邦之妖祥並起,八紀則縉(紊),四厰(嚴)將行,四海之夷則作,九牧九有將喪。𪿆=(惶惶)先反,大茖(路)用見兵。龜筮孚忒,五寶變色,而星月亂行。」整理者在「不友」和「殷邦之妖祥並起」之間使用逗號,在「殷邦之妖祥並起」下用句號,而筆者認為從「殷邦之妖祥並起」開始,作者敘述的是「殷邦」已經發生和將要發生的狀況,所以應該和「不友」之前的文字區別開來。 與這段話類似的描述,可見《史記・龜策列傳》: 桀紂為暴彊也,固以為常。桀為瓦室,紂為象郎。徵絲灼之,務以費氓。賦斂無度,殺戮無方。殺人六畜,以韋為囊。囊盛其血,與人縣而射之,與天帝爭彊。逆亂四時,先百鬼嘗。諫者輒死,諛者在傍。聖人伏匿,百姓莫行。天數枯旱,國多妖祥。螟蟲歲生,五穀不成。民不安其處,鬼神不享。飄風日起,正晝晦冥。日月並蝕,滅息無光。列星奔亂,皆絕紀綱。以是觀之,安得久長!雖無湯武,時固當亡。故湯伐桀,武王剋紂,其時使然。乃為天子,子孫續世;終身無咎,後世稱之,至今不已。 這是典型的天人感應思路,如《禮記・中庸》云:「國家將興,必有禎祥;國家將亡,必有妖孽。」《左傳・莊公三十二年》:「國將興,聽于民;國將亡,聽于神。」《晏子春秋・	作者從「天人感應」思想出發,並引《史記》做為證據,認為上句是指人事變遷,下句則為天之災異。因此「八紀則紊」即指綱紀混亂;而「四厰將行」則是依原整理者解釋為「嚴屬的措施」。

（上海:中西書局,2015 年 4 月）下冊,頁 154。

內篇諫上》云：「日月之氣、風雨不時、彗星之出，天爲民之亂見之，故詔之妖祥，以戒不敬。」《論衡・訂鬼》云：「天地之道：人將亡，凶亦出；國將亡，妖亦見。」因此，這類文章一般先講人事之混亂，再講天之災異。所以筆者理解「八紀則緒（紊），四廠（嚴）將行，四海之夷則作，九牧九有將喪，𡹱=（惶惶）先反，大茖用見兵」爲人事之混亂，「龜筮孚忒，五寶變色，而星月亂行」為天地之妖祥。

「紀」，整理者釋爲「綱紀」，並引《黃帝內經・素問・陰陽應象大論第五》：「天有八紀」，即天有八種節氣。可能因爲八種節氣規範約束著人間的生產生活，所以可以稱爲綱紀。類似的說法，還有《呂氏春秋》按四時運行次第編排的「十二紀」。「凡《十二紀》者，所以紀治亂存亡也，所以知壽夭吉凶也。」（《呂氏春秋・序意》）。即便從這一角度理解，我們也不應該把「八紀則緒（紊）」視爲天之災異，而應理解爲人對天之綱紀的遵循發生了紊亂。或者可以把「紀」直接理解爲人所制定的社會規範，如《禮記・樂記》所云：「夫古者，天地順而四時當，民有德而五穀昌，疾疢不作而無妖祥，此之謂大當。然後聖人作爲父子君臣，以爲紀綱。紀綱既正，天下大定。」

「四嚴」，如整理者所言，應該指的是人間四種緊急的或嚴厲的措施。接下來的「四海之夷則作，九牧九有將喪。𡹱=（惶惶）先反，大茖用見兵」也指人間亂象。「九牧」、「九有」同時出現于《荀子・解蔽》，均指九州。「𡹱=」，整理者讀爲「惶惶」，筆者以爲或許可以讀爲「往往」。「𡹱=先反」可視爲「四海之夷則作，九牧九有將喪」的結果，即各地往往先起來反叛。「見兵」多見於《睡虎地秦墓竹簡・日書》，例如「外害日，不可以行作。之四方野外，必遇寇盜，見兵。」「空外害之日，不可以行。之四鄰，必見兵。」可見「見兵」指遇見戰爭，「見兵」前面的詞多指方位。所以整理者把「大茖」釋爲「大路」是可信的。

| 李美辰：《清華簡武丁類文獻集釋與研究》，（長春：吉林大學漢語言文字學碩士論文，2016年），頁140。 | 嚴，疑母談部；險，曉母談部，可通。四嚴，可讀爲「四險」，指四周險要之處，「八紀」與「四嚴」相對，應是專有名詞。 | 認爲從讀音上「嚴」與「險」相通，爲專有名詞。 |

| 駱珍伊：〈讀《清華伍‧殷高宗問於三壽》劄記四則〉，中國文字編輯委員會編：《中國文字》新四十二期，（臺北：藝文印書館，2016年），頁249。 | 曹峰亦將「八紀」理解為八種節氣，但是並不把「八紀則紊」視為天的災異，而「四嚴」之說仍從原考釋的解釋。筆者認為，其一，文獻中並未見「嚴」解釋為「緊急或嚴厲的措施」。其二，所謂「四種措施」，究竟是哪四種措施？怎樣的措施？亦無法說明。其三，從下句「四海之夷則作，九牧九矣將喪」的文句排列來看，「九牧九矣將喪」是作為「四海之夷則作」的結果而言，所以此處「四嚴將行」，亦當是作為上一句「八紀則紊」的結果而言，應屬於天降的災異現象。「嚴」（疑母談部）或可讀為「殃」（影母陽部），兩者聲母為牙喉音，韻為談陽旁轉。四殃，即四種災害，見於《逸周書‧文傳》：「天有四殃，水、旱、饑、荒。」……四殃將行，即水、旱、饑、荒等四種災殃將會流行。 | 作者推翻原整理者意見，認為「嚴」應讀為「殃」，指四種災害。 |
| 湯瑞芬：《《清華伍‧殷高宗問於三壽》考釋》，國立中興大學中國文學研究所碩士論文，2017年7月。頁50。 | 瑞芬按：王寧讀為「四嚴」，李美辰讀為「四險」，皆為「四周險要之處」，李美辰又指出「八紀」與「四嚴」相對，應是專有名詞，若二者相對，「八紀」亦指「地區」，依王寧訓為「八方」，則與下文「四海」語意重複，故筆者認為此說不妥。
《晏子春秋‧內篇諫上》：「日月之氣，風雨不時，彗星之出，天為民之亂見之。」先有天象之變化，以預告人事的混亂，因此筆者認為「八紀則紊，四嚴（嚴）將行」應如駱珍伊所言，指天所降下的災異，是上天的告誡，藉此提醒「四海之夷則作九牧，九矣（有）將喪。」文獻中確未見「嚴」解釋為「緊張或嚴厲的措施」，故駱珍伊將「四嚴」讀作「四殃」可備一說。 | 作者認為解為「四險」與「四海」語意重複，因此贊成駱珍伊解為「殃」。 |

　　曹峰同意原整理者的看法，認為「」意指嚴厲的措施，是一種人事上的變化。其他學者們則有二種不同的解讀：其一，王寧（2015）、李美辰（2016）認為「」可讀作「險」，指「四方邊緣之地」。其二駱珍伊認同曹峰所釋之「八紀」是指八種節氣，再依字音推測，「」字為疑母談部與「殃」字是影母陽部皆為聲為牙喉音，韻則為談陽旁轉，故而有聲音上相關，依上下文解釋為「殃」較為妥當，湯瑞芬也支持這樣的看法。

　　曹峰認為「八絽（紀）則緡（紊），四牉（將）行」句中的「八絽（紀）」，原整理者引《黃帝內經‧素問》：「天有八紀。」是指天有八種節氣，故引申

為綱紀之意。因此他認為「八紹（紀）則縉（綤），四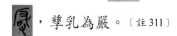牲（將）行」是指人事間的變化。〔註307〕與下句「龜筮乎忒，五寶變色，而星月亂行」談自然變異為對照句。查《黃帝內經・素問》：

故天有經，地有形，天有八紀，地有五里，故能為萬物之父母。

〔註308〕

編著者對於「八紀」的解釋為：〔註309〕「八紀：指立春、春分、立夏、夏至、立秋、秋分、立冬、冬至八個節氣。」駱珍伊認為簡文中之「八紀」即《黃帝內經》所指稱的八種節氣，因此將「■」字釋為「殃」，指自然的四種災殃。〔註310〕這樣的解釋或者可將「四■」與前文之「八紀」做相對，然就字形本身來看，這樣的說法似乎仍有待商榷？此外，在《清華捌》有〈八氣五味五祀之屬〉篇，簡文中之「八氣」即指八種節氣。因此在〈殷高宗問於三壽〉文中之「八紀」應如原整理者所言是指「八種綱紀」為妥。

查甲骨文未發現「厰」字，容庚《金文編》則收有〈士父鐘〉之「■」及〈虢季子白盤〉之「■」，容庚釋〈士父鐘〉：

■，孳乳為嚴。〔註311〕

在王輝所編《古文字通假字典》釋「厰」，引〈士父鐘〉云：

……用喜侃皇考，其■才上，數彙降余魚多福。」其中「■」應即嚴之本字，嚴為孳乳字，後又孳乳作儼。〔註312〕

〔註307〕曹峰：〈讀〈殷高宗問 於三壽〉上半篇的一些心得〉，清華大學出土與文獻保護中心 http://www.tsinghua.edu.cn/publish/cetrp/6842/2015/20150525092005966775437/20150525092005966775437_.html，2015 年 5 月 25 日。

〔註308〕牛兵占、陳志強、徐樹楠、曹風編著：《黃帝內經》，（石家庄：河北科學技術出版社，1996 年 2 月），頁 230。

〔註309〕牛兵占、陳志強、徐樹楠、曹風編著：《黃帝內經》，（石家庄：河北科學技術出版社，1996 年 2 月），頁 234。

〔註310〕駱珍伊：〈讀《清華伍・殷高宗問於三壽》箚記四則〉，中國文字編輯委員會編：《中國文字》新四十二期，（臺北：藝文印書館，2016 年），頁 249。

〔註311〕容庚編著；張振林、馬國權摹補：《金文編》，（北京，中華書局，2003 年 12 月），頁 661。

〔註312〕王輝編：《古文字通假字典》，（北京：中華書局，2008 年 2 月），頁 797。

《商周青銅器銘文選》第三卷釋〈士父鐘〉：〔註313〕「此為形容其祖考在天威儀之盛。」張世超認為「」字與「嚴」字意同，即威嚴之意：

用為「嚴」，威嚴，指神靈，在天之英靈。〈士父鐘〉：「用喜侃皇考。其廠（嚴）才（在）上，數=彙=，降余魯多福亡彊。」鈇鐘、秦公簋等器作「嚴」。〔註314〕

然於另一銘器〈虢季子白盤〉中之「」則為一異族名稱：

搏（搏）伐執，于洛之陽，折首五百，執訊五十，是以先行。

馬承源在《商周青銅器銘文選（三）》〔註315〕中將「執」二字隸定為「玁狁」，並翻譯為「在北洛水之北擊伐匈奴。」「廠執」為活躍在商朝、周朝時北方的遊牧民族。傳世文獻多做「玁狁」或是「獫狁」、「獫允」。《詩經·小雅·采薇》有句：

靡室靡家，玁狁之故。不遑啟居，玁狁之故。〔註316〕

鄭玄箋云：「玁狁，北狄也。」在《史記·衛將軍驃騎列傳》〔註317〕引《詩經》有：「薄伐玁狁，至于太原。」然《漢書·匈奴傳》引同一首詩則作：〔註318〕「薄伐獫狁，至於太原。」因此，「廠」與「玁」、「獫」可互通。

「」字除在〈殷高宗問於三壽〉文中出現外，其於《清華叁·周公之琴舞》【簡5】有句：

曰胐（淵）亦印（抑），（嚴）余不解（懈）……〔註319〕

原整理者將「」隸定為「嚴」：

〔註313〕馬承源主編：《商周青銅器銘文選（三）》，（北京：文物出版社，1988 年 4 月），頁 271。

〔註314〕張世超、孫凌安、金國泰、馬如森：《金文形義通解》，（日本京都：中文出版社，1996 年 3 月），頁 2331。

〔註315〕馬承源主編：《商周青銅器銘文選（三）》，（北京：文物出版社，1988 年 4 月），頁 309。

〔註316〕〔清〕阮元刻本：《十三經注疏·詩經》嘉慶廿年江西南昌府學開雕影印本，（臺北：藝文印書館，1989 年第 11 版），頁 332-2。

〔註317〕〔漢〕司馬遷：《史記》，（臺北：鼎文書局，1979 年），頁 2924。

〔註318〕〔漢〕班固：《漢書》，（臺北：頂文書局，1979 年），頁 3744。

〔註319〕清華大學出土文獻研究與保護中心編，李學勤主編：《清華大學藏戰國竹簡（叁）》，（上海：中西書局，2012 年 1 月），上冊，頁 57。

㪔，《說文》有「㪔」字，簡文讀作「嚴」，敬也，畏也，又作「儼」。〔註320〕

張崇禮在〈清華簡〈周公之琴舞〉考釋〉一文中認為「」當指「恭敬畏懼」之意：

> 「德元惟何？曰淵亦抑。嚴余不懈，業業畏忌，不易威儀。茲言，惟克敬之。」作為天下楷模的天子之德，應該是怎麼樣的呢？應該深邃美善。我敬畏恐懼，絲毫不敢懈怠，小心謹慎，不改變莊重的儀容舉止。對「德元惟何？曰淵亦抑」這句話，我只能敬畏之。〔註321〕

何琳儀在《戰國古文字典》以為：〔註322〕「㪔、嚴為一字孳乳。」《禮記‧學記》：「凡學之道，嚴師為難。師嚴然後道尊，道尊然後民知敬學。」〔註323〕鄭玄注曰：「嚴，尊敬也。」因此在〈周公之琴舞〉【簡5】「（嚴）余不解（懈）」句中之「」釋為「嚴」可通讀文句。另外，在《清華叁‧說命上》【簡1】【簡2】有句：

> 隹（惟）敊（弼）人叟（得）敚（說）于專（傅）（巖），氒（厥）卑（俾）繘（繘）弓，紳（引）彈（關）辟矢。〔註324〕

原整理者將「」隸定為「巖」，「傅巖」乃地名，即傅說築版築處。《尚書‧說命上》記載：

> 王言惟作命，不言，臣下罔攸稟令。王庸作書以誥曰：「以臺正于四方，惟恐德弗類，茲故弗言。恭默思道，夢帝賚予良弼，其代予言。」

〔註320〕清華大學出土文獻研究與保護中心編，李學勤主編：《清華大學藏戰國竹簡（叁）》，（上海：中西書局，2012年1月），下冊，頁137。

〔註321〕張崇禮：〈清華簡〈周公之琴舞〉考釋〉，復旦大學出土文獻與古文字研究中心，http://www.gwz.fudan.edu.cn/Web/Show/2585，2015年8月30日。

〔註322〕何琳儀：《戰國古文字典》，（北京：中華書局，2007年5月），下冊頁1450。

〔註323〕〔清〕阮元刻本：《十三經注疏‧尚書》嘉慶廿年江西南昌府學開雕影印本，（臺北：藝文印書館，1989年第11版），頁654-2。

〔註324〕清華大學出土文獻研究與保護中心編，李學勤主編：《清華大學藏戰國竹簡（叁）》，（上海：中西書局，2012年1月），上冊，頁29。

乃審厥象，俾以形旁求於天下。說築傅巖之野，惟肖。〔註325〕

　　殷高宗夢見傅說的長相，於是請臣下四處找尋，覓得傅說於傅巖，傅巖是指山名，孔穎達疏云：〔註326〕「巖是山崖之名，序稱得諸傅巖，傳云得之於傅巖之谿，以巖是搃名，故序言之耳。」然同段史實於《史記》的記載則略有不同：

帝小乙崩，子帝武丁立。帝武丁即位，思復興殷，而未得其佐。三年不言，政事決定於冢宰，以觀國風。武丁夜夢得聖人，名曰說。以夢所見視群臣百吏，皆非也。於是迺使百工營求之野，得說於傅險中。是時說為胥靡，築於傅險。見於武丁，武丁曰是也。得而與之語，果聖人，舉以為相，殷國大治。故遂以傅險姓之，號曰傅說。

〔註327〕

　　《尚書》記為「傅巖」、然《史記》則寫成「傅險」。司馬貞《索隱》：「舊本作『險』，亦作『巖』也。」張守節《正義》云：「《括地志》云：『傅險即傅說版築之處，所隱之處窟名聖人窟，在今陝州河北縣北七里，即虞國虢國之界。」由《清華叁・說命上》與《尚書・說命》、《史記・殷本紀》所記載的文字來看，「」與「巖」、「險」的關係密切。許慎《說文解字》：

厰，崟也，一曰地名，从厂嚴聲。〔註328〕

　　《爾雅・釋詁》釋「崟」曰：〔註329〕「言山形雖小而高嶔。嶔者名岑也。」亦即高聳的山地，《五音集韻》：〔註330〕「崟厰，山厓狀也。」張自烈《正字通》則認為：

與嵒、崟、巖通，《六書本義》厰即巖本字，山厂厓石連屬處，今作

〔註325〕〔清〕阮元刻本：《十三經注疏・尚書》嘉慶廿年江西南昌府學開雕影印本，（臺北：藝文印書館，1989 年第 11 版），頁 139-2。

〔註326〕〔清〕阮元刻本：《十三經注疏・尚書》嘉慶廿年江西南昌府學開雕影印本，（臺北：藝文印書館，1989 年第 11 版），頁 139-1。

〔註327〕〔漢〕司馬遷：《史記》，（臺北：鼎文書局，1979 年），頁 102。

〔註328〕〔漢〕許慎撰；〔清〕段玉裁注：《圈點說文解字》，（臺北：書銘出版社，1992 年 9 月），頁 451。

〔註329〕〔清〕阮元刻本：《十三經注疏・爾雅》嘉慶廿年江西南昌府學開雕影印本，（臺北：藝文印書館，1989 年第 11 版），頁 117-1。

〔註330〕〔金〕韓道昭、甯忌浮校訂：《五音集韻》，（北京：中華書局，1992 年），頁 119。

巖𠩺，篆作「厰」。〔註331〕

《爾雅》、《五音集韻》及張自烈引《六書本義》皆認為「厰」即巖的本字，本義與山厓有關，指山形小卻高聳的一種地形。

「厰」字在上古音為疑母談部，「僉」為清母談部，二者韻部相同故可互通。加上《清華叁‧說命上》之「▨」與傳世文獻《史記‧殷本紀》中的「險」通，因此筆者贊同王寧的看法，在〈殷高宗問於三壽〉【簡10】：「八絽（紀）則緒（紊），四▨牆（將）行。四昏（海）之巨（夷）則复（作），九牧九矣（有）牆（將）凷（喪）。」句中的「▨」應可隸定為「險」。然於《清華叁‧芮良夫毖》【簡5】【簡6】中另有一「▨」字：

> 君子而受東萬民之窨，所而弗敬，卑（譬）之若童（重）載以行隋（靖）▨，莫之敉（扶）道（導），丌（其）由不邁（攝）丁（停）。

〔註332〕

王坤鵬在〈清華簡〈芮良夫毖〉篇箋釋〉一文中解釋此句：

> 整理者句讀為「君子而受東萬民之咎，所而弗敬」，並認為「所，職也」。按，此句應讀作：「君子而受萬民之咎所、而弗敬」。東，典籍通作簡……此句意為：君子受萬人所矚目、為眾矢之的，若其弗敬，就像重載而行於峭險之地而沒有扶助之物。〔註333〕

查「險」字於甲金文中尚無發現，許慎《說文解字》：

> ▨，阻難也。从𨸏僉聲。〔註334〕

在〈芮良夫毖〉簡文中，「卑（譬）之若童（重）載以行隋（靖）▨」意指「像是重載而行於危險之地」，句中之「▨」字指險阻之地。同是《清華

〔註331〕〔明〕張自烈編，〔清〕廖文英補：《正字通》，（北京：國際文化出版公司，1996年1月），頁199。

〔註332〕清華大學出土文獻研究與保護中心編，李學勤主編：《清華大學藏戰國竹簡（叁）》，（上海：中西書局，2012年1月），上冊，頁73。

〔註333〕王坤鵬：〈清華簡〈芮良夫毖〉篇箋釋〉，簡帛網，http://www.bsm.org.cn/show_article.php?id=1832，2013年2月26日。

〔註334〕〔漢〕許慎撰；〔清〕段玉裁注：《圈點說文解字》，（臺北：書銘出版社，1992年9月），頁739。

簡》然隸定為「險」字在不同篇章中卻有不同的字形，或與《郭店簡‧老子甲》中的情況相似，[註335]「險」在於甲金文尚無發現，至戰國楚簡字形或尚無確定，因此借音近之「」為「險」是有可能。

古代帝王會在疆域四周設下險要的關卡來保衛國家，《周易‧坎卦》有云：

> 天險不可升也，地險山川丘陵也，王公設險以守其國，險之時用大矣哉。[註336]

這些山川丘陵等險要的地形是要保衛國家，因此用處很大。張華《博物志》有云：

> 周在中樞，西阻崤谷，東望荊山，南面少室，北有太岳，三河之分，風雨所起，四險之國。武王克殷，定鼎郟鄏以為東都。[註337]

周武王克殷，藉四面的山川河谷設立四險以保衛國家，而這四個地方，也是四個國家的邊境。因此，在簡文中，「八紀則紊，四（險）將行」應是指國內八方將會混亂，而四周邊境之地的人民將要背離」之意。

第十二節　釋「」（象矛康駮）

〈殷高宗問於三壽〉【簡 12】：「古民人迷躝（亂），，而不智（知）邦之牆（將）芒（喪）。」原整理者注為：

> 象，表象，樣子。《易‧繫辭下》：「象也者，像也。」矛，讀為「茂」，皆幽部明母字。《詩‧南山有臺》「德音是茂」，鄭玄箋：「茂，盛也。」康，《爾雅‧釋詁》：「康，安樂也。」駮，讀為「懋」，《說文》：「勉也。」簡文乃指粉飾太平，猶《荀子‧大略》「上好羞則

〔註335〕《郭店簡‧老子甲本》隸定為「道」者有二種字形：「」【簡 18】與「」【簡6】，其他如語氣詞「矣」亦有許多不同寫法：《郭店簡‧語二》寫作「」、《郭店簡‧語三》又作「」，其字形多變且不統一，足見楚簡中字形尚未統一的現象。詳細論述可見陳斯鵬：《楚系簡帛中字形與音義關係研究》，（北京：中國社會科學出版社，2011 年 3 月），頁 133～136。

〔註336〕〔清〕阮元刻本：《十三經注疏‧周易》嘉慶廿年江西南昌府學開雕影印本，（臺北：藝文印書館，1989 年第 11 版），頁 72-2。

〔註337〕〔晉〕張華撰，范寧校證：《博物志校證》，（北京：中華書局，2014 年 8 月），頁 8。

民闇飾矣。」〔註338〕

原整理者認為「」為「象」，是「表象、樣子」的意思，從矛從人的「」隸定為「矛」，讀作「茂」。「」引《爾雅‧釋詁》說明其為「安樂」之意。

並將從馬從之「」讀作「懋」，簡文的意思是像是繁盛、安樂、勤勉的太

平之象，而不知國家人民即將喪亡。其他學者們的解釋則羅列如下表：

清華大學出土文獻讀書會：〈清華簡第五冊整理報告補正〉，清華大學出土文獻與保護中心，2015 年 4 月 18 日。	馬楠：「象」字作，全篇三見，可證清華三〈周公之琴舞〉「訖我夙夜不，敬之，日就月將」之字實為象，與「將」、「明」為韻。	馬楠認為〈三壽〉中出現了三次「」，並以此證〈周公之琴舞〉的「」確實為「象」。
王寧：〈讀〈殷高宗問於三壽〉散札〉，2015／05／17	按：「象」當讀為「瀁」，《說文》言「讀若蕩」，此為放縱意。「矛」與「敄」古音當相同或相近，此當讀為「瞀」和「愁」，「瞀」為昏亂義，「愁」《廣雅‧釋詁一》：「愚也」。「瀁瞀康愁」是說放縱、昏亂、逸樂、愚蠢，故曰「不知邦之將喪。」	作者認為「象」應讀為「蕩」，為「放縱」之意。「敄」與「瞀」古音接近，因此當為愚蠢之意。
馬文增：〈清華簡〈殷高宗問於三壽（下）〉新釋、白話譯文、注解〉，簡帛網，2016 年 2 月 26 日。	（作者斷句為亂相茂，宄、蠢而不知邦之將喪！）（白話翻譯：亂象四起，仍驕橫、寵信奸人而不知國家將喪）亂相茂：一片混亂，指夏桀滅亡之時出現諸多怪異現象。茂，多；相，現象，徵兆。《書‧太甲上》：「其後嗣王，罔克有終，相亦罔終。」宄、蠢：驕橫、寵信奸人。宄，驕橫；蠢，害蟲，指奸佞。清華簡〈尹至〉：「虐德」、「寵貳、玉」。	作者認為「象」讀作「相」、「」讀作「宄」。「敄」應解為「蠢」，害蟲之意。但未說原因。
劉偉浠：《清華大學藏戰國竹簡（五）疑難字詞集釋及相關問題研究》，福建師範大學漢語言文字學碩士論文，2017 年 6 月 5 日，頁 130～131。	三壽 12：古民人迷亂，象茂康敄，而不知邦之將亡。從馬、矛、人，整理者讀為「懋」，訓「勉」，並訓「康」為「安樂」，「茂」為「盛也」，實誤。從語境來看，「迷亂」與「不知邦之將亡」都是講消極一面，「象茂康敄」理應也是如此。王挺斌先生認為「康」可與「荒」通假，從「矛」聲之字常與「毛」聲通假，「康敄」可讀「荒眊」，即荒亂之意，《漢書‧刑法志》：「周道即衰，穆	作者從語境分析認為「康敄」一詞應該是負面消極意。因此認可王挺斌的意見，認為「康」與「荒」通，「敄」與「眊」通。並引用《漢

〔註338〕清華大學出土文獻研究與保護中心編，李學勤主編：《清華大學藏戰國竹簡（伍）》，（上海：中西書局，2015 年 4 月）下冊，頁 155。

‧126‧

	王眊荒，命甫侯度時作刑，以詰四方。」顏師古注：「穆王，昭王之子也，享國即百年，而王眊亂荒忽，乃命甫侯為司寇，商度時宜，而作刑之制，以治四方也。」《楚辭‧九歌‧湘夫人》：「荒忽兮遠望，觀流水兮潺湲。」洪興祖補注：「荒忽，不分明之貌。」可從，「眊」本身有「亂」義，《後漢書‧五行志五》：「厥咎眊。」劉昭注引鄭玄曰：「眊，亂也。」	書》等傳世文獻為證。
湯瑞芬：《《清華伍‧殷高宗問於三壽》考釋》，國立中興大學中國文學研究所碩士論文，2017 年 7 月。頁 52。	瑞芬按：戰國文字中「兔」與「象」常相混訛，《清華叄‧周公之琴舞》之「」，整理者隸作「兔」，讀為「逸」，多數學者採用此說。李銳則於〈清華簡〈耆夜〉續探〉中，提出〈周公之琴舞〉所列之第一首詩與《周頌‧敬之》相近，可以用於校勘，以解決有關解釋的問題，因此他認為「兔」為「象」之訛，讀為「聰」。以《周頌‧敬之》：「維予小子，不聰敬止？」與《清華叄‧周公之琴舞》：「汔我夙夜，不敬止」對讀，「」字可能如李銳所說「兔」為「象」（邪母陽部）之訛，讀為「聰」（清母東部），則清華大學出土文獻讀書會將「」視為與將、明同韻之韻腳似乎可以成立。王寧將「象」讀為「潒」，但未見相關之用法。依簡文文意，筆者同意整理者的意見，將「象」訓為「表象」。「」字，整理者隸作「矛」，但在構形分析上，筆者認為該字所從即《上博三‧亙先》簡 8 的「」字，與《清華伍殷高宗問於三壽》簡 8 之「」（矛）字不同，應為從「矛」從「人」，當隸定為「㣎」。「㣎」應讀為「柔」，可見於《上博三亙先》簡 8-9：「先有㣎（柔），安（焉）又（有）剛。」王挺斌認為「康」應通假為「荒」，方可與「古民人迷亂」相對應，但筆者認為「康」應如字讀，意為「安樂」。「」，整理者隸作「駤」，但在構形分析上，筆者認為應為從「馬」從「㣎」，當隸作「駚」。「㣎」可通假為「務」，如《郭店‧尊德義》簡 1：「為人上者之㣎（務）也。」「駚」字可能讀為「騖」，同「鶩」。「務」、「孜」原應為一字，	作者從字形結構分析，字應為從馬從㣎，因此應讀為「鶩」，指強求之意。

	二字的金文字型結構相同，「務」字，金文寫作「![字形]」（《集成》9735・中山王響壺）；「敄」字，金文則作「![字形]」（《集成》2841・毛公鼎）。「務」字於《說文》則增加「力」旁，寫作「![字形]」。「駥（鶩）」意指「力求；強求」之意，如「好高鶩遠」。《爾雅釋詁上》：「鶩，強也。」「古（故）民人迷𨅬（亂），象炙（柔）康駥（鶩）」是指：使人民迷惑錯亂，強求柔和、安樂的表象，而不知將失去國家。
白于藍：《簡帛古書通假字大系》，（福州：福建人民出版社，2017 年12 月），頁 139。	〈三壽〉：「古民人迷𨅬（亂），龜（僭）炙（侮）康駥（瞀），而不智（知）邦之牉（將）喪。」按，「炙」似當讀作「侮」。《宋書・黃回傳》：「僭侮無厭，罔顧天極。」按，「駥」似當讀作「瞀」。《荀子・非十二子》：「世俗之溝猶瞀儒。」楊倞《注》：「瞀，闇也。」

　　學者們對於【簡 12】的「![字形]![字形]![字形]![字形]」也認為很難解讀，〔註339〕以「![字形]」字而言，王寧認為讀作「㳟」為「放縱」意，馬文增則讀為「相」，白于藍則將此字隸定為「龜」，為僭越之意。學者們關於「![字形]」字也有不同看法，馬文增與整理者皆理解為「茂」，湯瑞芬（2017）、白于藍（2017）則分別將此字釋為「柔」及「侮」。至於「![字形]」，除了王寧（2015）將其解釋為「荒」、馬文增（2016）釋為「亢」外，其他學者皆贊同整理者的解讀。「![字形]」字王寧、馬文增、劉偉浠等人皆是以該字聲音與「瞀」、「孟」、「眊」相近來做解釋，其義多指昏亂、愚蠢解。而湯瑞芬（2017）認為「![字形]」字則由構形解釋，右邊應從「炙」而非整理者所言從「矛」，「炙」在《郭店・尊德義》【簡 1】釋讀為「務」，因此從馬從炙之「![字形]」應解為「鶩」，為「強求」之意。

　　以上四個形體，單獨來看學者們就已經沒有太多共識，四字合在一起問題便顯得更加複雜。由於其存在著字、詞、句等不同面向的歧見，因此以下先就各家之說進行梳理，以尋求更清晰更合理的推測與論述。

〔註339〕詳見「簡帛論壇」網友討論，http://bsm.org.cn/forum/forum.php?mod=viewthread&tid=3249&extra=page%3D5，第 50、52 樓討論。

（A）

就「」形來看，以字形分析的角度而言，學者存有「象」、「兔」二種不同論點，以下茲就不同論點分別說明之：

查「象」字在甲骨文中作「」（甲骨文合集 10222），其形狀即作象形，《甲骨文字典》曰：

> 象大象之形。甲骨文以長鼻巨齒為其特徵。《說文》：「象，南越大獸，長鼻牙，三年一乳。象耳牙四足之形。」《呂氏春秋·古樂篇》：「殷人服象，為虐於東夷。」又據考古發掘知殷商時代河南地區氣候尚暖，頗適於兕象之生存，其後氣候轉寒，兕象逐漸南遷矣。〔註340〕

徐中舒引考古資料證明在殷商時代時，河南一帶氣候溫暖，適合大象居住生存，因此在殷商甲骨文中有象形之「」字出現，其意便是獸名「象」。

從甲骨文至金文，「象」的字形漸漸產生變化，《金文形義通解》舉「且辛鼎」、「鄂君啟車節」上的「象」字說明：

> 甲骨文「象」字作 、 等形，與金文「且辛鼎」字皆逼肖大象全體之形，長鼻、碩首、巨身，顯異於他動物。後漸次變化，長鼻形始終醒目，至小篆則形象全非。「鄂君啟車節」字上部猶存象之頭、鼻形，下部變作 ，商承祚曰：「何以從 ？古文字刻劃獸類的身體，甲骨文多作 或 ，金文多作 或 ，節文作 ，殆由甲骨文 形而訛誤。」于省吾以為「車節」字非「象」字，當隸作「𦙶」，從肉，兔省聲。〔註341〕

張世超、孫安凌等認為「象」字在甲骨文及「且辛鼎」時仍具大象形體之形，可是到了小篆字形卻與甲骨文有著很大的不同。在「鄂君啟車節」上的「象」作「」，《金文形義通解》引商承祚言，認為其下從「月」是甲骨文字形訛誤，于省吾則認為該字應隸定為「𦙶」，其上部為「兔」頭。

〔註340〕徐中舒：《甲骨文字典》，（成都：四川辭書出版社，1988 年），頁 1065。

〔註341〕張世超、孫凌安、金國泰、馬如森：《金文形義通解》，（日本京都：中文出版社，1996 年 3 月），頁 2375～2376。

　　依于省吾的解釋來看，「象」與「兔」在《鄂君啟車節》的時代，〔註342〕便有易混淆的現象。查「兔」字在甲骨文中作「」（甲骨文合集199），徐中舒在《甲骨文字典》中說明：〔註343〕

　　　　、等以長目短尾為特徵象兔之形，、等則以豁唇短尾為特徵象兔之形，字形有異而所象實同。《說文》：「兔，獸名。象兔踞，後其尾形。兔頭與㲋頭同。」甲骨文皆象兔立形而非象踞形。

　　甲骨文中有兩種兔形，一是有著大眼，另一種則凸顯其唇，在許慎《說文解字》中所解之「兔」形則以為兔為象蹲踞之形。但於甲骨文中則皆為側面立形而非踞形。

　　「兔」字於金文無，何琳儀在《戰國古文字典》中云：

　　　　兔，甲骨文作（甲二七○），象兔之形。春秋金文作（秦子矛逸作）。戰國文字承襲春秋金文。《說文》：「，獸名。象踞後其尾形。兔頭與㲋頭同。」〔註344〕

　　何琳儀從《秦子矛》銘文中的「逸」字考證春秋金文作，認為戰國文字承襲春秋金文兔形。季旭昇在《說文新證》中釋「兔」形：

　　　　象兔形。姚孝遂云：「契文兔與㲋、與毘（麂）形近易混。毘……其頸較長，㲋則均張其口。兔則如羅振玉所謂『長耳而蹶尾』。」甲骨、金文「兔」與「㲋」不但類似，甚至於混用不分，如「㲋」字實從「㲋」，但春秋金文「奢虎匜」作「」，竟從「兔」作。又兩周文字「兔」頭與「象」頭類似，戰國文字「兔」字與「象」字甚至於有幾乎全同者，差別在「兔」字臀部有蹶起短尾，「象」字則無。楚文字二者均下從肉，但象頭本筆往右下垂，兔頭則無。〔註345〕

　　季旭昇提到，原本「兔」就極易與「㲋」、「」形訛混，到了戰國文字，「兔」與「象」字很像，甚至有幾乎全同者。楚文字「兔」與「象」字皆從肉，

〔註342〕鄂君啟為戰國時期楚國的公子，楚王將他封於鄂地，便稱之為「鄂君」。《鄂君啟節》於1957年4月於安徽省壽縣出土。

〔註343〕徐中舒：《甲骨文字典》，（成都：四川辭書出版社，1988年），頁1093。

〔註344〕何琳儀：《戰國古文字典》，（北京：中華書局，2007年5月），上冊頁526。

〔註345〕季旭昇：《說文新證》，（臺北：藝文印書館，2014年9月），頁749。

但「象」頭本筆往右下垂，「兔」頭則無。

如果從戰國中期的「鄂君啟車節」來看，其銘文中之「」字與楚簡「象」字形相似，下半皆是從肉，上半部偏旁有一往下彎曲的筆劃。《郭店・老子乙》【簡12】有句：

> 大方亡禺（隅），大器曼（慢）成，大音希聖（聲），天（象）亡
>
> 形。

對比傳世文獻《老子・四十一章》：「大方無隅，大器晚成，大音希聲，大象無形。」〔註346〕「」確應釋讀為「象」。《郭店・老子丙》【簡4】：

> 執大，天下往，往而不害，安坪（平）大。

與《老子・第三十五章》：「執大象，天下往，往而不害，安平大。」句子相同，因此「」也應釋讀為「象」。在楚簡中，「象」與「兔」形狀相似，常易混淆。如《清華叁・赤鵠之集湯之屋》【簡7】：

> 帝命二黃它（蛇）與二白尻句（后）之帚（寢）室。〔註347〕

句中的「」隸定為「兔」，其字形與「」非常接近。〔註348〕

在戰國文字中，「象」字在頭部有一向下回鉤的筆畫，兔頭則無，而不論「象」或是「兔」，其下部偏旁都為「肉」形。劉釗認為：「在戰國文字中象、兔頭部相同，其區別特徵是象為全體，而兔只省留頭部。」〔註349〕李天虹在〈楚簡文字形體混同、混訛舉例〉一文中分析「象」與「兔」字形：

> 在戰國文字中，一些形體原本相近的字，有時會發生混訛。如楚
> 簡文字中的「兔」和「象」，一作（〈詩論〉25），一作（〈老
> 子丙〉4），下部均從「肉」，區別僅在頭部。「兔」字頭部撇劃下
> 系一筆而成，末端上挑；「象」字頭部撇劃下由數筆而成，末筆下

〔註346〕王淮註釋：《老子探義》，（臺北：商務印書館，1998年6月），頁172。

〔註347〕清華大學出土文獻研究與保護中心編，李學勤主編：《清華大學藏戰國竹簡
　　　　（叁）》，（上海：中西書局，2012年1月），上冊，頁110。

〔註348〕季旭昇：《說文新證》，（臺北：藝文印書館，2014年9月），頁740。

〔註349〕劉釗：《古文字構形學》，（福州：福建人民出版社，2006年1月），頁155。

滑（或平行）。由於形體相近，「兔」、「象」的頭或相混。〔註350〕

李天虹認為因為「兔」與「象」字的字形實在太像，因此有些原本從「象」的字，會混訛寫作「兔」頭，他認為這類似於「寫錯字」的情況。張峰在〈說上博八〈顏淵〉及〈成王既邦〉中的「豫」字〉一文中，也認同李天虹的說法：

> 獨體字「兔」和「象」在楚簡中區別特徵細微，且本來形體就很相近，如用在楚簡「豫」字中，本來從象而訛混成兔應該是常見的，但總體的區別特徵應該未變。〔註351〕

因為「象」與「兔」的形體非常接近，書手因此訛混是有可能的。查隸定為「象」字者在《清華簡》中共有九例，列表如下：

〈筮法〉【簡52】	〈筮法〉【簡54】	〈筮法〉【簡56】	〈筮法〉【簡58】	〈殷高宗問於三壽〉【簡12】
〈殷高宗問於三壽〉【簡15】	〈殷高宗問於三壽〉【簡28】	〈晉文公入於晉〉【簡7】	〈虞夏殷周之治〉【簡3】	

從上表中筆者觀察到二個很特別的現象：一是唯有〈殷高宗問於三壽〉的三例其字形的上半部是沒有如學者所言的「末筆回鉤」（或稱末筆下劃）現象，反而如「 （兔）」（〈赤鵠之集湯之屋〉【簡7】）之上半部偏旁相近。其二，「象」字形的下半部或從「肉」，或作「 」形，唯〈殷高宗問於三壽〉三例作「 」形。然同一字形也出現在《清華叄・周公之琴舞》【簡3】，原整理者隸定為「兔」，讀為「逸」：

〔註350〕李天虹：〈楚簡文字形體混同、混訛舉例〉，《江漢考古》2005年3月第96期，頁83～88。

〔註351〕張峰：〈說上博八〈顏淵〉及〈成王既邦〉中的「豫」字〉，簡帛網，http://www.bsm.org.cn/show_article.php?id=1531，2011年8月4日。

　　鬣（亂）曰：訖（遹）我佪（夙）夜不![字]，敬（儆）之，日壴（就）

月眮（將），季（教）亓（其）光明。〔註352〕

　　原整理者認為：「兔，疑為「逸」之省形。夙夜不逸，義同下文「夙夜不

懈」。」〔註353〕然學者們對於原整理者的釋讀都有不同看法，李守奎認為應

該讀作「豫」，〔註354〕李銳認為「![字]」應為「象」，讀作「聰」。〔註355〕季旭

昇認為：

> 遍檢已出土的戰國文字材料，「兔」字確實沒有這樣寫的。從偏旁分
> 析法來看，此字上半為兔頭或象頭，沒有疑問。至於下半，確實不
> 像「肉」，有可能是「勿」（《上五・季康子問於孔子》20 作「![字]」）、
> 「易」字下半（《包》2.2 作「![字]」）、「鷹」字下半（《上七・凡物流
> 形乙》19 作「![字]」），當然也有可能是「肉」的訛體。仔細考量下，
> 此字仍可隸為「兔」或「象」（戰國文字兔、象形體極近）。其下半
> 可以有三種解釋，其一為「肉」的訛體；其二為像「鷹」形下半類
> 化，「兔／象」字下半從「肉」，書手以為不合理，因此以形近類化
> 為動物類的「鷹」的下半；其三，隸為「象」字，書手以為「象」
> 字從「肉」不合理，因此聲化為「易」之下半，「象」邪紐陽部字，
> 「易」喻紐陽部字，聲近韻同。〔註356〕

　　季旭昇認為「![字]」的上半是兔頭或是象頭，所以應該被隸定為「兔」或

「象」，但當時《清華大學藏戰國竹簡》只出到第三輯，以當時出土之戰國資

料來看，的確沒有寫作「![字]」字形的「兔」或「象」字。他認為「![字]」字的

〔註352〕清華大學出土文獻研究與保護中心編，李學勤主編：《清華大學藏戰國竹簡（叄）》，
　　　　（上海：中西書局，2012 年 1 月），上冊，頁 56。

〔註353〕清華大學出土文獻研究與保護中心編，李學勤主編：《清華大學藏戰國竹簡（叄）》，
　　　　（上海：中西書局，2012 年 1 月），下冊，頁 135～136。

〔註354〕李守奎：〈〈周公之琴舞〉補釋〉，《出土文獻研究》第十一輯，2012 年 12 月，頁 5
　　　　～23。

〔註355〕李銳：〈讀清華簡 3 札記（三）〉，簡帛研究，https://www.jianbo.org/article_classid_
　　　　4.html，2011 年 1 月 18 日。

〔註356〕季旭昇：〈〈毛詩・周頌・敬之〉與〈清華三・周公之琴舞・成王作敬愍〉首篇對
　　　　比研究〉，第四屆古文字與古代史國際學術研討會：紀念董作賓逝世五十周年紀念
　　　　會，臺灣歷史語言研究所，2013 年 11 月 22～24 日。

下半部有三種可能，其一是「肉」的訛體，其二若該字隸定為「兔」，其下部形象類化為動物類的「鷹」的下半。其三若該字隸定為「象」，其下部形體應是聲化為「易」之下半。

但在《上博伍・融師有成氏》【簡6】出現另一個「象」字：

皮戰（獸）鼠，又足而……暈（栲）。〔註357〕

在李守奎所編之《上海博物館藏楚竹書（一～五）文字編》中，「」字隸定為「象」。〔註358〕然此字與一般楚簡所見之「象」字形差異很大，黃杰在〈上博五〈融師有成氏〉文本疏解及用韻、編連問題補說〉一文中說明：

> 象彼獸鼠，有足而【簡六下】……。「象」原寫作，整理者釋象，有的學者不同意，另立新說。「象」上博六〈天子建州〉作與上部確有差別。但我們發現「為」字的寫法可以作為參考。楚簡中「為」字有兩種寫法，一種作，右上從象省；一種作，見於上博七〈鄭子家喪〉、〈凡物流行〉等，右上從身。而字上部正是「身」字的常見寫法。所以參照為字的兩種寫法，我們認為應當是象的異體。象的、兩種寫法，正可與為的、兩種寫法對應。
>
> 〔註359〕

在《上博簡》中的「象」字有另外二種特別的寫法：一是〈融師有成氏〉的「」，另一種則是〈天子建州〉中的「」。黃杰比對「為」字右邊的上半部偏旁發現有二種寫法：「」、「」，以此推論「」字的上半部偏旁與「」右上半偏旁相同，因此將「」字釋為「象」是合宜的。然黃杰並未解釋在《上博簡》中的「」、「」下半部偏旁何以與從「肉」之「象」

〔註357〕馬承源編：《上海博物館藏戰國楚竹書（伍）》，（上海：上海古籍出版社，2002年12月），頁157。

〔註358〕李守奎、曲冰、孫偉龍編著：《上海博物館藏戰國楚竹書（一～五）文字編》，（北京：作家出版社，2007年12月），頁457。

〔註359〕黃杰：〈上博五〈融師有成氏〉文本疏解及用韻、編連問題補說〉，簡帛網，http://www.bsm.org.cn/show_article.php?id=1567，2011年10月19日。

不同？查甲骨文中之「象」有多種寫法，皆為「象」形，其中有一作「」（甲骨文合集 10222），象尾分叉為三。到了西周中期的「師湯父鼎」中的象字作「」，仍可見其承襲甲骨文的形狀，其下半偏旁將圓形的身體改為線條，然其分叉之尾的形象仍在。因此，筆者認為，在《上博簡》出現之「」、「」，其下半部的偏旁是當時書手為了文字美觀、方便書寫而將原本在金文中彎折的線條拉直，並以對稱的方式呈現為「」。

筆者用相同的方法，利用「為」字對比〈周公之琴舞〉及〈殷高宗問於三壽〉的「」字，會發現「為」字在楚簡中其寫法有「」（《清華壹・楚居》【簡 11】）及「」（《清華壹・耆夜》【簡 2】），其右邊上半部偏旁的象頭便有末筆下劃及末筆上揚二種寫法，因此「」字並無法從其上半部偏旁的筆勢斷定是否為「象」或是「兔」。

到了《清華大學藏戰國竹簡》出至第五輯〈殷高宗問於三壽〉一篇，簡文中連續出現三個「」字，整理者依上下語句隸定為「象」字後，「清華大學出土文獻讀書會」便依此而認定於《清華叁・周公之琴舞》篇中之「」應隸定為「象」：

> 馬楠：「象」字作，全篇三見，可證清華三〈周公之琴舞〉「訖我夙夜不，敬之，日就月將」之字實為象，與「將」、「明」為韻。
>
> 〔註360〕

在「清華大學讀書會」中馬楠認為「」為「象」，與「將」和「明」押韻，但並未說明讀作「象」應作何解。

從季旭昇對於「」字的理解，再來看〈殷高宗問於三壽〉簡文中的「」字，除卻較難解釋的「」，另外在【簡 15】：

〔註360〕清華大學出土文獻讀書會：〈清華簡第五冊整理報告補正〉，清華大學出土文獻與保護中心，http://www.tsinghua.edu.cn/publish/cetrp/6842/2015/201504081127117175 68509/20150408112711717568509_.html，2015 年 4 月 18 日。

[圖] （遍）則文之愆（化），帀（帀） [圖] 天寺（時）……

原整理者釋為：

> 帀象，曆數之效法。《書・堯典》「帀象日月星辰，敬授人時。」《史記・五帝本紀》作「數法日月星辰」，索隱：「《尚書》作『曆象日月』，則此言『數法』是訓『曆象』二字，謂命羲和以曆數之法觀察日月星辰之早晚，以敬授人時也。」〔註361〕

《尚書・堯典》：「乃命羲和，欽若昊天，帀象日月星辰，敬授人時。」〔註362〕孔安國注云：「堯命之使敬順昊天，昊天言元氣廣大，星，四方中星；辰，日月所會，帀象其分節，敬記天時以授人也。」原整理者引《尚書》及《史記》資料說明「帀象天時」一詞在傳世文獻中即已存在，因此，在【簡15】中的「 [圖] 」字隸定為「象」字是合理的。另外，在【簡28】有：

椄（揆）宷（中）而 [圖] 棠（常）。

原整理者解釋：

> 揆中，度中。象，《管子・君臣上》「是故能象其道於國家」，尹知章注：「象，法也。」常，《荀子・賦》「古之常也。」楊倞注：「常，亦古之常道。」〔註363〕

依整理者的解釋，這句話即是「揆度中道以法常道」之意，因此「 [圖] 」字釋為「象」也無不妥。

回到【簡12】「 [圖][圖][圖][圖] 」的「 [圖] 」字，王寧認為應該釋為「潒」，讀作「蕩」，為「放蕩」之意，〔註364〕然此說法太過曲折，且「 [圖] 」字在楚簡中並無假借為「潒」的前例。白于藍認為「 [圖] 」應該釋為「龝」，讀作「僭」，他

〔註361〕清華大學出土文獻研究與保護中心編，李學勤主編：《清華大學藏戰國竹簡（伍）》，（上海：中西書局，2015年4月）下冊，頁155。

〔註362〕〔清〕阮元刻本：《十三經注疏・尚書》嘉慶廿年江西南昌府學開雕影印本，（臺北：藝文印書館，1989年第11版），頁21-1。

〔註363〕清華大學出土文獻研究與保護中心編，李學勤主編：《清華大學藏戰國竹簡（伍）》，（上海：中西書局，2015年4月）下冊，頁160。

〔註364〕王寧：〈讀〈殷高宗問於三壽〉散札〉，復旦大學出土文獻與古文字研究中心 http://www.gwz.fudan.edu.cn/SrcShow.asp?Src_ID=2525，2015年5月17日。

在〈釋「龜」〉一文中解釋〈周公之琴舞〉的「![字]」字說道：

> 就字形而言，「![字]」字下部所從與楚簡文字中「馬」字或「馬」旁
> 下部所從比較近似。因此為方便論述，可將該字暫隸定為「龜」。筆
> 者認為，要想對「龜」字做出合理的解釋，必須要從字形和字音兩
> 方面加以綜合考慮。就字形而言，「龜」雖並非「兔」字，但因其上
> 部與「兔」字上部象徵兔頭的部分的確同形，因此該字應是表示一
> 種與「兔」有關的動物為是。就字音而言，該字既與今本《詩·周
> 頌·敬之》之「聰」字對應，則其讀音亦當是與「聰」字相同或相
> 近者為是。循形音以推求，該字當釋為「毚」。〔註365〕

白于藍認為「![字]」字的上部是兔頭，下部與「馬」字的下部相似，應該隸
定為「龜」，並且該字與傳世文獻《詩經·周頌·敬之》的「聰」字對應，因此
考其字音對照，該字應釋為「毚」。在〈殷高宗問於三壽〉中，依白于藍的推論，
「![字]」又釋讀為「僭」。然「毚」在古音中屬崇母談紐，「僭」屬精母侵紐，二
字讀音並不接近，要說二字是讀音相類而通假，似乎很難成立。

因此筆者認同季旭昇在〈〈毛詩·周頌·敬之〉與〈清華三·周公之琴舞·
成王作敬毖〉首篇對比研究〉一文中對於「![字]」字的解釋，上部為「象」頭，
下半則從「易」字的下半，為聲化符號，即為「象」字。

「象」即法、天道常法之意，《尚書·舜典》：「封十有二山濬川，象以典刑，
流宥五刑。」〔註366〕孔穎達注曰：「《易·繫辭》云：『象也者，象此者也。』
又曰：『天垂象，聖人則之。』是象為倣法，故為法也。五刑雖有常法，所犯未
必當條，皆須原其本情，然後斷決。或情有差降，具被重科，或意有不同，失
出失入，皆是違其常法，故令依法用其常刑，用之使不越法也。」《儀禮·士冠
禮》：「繼世以立諸侯，象賢也。」〔註367〕鄭玄注云：「象，法也。為子孫能法

〔註365〕白于藍：〈釋「龜」〉，《中國文字研究》2015 年第一期，2015 年 8 月 31 日，頁 84
～87。

〔註366〕〔清〕阮元刻本：《十三經注疏·尚書》嘉慶廿年江西南昌府學開雕影印本，（臺
北：藝文印書館，1989 年第 11 版），頁 40-2。

〔註367〕〔清〕阮元刻本：《十三經注疏·儀禮》嘉慶廿年江西南昌府學開雕影印本，（臺
北：藝文印書館，1989 年第 11 版），頁 34-2。

先祖之賢，故使之繼世也。」先秦文獻中有「亂法」一詞，如《荀子·儒效》：

> 不知無害為君子，知之無損為小人。工匠不知，無害為巧；君子不
> 知，無害為治。王公好之則亂法，百姓好之則亂事。而狂惑憨陋之
> 人，乃始率其群徒，辯其談說，明其辟稱，老身長子，不知惡也。
> 〔註368〕

句中「亂法」即指法度混亂。《荀子·王霸》有云：

> 無國而不有治法，無國而不有亂法；無國而不有賢士，無國而不有
> 罷士；無國而不有愿民，無國而不有悍民；無國而不有美俗，無國
> 而不有惡俗。兩者竝行而國在，上偏而國安，下偏而國危；上一而
> 王，下一而亡。〔註369〕

在此「亂法」意指混亂的法度。因此筆者認為，〈殷高宗問於三壽〉【簡12】之「」應釋為「象」，其意為法。

（B）（務）

「」，原整理者釋為「矛」，並認為：「讀為『茂』，皆幽部明母字。《詩·南山有臺》『德音是茂』，鄭玄箋：『茂，盛也。』」原整理者以「矛」與「茂」上古音皆為幽母明紐故可互用，「」字即為「茂」，是盛的意思。王寧、王挺斌等人皆以原整理者將「」字隸定為「矛」，其字音與「督」、「眊」近而認為是通假，湯瑞芬則舉《上博三·亙先》簡8的「」認為應隸定為「柔」：

> 筆者認為該字所從即《上博三·亙先》簡8的「」字，與《清
> 華伍殷高宗問於三壽》簡8之「（矛）」字不同，應為從「矛」
> 從「人」，當隸定為「」。「」應讀為「柔」，可見於《上博三·

〔註368〕〔先秦〕荀子著，李滌生注：《荀子集釋》，（臺北：學生書局，2000年3月），頁133。

〔註369〕〔先秦〕荀子著，李滌生注：《荀子集釋》，（臺北：學生書局，2000年3月），頁250。

互先》簡 8-9：「先有 (柔)，安（焉）又（有）剛。」〔註370〕

湯瑞芬注意到字形與【簡8】隸定為「矛」的「 」不同，而應該是從「矛」從「人」形之「 」。因此她舉出《上博三・互先》之「 」應隸定為「柔」。查《上博三・互先》【簡8】【簡9】有句：

先又少，焉又大。先又 ，焉又剛。

《上博三・互先》是道家作品，文章中有許多相對的概念，任蜜林在〈〈恆先〉章句疏證〉一文中解釋：

先有小，焉有大。先有柔，焉有剛……

「中外」、「小大」、「柔剛」等，李零曰，指事物矛盾之對立面有先後之分。曹峰曰，指由此對立而生之「亂」。按，「中外」、「小大」等皆指有人之後所生之「不善」與「亂」。老子第二章曰：「天下皆知美之為美，斯惡已。皆知善之為善，斯不善已。故有無相生，難易相成，長短相較，高下相傾，音聲相和，前後相隨。」〔註371〕

依簡文上下文意判斷，《上博三・互先》【簡8】之「 」應隸定為「柔」字無誤。然於《上博二・昔者君老》【簡4】有一「 」字，隸定為「務」。黃德寬認為：

大務：釋文謂「務字未詳，待考」。其字作 ，乃 字，讀作務。本書〈從政〉十簡「曰從正（政）所務三」，「務」作 ；〈從政〉乙一簡「曰犯人之務」，「務」作 ；郭店簡〈老子〉丙篇「其即（次）侮之」，注曰：「簡文從矛，從人。《古文四聲韻》引古《孝經》『侮』即從矛、從人，與簡文同」；又〈尊德義〉一「為人上者之務也」，〈成之聞之〉十三簡「戎（農）夫務食不強」，「務」字均從矛，從人作。從以上材料可知，郭店簡隸作「 」更合乎字形，其字確實讀務，郭店〈老子〉丙篇讀侮、古《孝經》之「侮」

〔註370〕湯瑞芬：《《清華伍・殷高宗問於三壽》考釋》，國立中興大學中國文學研究所碩士論文，2017年7月，頁52。

〔註371〕任蜜林：〈〈恆先〉章句疏證〉，《中國哲學史》，2016年第一期，2016年2月25日，頁97～103。

均為借字。「邦之大務」，即「邦之大事」〔註372〕

黃德寬舉《郭店‧老子》、〈尊德義〉等證明從矛從人形的「灻」均讀作「務」或「侮」，查從矛從人之「」，在《郭店‧老子（丙）》【簡1】有句：

大（太）上下智（知）又（有）之，亣（其）即（次）新（親）譽之，亣（其）既（即（次））慐（畏）之，亣（其）即（次）（侮）之。〔註373〕

原整理者依傳世文獻《老子》將「」隸定為「侮」，在《郭店‧尊德義》【簡1】：

為人上者之（務）也。〔註374〕

原整理者依上下文義將此字隸定為「務」。同為從矛從人，在不同簡文中的解釋亦不相同。查「務」、「侮」在甲骨文未見，在金文中則作「（敄）」（毛公鼎），張世超、孫凌安等在《金文形義通解》中說明得很清楚：

《說文》：「彊也，從攴矛聲。」金文從攴從矛，矛亦聲。「矛」當為兜鍪古字，象人戴兜鍪形。「冒」「鍪」「胄」同源，其最古之形見於甲文，作⌂，又作∩，周金文作⊓（皆見於偏旁），「矛」字所從之「8」當即兜鍪象形之譌變，其過程如下圖：

$$⌂ → ∩ → ⊓ → ⊓ → 8$$

商周文字中，⊓或增「目」以示其義蘊，或增「由」以標其音讀，卒孳乳為「冒」「胄」等字，其原始象形文獨放「敄」字中譌變為烈，這與其所處之文字構形及應用環境有關。中山王譽壺「胄」字所從之矛，象人戴兜鍪，與矛為一字，而古誼尤顯。《荀子‧哀公》：「古之王者，有務而拘領者矣。」楊注：「務讀為冒。」引《尚書大傳》曰：「古之人衣上有冒而句領者。」《淮南子‧氾論訓》：「古者有鍪而綣領以王天下者矣。」「務」「敄」本同字，然則「冒」「敄」「鍪」

〔註372〕黃德寬：〈〈戰國楚竹書〉（二）釋文補正〉，簡帛研究網，http://www.jianbo.org/admin3/list.asp?id=427，2003 年 1 月 21 日。

〔註373〕荊門市博物館編：《郭店楚墓竹簡》，（北京：文物出版社，1998 年 5 月），頁 121。

〔註374〕荊門市博物館編：《郭店楚墓竹簡》，（北京：文物出版社，1998 年 5 月），頁 171。

皆一事也。兜鍪為防打擊之物，故從攴以示其意，其用為動詞，自
受者言之則為「侮」；自施者言之則為「務」，《說文》：「務，趣也。」
《詩・小雅・常棣》：「外禦其務。」毛傳：「務，侮也。」此「侮」
為晚出形聲字。「敄」「矛」聲近，古韻幽、侯相傳。郘公簋字作 ，
左旁上部作 ，乃「矛」字，則已聲化。戰國中山文字承之作 ，
左旁上部為「矛」字，然下部仍從「人」。秦系文字作 （秦簡），
從攴矛聲，復增「力」以標義（「力」或即「人」形之譌）。《說文》
誤分「敄」「務」為二字，復於人部出「侮」字曰：「傷也。」〔註375〕

依張世超之分析，則「敄」、「務」為一字，「敄」與「冒」、「冑」同源，然
因使用環境使然，原象人頭上戴兜鍪之形演變為從矛從人之 ，至秦系文字則
加「力」以標其義，而演變成從力之「務」。戰國文字則承襲金文，原在金文之
「」則演變為「」並少了「攴」偏旁，應隸定為「」，其義仍為「務」
或「侮」。

何琳儀在《戰國古文字典》中解「」字提到：

> ，從攴，矛聲。左下以无為疊加音符。敄，无音近。《莊子・德
> 充符》「伯昏无人」釋文「《雜篇》作瞀人」是其證。《說文》：「敄，
> 彊也。從攴，矛聲。」

> 中山王方壺 讀務。《廣韻》：「務，專力也。」〔註376〕

何琳儀與張世超不同，他認為「」左下的「」是疊加聲符「无」，「无」
與「敄」音近，並引《莊子》文「伯昏无人」〈雜篇〉作「瞀人」以證。然《說
文》列「无」為奇字，戰國以前多用「亡」字，馬敘倫認為：「按《周易》唯王
弼本用此无字，《荀子》、《淮南》、《風俗通》、《群書治要》引《易》皆作無。他
經記無作无字者。則无字晚出矣。」〔註377〕何琳儀在《戰國古文字典》記「无」：

> 桻无，無之省文。春秋金文無作 、，其中 、 之下肢一

〔註375〕張世超、孫凌安、金國泰、馬如森：《金文形義通解》，（日本京都：中文出版社，
　　　　1996 年 3 月），頁 721～722。

〔註376〕何琳儀：《戰國古文字典》，（北京：中華書局，2007 年 5 月），上冊頁 257。

〔註377〕馬敘倫：《說文解字六書疏證卷二十四》，（臺北：鼎文書局，1975 年 10 月）第四
　　　　冊，頁 3159。

長一短，即无之初形。春秋金文 （徐王爐），為最早的獨體无。〔註378〕

傳世文獻中「无」字的出現時間很晚，甲骨文金文也多用「無」或「亡」字，何琳儀認為「」為「无」最早的獨體文，其下部的形狀與「」字左下的偏旁形狀相似，聲音也相近，因此推論「」左下偏旁為「无」。是何琳儀的《戰國古文字典》未收入「」、「」、「」等從矛從人之「」字，故未就字形做更精確的解釋。

因此，從字形來看，筆者認為「」應隸定從「矛」從「人」之「」其解為「務」，指「致力、追求」之意。《禮記‧射義》：「是故古者天子以射選諸侯、卿、大夫、士。射者，男子之事也，因而飾之以禮樂也。故事之盡禮樂，而可數為以立德行者，莫若射，故聖王務焉。」〔註379〕《呂氏春秋‧孝行》：「所謂本者，非耕耘種植之謂，務其人也。」高誘注云：「務，猶求也。」〔註380〕《史記‧孟子荀卿列傳》：「天下方務於合從連衡，以攻伐為賢，而孟軻乃述唐、虞、三代之德，是以所如者不合。」〔註381〕故在〈殷高宗問於三壽〉【簡12】中，「」為致力、追求「」之意。

（C）（康）

「」字在甲骨文中很常見，作「（）」（甲骨文合集35371），郭沫若《甲骨文字研究‧釋支干》云：

全意此康字必以和樂為其義，故殷周帝王即以其字為名號。穅乃後起字，蓋以禾康聲。古人同音通用，不必康即是穅也。大凡和樂字，古多借樂器以為表示，如和本小笙，樂本弦樂之象，又如喜字從壴（古鼓字象形），龢龠字從龠，雅字亦本樂器之名。然則

〔註378〕何琳儀：《戰國古文字典》，（北京：中華書局，2007年5月），上冊頁614。
〔註379〕〔清〕阮元刻本：《十三經注疏‧禮記》嘉慶廿年江西南昌府學開雕影印本，（臺北：藝文印書館，1989年第11版），頁1015-1。
〔註380〕〔秦〕呂不韋著、〔漢〕高誘注：《呂氏春秋》，（上海：上海古籍出版社，1988年12月），頁100。
〔註381〕〔漢〕司馬遷：《史記》，（臺北：鼎文書局，1979年），頁2343。

康字蓋从庚，庚亦聲也。庚下之點撇，蓋猶彭之作 若 言之作 若 也。〔註382〕

郭沫若認為「康」字從「庚」，「庚」亦聲也。「庚」下的小點如「彭」或「言」字的小點。林潔明認為其下小點象庚搖動時的樂聲。〔註383〕而高鴻縉所撰之《中國字例》則認同羅振玉的說法：

> 羅振玉曰：「穀皮非米，从 象其碎屑之形，或作 或作 或作 ，無定形，〈康侯鼎〉作 ，〈伊簋〉作 ，同此。今隸作康，尚得古文遺意矣。

> 按羅說是也，字从 ，象穅形，非文字「庚聲」正得穅意。後世借康為康安之康，乃加「禾」為意符作穅。說解以後起字為正文，以康為穅省，失之。《墨子‧備穴》：「置康若炭其中。」畢氏注云：「康即穅字，見《說文》。」是也。後俗復有作糠者，非是。〔註384〕

按高鴻縉說法，其下之小點象米穅碎屑之形，「康」字即「穅」初文，其後才借為安康之康。何琳儀對於「康」字下的小點，則認為是指水形：

> 甲骨文作 （後上 20.5），金文作 （毛公鼎）。均从水，庚聲，即漮之初文。《說文》「漮，水虛也。从水，康聲。」戰國文字承襲金文，或作。中央豎筆加點為飾，許慎遂誤以為从米。《說文》「穅，穀皮也。从禾，庚聲。穅或省。」〔註385〕

何琳儀認為「康」即「漮」之初文。在甲骨文金文中「康」字形下部的小點原意為何，實無定論。然到了楚系文字，「康」字下部多作「米」形如「」，季旭昇認為：

> 戰國楚文字開始出現小撇點為「米」的寫法，可能是「康」字借為「穅」義既久，其下遂類化為「米」。也不排除這是為「穅」字所

〔註382〕郭沫若：《甲骨文字研究》，（北京：人民出版社，1952 年 9 月），頁 86。

〔註383〕周法高、張日昇、徐芷儀、林潔明編：《金文詁林》，（香港：香港中文大學，1974 年），第十四冊，頁 1853。

〔註384〕高鴻縉：《中國字例》，（臺北：三民書局，1960 年 9 月），頁 722。

〔註385〕何琳儀：《戰國古文字典》，（北京：中華書局，2007 年 5 月），上冊頁 642。

造的專字。《說文》以「康」為「穅」之省，當非。〔註386〕

按季旭昇的說法，「康」字既不是《說文》所謂「穅之省」，也不是「穅」之初文，應是「康」借為「穅」義，其後在字形下部才類化為「米」形。「康」在金文裡除當人名外，尚有以下三種意義：

和諧。〈蔡侯鱻盤〉：「威義（儀）遊＝，需頌**託**商，康諧（諧）龢好，敬配吳王。」

安樂。〈齊陳曼簠〉：「齊墜曼不敢逸康。」《書・盤庚》：「汝猷黜乃心，無傲從康。」屈萬里今注：「從，與縱通，放縱。康，安逸。」

長久。〈士父鐘〉：「佳康右（祐）屯（純）魯（嘏）。」《書・康誥》：「無康好逸豫，乃其乂民。」《尚書故》：「康，長也。」〔註387〕

依《金文形義通解》分類，在金文中「康」的字義為和諧、安樂、長久，皆為正面意義。在楚簡中除〈殷高宗問於三壽〉外，《清華叁・芮良夫毖》【簡21】：

邦亓（其）**叢**窞（寧），不奉（逢）庶懃（難），年毃（穀）焚（紛）成，風雨寺（時）至。〔註388〕

子居於其〈清華簡〈芮良夫毖〉〉解析一文中解釋「**叢**寧」一詞曰：

「康寧」即安寧，該詞於殷商、西周未見，而在先秦傳世文獻中僅見於《尚書・多士》：「非我一人奉德不康寧，時惟天命。」《尚書・多方》：「非我有周秉德不康寧，乃惟爾自速辜。」《尚書・洪範》：「一曰壽，二曰富，三曰康寧。」這也就說明了，〈芮良夫毖〉一篇不早於春秋早期，且作者熟悉《書》系文獻。〔註389〕

〈芮良夫毖〉【簡21】之「**叢**寧」即為安寧之意，依子居所言，其作者或

〔註386〕季旭昇：《說文新證》，（臺北：藝文印書館，2014年9月），頁574。

〔註387〕張世超、孫凌安、金國泰、馬如森：《金文形義通解》，（日本京都：中文出版社，1996年3月），頁3425。

〔註388〕清華大學出土文獻研究與保護中心編，李學勤主編：《清華大學藏戰國竹簡（叁）》，（上海：中西書局，2012年1月），上冊，頁81。

〔註389〕子居：〈清華簡〈芮良夫毖〉解析〉，孔子2000網，http://www.confucius2000.com/admin/list.asp?id=5589，2013年2月24日。

有可能熟悉《尚書》文獻，在此「▨」為安樂之意。另外，在《清華陸・鄭文公問太伯（乙）》【簡9】有句：

孚淫▨于▨。〔註390〕

《清華陸》收〈鄭文公問太伯（甲）〉〈鄭公文問太伯（乙）〉二篇，原整理者依〈鄭公文問太伯（甲）〉【簡10】同一句話簡文「色淫▨于▨」隸定為「庚」。然二字的寫法不同，〈鄭文公問太伯（乙）〉【簡9】之「▨」字下部偏旁從「米」，與「▨」字其下為「十」字不同。原整理者注：

色，乙本作「孚」，訓為「信」。甲本疑因下「淫媱」等語誤作「色」。

……康，《爾雅・釋詁》：「樂也。」清華簡〈厚父〉：「不盤于康。」

陳曼簠（《集成4549～4596》）：「齊陳曼不敢逸康。」〔註391〕

原整理者認為「▨」字即「逸樂」之意，子居在〈清華簡〈鄭文公問太伯（甲本）〉解析〉一文中也認同整理者的解釋，並將此句翻譯為「年輕的鄭文公不能追慕其先君武公、莊公的功業，卻沉浸在過度的嬉戲遊玩中以為安樂」。〔註392〕黃聖松、黃庭頎在〈《清華六・鄭文公問太伯》札記〉一文中，認為「▨」應釋為「康」，讀作「荒」：

簡文「康」字典籍常見與「荒」字有異文現象，如《穀梁傳》襄公二十四年：「四穀不升謂之康。」《韓詩外傳》卷八第十五章「康」字引作「荒」。《周易・泰卦》：「包荒，用馮河。」《經典釋文》謂「荒」字「鄭讀為康。」「康」字上古音為溪母陽部，「荒」為曉母陽部。二字韻部相同，聲母同屬喉音，可為通假。「荒」於典籍有「廢亂」之意，如《毛詩・唐風・蟋蟀》：「好樂無荒，良士瞿瞿。」鄭玄《注》：「荒，廢亂也。……君之好義，不當至於廢亂政事。」又《尚書・

〔註390〕清華大學出土文獻研究與保護中心編，李學勤主編：《清華大學藏戰國竹簡（陸）》，（上海：中西書局，2016年4月，上冊，頁67。

〔註391〕清華大學出土文獻研究與保護中心編，李學勤主編：《清華大學藏戰國竹簡（陸）》，（上海：中西書局，2016年4月，下冊，頁120。

〔註392〕子居：〈清華簡〈鄭文公問太伯（甲本）〉解析〉，中國先秦史網站：http://xianqinshi.blogspot.com/2017/09/blog-post_34.html，2017年9月23日。

盤庚》：「非予自荒茲德。」題漢人孔安國《注》：「我之欲徒，非廢此德。」亦以「廢」釋「荒」。又《左傳》襄公二十七年：「印氏其次也，樂而不荒。樂以安民，不淫以使之，後亡，不亦可乎！」《正義》：「印段賦〈蟋蟀〉，義取好樂無荒，即不淫也。」簡文「淫媱於康」可讀為「淫媱於荒」……「孚（復）康（荒）於淫媱」，語譯為：又廢亂於淫媱之事。〔註393〕

　　作者引傳世文獻《穀梁傳》、《周易》、《詩經》等說明，〈鄭文公問太伯（乙）〉【簡9】之「■」應讀作「荒」，其意為「廢亂」，是一個負面詞。學者對於〈鄭文公問太伯〉簡文中之「■」字有完全相反的二種解釋，相同的情況亦出現在〈殷高宗問於三壽〉中的「象矛（茂）■■」。原整理者引《爾雅・釋詁》認為「■」即「安樂」之意，王寧、湯瑞芬也認同原注釋者的意見，然而劉偉浠引王挺斌在「簡帛論壇」的意見，認為簡文前後句都是負面消極意，因此「■」應假借為「荒」，意即「荒忽」、「不分明」之意。〔註394〕筆者認為，在〈殷高宗問於三壽〉【簡12】的「■」應如字讀，其意則為「安逸」、「逸樂」，《尚書・盤庚》：「汝猷黜乃心，無傲從康。」〔註395〕疏云：「無傲慢，從心所安。」屈萬里在《尚書集釋》中注曰：「康，安逸。」〔註396〕《逸周書・文政解》：「四亂有立信，五教用康經，六合詳毀成，七邑守維人。」

〔註393〕黃聖松、黃庭頎：〈《清華六・鄭文公問太伯》札記〉，簡帛網，http://www.bsm.org.cn/show_article.php?id=2628，2016年9月7日。

〔註394〕劉偉浠：《清華大學藏戰國竹簡（五）疑難字詞集釋及相關問題研究》，福建師範大學漢語言文字學碩士論文，2017年6月5日，頁130～131。王挺斌於「簡帛論壇」（http://bsm.org.cn/forum/forum.php?mod=viewthread&tid=3249&extra=page%3D5&page=6）第52樓發表：一直懷疑〈殷高宗問於三壽〉12號簡「古民人迷亂」下面四字的後兩字都應該破讀，「康」字與「迷亂」不符，更何況與後一字也難以成詞，所以拙見以為「康」字連同下一字或許讀為「荒眊」比較好點。「康」、「荒」通假例見《古字通假會典》第289頁，從「矛」聲字亦常常與從「毛」聲字通，見《古字通假會典》第770、771頁。「荒眊」即「眊荒」……所以簡文「康」字連同下一字可能要讀為「荒眊」，即「眊荒」，也就是「荒忽」、「眊亂」之意，可以對應「古民人迷亂」。

〔註395〕〔清〕阮元刻本：《十三經注疏・尚書》嘉慶廿年江西南昌府學開雕影印本，（臺北：藝文印書館，1989年第11版），頁128-1。

〔註396〕屈萬里：《尚書集釋》，（臺北：聯經出版社，1983年2月），頁84。

晉孔晁注曰：「康，逸也。」〔註 397〕《淮南子・主術訓》：「是故人主好鷙鳥猛獸，珍怪奇物，狡躁康荒，不愛民力。」〔註 398〕《淮南子》「康」、「荒」二字並列，意指人主因喜愛珍奇猛獸，而「狡詐、暴躁、逸樂、荒廢」，而不愛民力，「康」字在此應指「逸樂」之意。〈殷高宗問於三壽〉中「」意指致力追求安逸快樂之意。

（D）（鶩）

〈殷高宗問於三壽〉【簡 12】「」原整理者隸定為從馬從矛之「䮞」，並認為應讀作「懋」，其意為「勤勉」之意，並將「康」合成一詞，是「粉飾太平」之意。王寧、湯瑞芬等人認為依簡文上句的意思，「康」應該與「古民人迷亂」有關，才會導致「不知邦之將喪」，因此「」不應該是正面的詞。王寧認為從聲音上來看，「」與「瞀」古音相近或許相同，〔註 399〕劉偉浠則引王挺斌於「簡帛論壇」發表，認為「」之聲符「矛」與「毛」在上古聲音相近，所以應是「眊」之假借，意指「亂」。〔註 400〕湯瑞芬則從字形出發，認為「」從馬從「犬」應讀作「鶩」，其意為強。〔註 401〕

查「」為一新見字，甲骨文、金文，楚簡文字皆無，從字形來看，其從馬從，原整理者認為其從馬從矛，然比對【簡 8】的「（矛）」來看，「」字下部為一人形，與「」字明顯不同。因此筆者認為「」右下邊偏旁應隸定為「犬」，從馬從「犬」為「」〔註 402〕，為「鶩」。查「鶩」字

〔註 397〕王雲五主編，〔晉〕孔晁注：《逸周書》，（上海：商務印書館，1937 年 12 月），頁101。

〔註 398〕〔漢〕劉安著，高誘注：《淮南子》，（上海：上海古籍出版社，1989 年 9 月），頁92 下。

〔註 399〕王寧：〈讀〈殷高宗問於三壽〉散札〉，復旦大學出土文獻與古文字研究中心http://www.gwz.fudan.edu.cn/SrcShow.asp?Src_ID=2525，2015 年 5 月 17 日。

〔註 400〕劉偉浠：《清華大學藏戰國竹簡（五）疑難字詞集釋及相關問題研究》，福建師範大學漢語言文字學碩士論文，2017 年 6 月 5 日，頁 130～131。

〔註 401〕湯瑞芬：《《清華伍・殷高宗問於三壽》考釋》，國立中興大學中國文學研究所碩士論文，2017 年 7 月。頁 52。

〔註 402〕湯瑞芬已有此見，查湯瑞芬：《《清華伍・殷高宗問於三壽》考釋》，國立中興大學

甲骨文金文未見，許慎《說文解字》：

> ![騖]，亂馳也，从馬敄聲。〔註403〕

「騖」有奔馳之意，《楚辭‧招魂》：「步及驟處兮誘騁先，抑騖若通兮引車右還。」王逸注曰：「騖，馳也。」〔註404〕《戰國策‧蘇秦說齊閔王》：「邯鄲之中騖，河、山之間亂。」注曰：「騖，亂馳也。」〔註405〕因此筆者認為「![象]」意即亂之意。

筆者認為，〈殷高宗問於三壽〉【簡12】應重新斷句為：「古民人迷，蹣（亂）![象][象][巽]，![象]而不智（知）邦之牆（將）𢀣（喪）。」句中之「![象]（象）」應與「蹣（亂）」合為「亂象」一詞，如此後文解釋才有可能通暢，句中之「而」是表示連接詞，如《孟子‧梁惠王上》：「填然鼓之，兵刃既接，棄甲曳兵而走。」〔註406〕若依此方式斷句，這句話上下文句就不會有句意不通順的問題。意指「古代的人民迷惑，法度混亂卻追求安逸，混亂而不知邦國即將喪亡」。

中國文學研究所碩士論文，2017年7月。頁52。

〔註403〕〔漢〕許慎撰；〔清〕段玉裁注：《圈點說文解字》，（臺北：書銘出版社，1992年9月），頁471。

〔註404〕劉向編集，王逸章句：《楚辭》，（北京：中華書局，1985年），頁110。

〔註405〕〔漢〕劉向集錄：《戰國策（上）》，（上海：上海古籍出版社，1978年5月），頁428。

〔註406〕〔清〕阮元刻本：《十三經注疏‧孟子》嘉慶廿年江西南昌府學開雕影印本，（臺北：藝文印書館，1989年第11版），頁9-2。

第三章 結 論

第一節 本文研究成果總結

本論文經由分析〈殷高宗問於三壽〉疑難字的研究，計得成果如下：

一、單字分析成果

1. 釋「先」

〈殷高宗問於三壽〉【簡1】之「」字，原整理者釋為「先」，馬文增將之釋為「之人」的合文。據字形及上下文來看，其字形並無如同一簡文中的「（君子）」、「（小人）」、「（妥妥）」有合文符號，依詞例來看，古文中沒有「之人」的詞例，但在《清華陸・子產》、《孟子・告子下》、《戰國策・齊策三》俱有「先生」的詞例。因此筆者認同原整理者，將「」釋為「先」，與下字合為「先生」一詞。

2. 釋「厭」

【簡2】之「」與其他楚簡隸定為「厭」字的字形不同，其已不具犬形，從「石」從「肙」，應是「肙」字與「厭」字聲音相近，而「肙」便成「厭」字聲符。原整理者認為此字應指「厭足、滿足」之意，筆者認為在〈殷高宗

問於三壽〉有「![字]」字出現的簡文中，殷高宗分別向少壽、中壽、彭祖詢問「可胃![字]」，依行文規則視之，「長」與「險」相對；「![字]」與「惡」相對。因此依原注釋者釋為「滿足」為宜。

3. 釋「非」

〈殷高宗問於三壽〉【簡4】【簡5】中之「非」，原整理者釋為「必」，舉《詩・淇奧》：「有匪君子」與《經典釋文》所引《韓詩》為證。在〈殷高宗問於三壽〉中，除了【簡17】的句式不同外，其他皆為「肩![字]○」、「惡![字]○」的句式。就「![字]」字形來看，其為「非」字無誤，原整理者引錢大昕「匪通於邲」以證「![字]通於必」，其聲母韻部皆不相同；此外，《清華伍》本就有「![字]（必）」字，也非是以節省筆畫可以解釋。筆者認為「![字]」字在此應如字讀，其意當作「豈非」解，修辭上應為疑問句。因此「肩![字]胹，亞![字]芒」應該解為：「讓人滿足的難道不是富藏？讓人厭惡的難道不是喪亡嗎？」

4. 釋「胹」

【簡4】【簡5】「![字]」字，原整理者釋為「臧」，並引〈程寤〉篇中之「![字]」等同於《逸周書》之「藏」為證。在〈程寤〉中的「![字]」對照傳世文獻《逸周書》隸定為「藏」，其意為「臧」。另外在《上博六・用曰》【簡13】有「![字]」字，此字從「爿」從「宦」，與〈程寤〉中的「![字]」不同。其他在《包山簡》、《仰天湖》之「臧」皆有不同寫法，然在字形上都從「貝」，故此，〈殷高宗問於三壽〉中的「![字]」從「爿」從「貝」，與〈程寤〉的字形只差在上面的「宀」部。筆者認為〈程寤〉中的「![字]」與〈殷高宗問於三壽〉的「![字]」皆應釋為「臧」，為「蓄藏」之意。

5. 釋「罜」

【簡7】之「![字]」是其他楚簡所無之新見字，原整理者從字音考證，釋為

「傾」，其意為「危」。此字在左下角有一特殊的倒山形「」，相似字形於〈芮良夫毖〉與〈赤鵠之集湯之屋〉也有。就倒山形的「」來看，其與「（丁）」字形差距太大，以書寫筆勢來看，「」確如將「山」字倒過來書寫。因此筆者認同李守奎等人的推測為「覆」字。在〈殷高宗問於三壽〉【簡7】的「」字，從「聖」從「」，而「聖」、「聲」、「聽」三字同源，然「聲」上部之「殸」甲骨文作「」，與「磬」字關係密切。另就字音來看，「聲」與「磬」字相近，因此在傳世文獻中多有互用。而「磬」與「罄」字又常通用，筆者認為從「聖」從「」之「」字應釋為「罄」，其意為「盡」之意。

6. 釋「惎」

【簡8】「」字，原整理者釋為「謀」，並引《國語》認為是「咨事」之意。然同一篇簡文的【簡21】之「」，原整理者卻釋為「毋」，即否定之意。從母從心之「惎」字甲骨文無見，在《中山王𰰒鼎》中則有一「」字，張世超、孫凌安等編之《金文形義通解》釋為「謀」。「惎」字在其他楚簡中也多釋為「謀」，因此筆者認同原整理者意見釋為「謀」，但其義不僅於「咨事」，而應是指「就長者而諮問」之意。殷高宗就三壽詢問治國之事，因此訓為「就長者諮問」或可更符合文意。

7. 釋「飤」

【簡8】「」，原整理者從讀音釋為「嗣」，續也。然就字形來看，從「食」從「人」之「飤」在甲骨文中即是象人口向下對著盛裝食物之皀，其後向下的人口與人身分離，才成為後來所見之「飤」字，其本義即為「吃、食」。在其他楚簡中「」字多用於本義，然在〈殷高宗問於三壽〉中，「」應讀作「飤」，其義為「祭獻、配享」之意。

8. 釋「睪」

【簡8】之「」，原整理者釋為「回」，為「轉」意。然在〈說命上〉有一相同字形之「」，原整理者認為應釋為「圍」，但其他學者意見分歧，王寧

認為該字應即「圍」字之或體，因此〈說命上〉【簡 5】之「說於伐」應解讀為「圍伐」，即圍而伐之，其上所加之「宀」是表示「區域、範圍」的有義偏旁。在〈殷高宗問於三壽〉中的「」就字形來看應解為「圍」，而其意則認同原整理者釋為「回」。

9. 釋「占」

【簡 8】「」字，原整理者引《史記‧五帝本紀》認為其意為「數」。從字形來看，「（）」確為「占」字，在《清華簡》其他簡文中，「占」皆用作「占卜」之意，加上從考古資料中發現，占卜在殷商時代是不可或缺的日常活動之一，而在河南安陽所出土的數萬片甲骨片也皆屬殷高宗時期，因此筆者認為，「」應該是「占卜」之意。

10. 釋「厰」

【簡 10】有一「」字，原整理者認為同「嚴」，意指嚴厲的行政措施，王寧、李美辰認為應指「邊緣之地」，駱珍伊與湯瑞芬則認為應釋為「殃」，指上天所降之災殃。筆者從金文字形考證，〈士父鐘〉之「」字意指「嚴」，即「威嚴」之意；〈虢季子白盤〉之「」則與「軓」連為一詞，隸定為「玁狁」。此外，在〈周公之琴舞〉亦有一「」字，意指「恭敬畏懼」。在〈說命上〉有「尃（傅）」一詞，經與傳世文獻比對，其應指地名「傅巖」，然「傅巖」於《史記》作「傅險」，因此，於〈殷高宗問於三壽〉中之「」應是可隸定為「險」，其意指「險要」。因此，簡文「八紀則紊，四將行」應指「國內八方將會混亂，而四周邊境之地人民將要背離」之意。

二、詞彙研究成果

釋（癃痙）

〈殷高宗問於三壽〉【簡 8】有「」一詞，二字皆為楚簡首見，原整

理者釋為「縱狂」，意指「放縱而又知善弗行」。由於二字於其他楚簡未見，學者們的討論熱烈，有從字音通假釋為「縱狂」、「聾盲」者，亦有從句勢及聲韻出發，將此二字釋為「寵皇」者。然其後《清華捌・邦家處位》【簡01a】有句：「君唯□（聾）□（狂），貞（吏）臣欲迷，政事逆頡（微），寵稟（福）逆亞（惡）。」簡文中「□（聾）□（狂）」一詞，與〈殷高宗問於三壽〉中的「□□」構詞相同，唯〈邦家處位〉之「□」乃從耳從龍，〈殷高宗問於三壽〉為從疒從龍。筆者從字形構造考證，甲金文皆有從耳從龍之「聾」，依許慎《說文》解釋為「無聞」之意。然【簡8】之「□」乃從疒從龍，若依「疒」部字的形態來看，其大多數是與疾病相關，因此「□」也應該是人身上的一種疾病。「清華大學讀書會」將「□」釋為「癃」，是指老而衰病之意。然「龍」、「隆」於上古音韻部不同，傳世文獻中也無「龍」、「隆」通假之例。因此，筆者認為將「□」釋為「聾」是較為適切的。

　　「□」字在《清華伍・厚父》【簡13】中有句：「民亦隹（唯）酉（酒）甬（用）敗（敗）畏（威）義（儀），亦隹（唯）酉（酒）甬（用）忎（恆）□（狂）。」原整理者隸定為「狂」，並引《尚書・多方》：「惟聖罔念作狂，推狂克念作聖。」為例。在《清華捌・邦家處位》中也用從疒從坣的「□」字，劉信芳在〈清華藏八〈邦家處位〉章句（一）〉直接釋為「狂」。然除二例之外，其他楚簡隸定為「狂」字者，字形多作從心從坣之「□」，《說文》亦有收錄從心之「□」字。「狂」原為「狾犬」，亦即發狂亂咬的狗，因此從犬之「狂」便指狂暴不安的意思。而從心之「□」則指人的「心神」不安。從疒從坣之「□」與從疒從契之「瘛」其造字規則相類，亦是指心神喪亂的疾病。因此筆者認為「□」應隸定為「狂」字為宜。職是，「□□」應隸定為「聾狂」，意指昏聵迷亂。

三、簡文重新斷句

釋「」（象茅康駿）

【簡12】有句：「古民人迷巋（亂），，而不智（知）邦之牁（將）岂（喪）。」其中四字，原整理者認為是「像是繁盛、安樂、勤勉的太平之象，而不知國家人民即將喪亡。」然這四字除了「」清楚可隸定為「康」外，其他三字在識讀上均有可討論的地方，另外，原整理者斷句將這四字獨立，整段文字在閱讀上似乎也有所滯礙不通的感覺。因此筆者先就四個字的字形分析，找出其最適切的解釋，再試圖詮釋整段簡文。

a.「」

在《清華叁・周公之琴舞》【簡3】中首見「」字，原整理整隸定為「兔」，讀為「逸」，然在〈殷高宗問於三壽〉中出現三次「」字，原整理者隸定為「象」。可見在釋讀這個字形時學者有「兔」與「象」二種不同的解釋。筆者從「兔」與「象」二字的甲金文分析，發現「兔」頭與「象」頭在戰國文字極易混淆，且下部偏旁多從肉形。季旭昇認為，楚文字中「象」頭本筆往右下垂，「兔」頭則無。然因為二字上半部的偏旁實在太像，因此楚簡文中書手寫錯的情況也極常見。筆者對比〈楚居〉及〈耆夜〉二篇簡文中的「為」字，發現其右邊上部偏旁的象頭便有末筆下劃及末筆上揚二種寫法。因此在〈殷高宗問於三壽〉中的「」字並無法從上部偏旁判定究竟是「象」亦或是「兔」字，而其下部偏旁，則依季旭昇所言，或有可能是「肉」的訛體、或是「鳶」字下半部、或是「易」字下半部。然因〈殷高宗問於三壽〉簡文中有三個相同的「」字，除較難解的本簡外，其餘二例依上下文句推測隸定為「象」無誤。因此筆者認為，此字的下半部偏旁應如季旭昇所言，是以「易」字下半部偏旁做為一標音符號，隸定為「象」字可從，其意則為「法、天道常法」之意。

b.「」

原整理者隸定為「矛」，讀作「茂」，但就字形來看，這個字應從「矛」從

「人」。湯瑞芬舉《上博三・亙先》【簡8】的「」字認為應隸定為「柔」。然在《上博二・昔者君老》有一「」則隸定為「務」,《郭店・老子(丙)》【簡1】有一「」字則隸定為「侮」。《郭店・尊德義》【簡1】也有一「」則隸定為「務」。張世超、孫凌安等在《金文形義通解》中認為金文中的「」字象人戴兜鍪形,自受者而言為「侮」;自施者而言則為「務」。因此在楚簡文字中,從矛從人的「」字應可隸定為「」,其義則為「務」或「侮」。依上下簡文來看,在〈殷高宗問於三壽〉中的「」應解為「務」,為「致力、追求」之意。

c. 「」

「康」字在甲骨文中作「(庚)」,其下小點學者有不同解讀,尚無定論。至戰國楚系文字,「康」字下部則多作「米」形。季旭昇認為,其下用「米」形可能是「康」字借為「穅」義已久,遂類化為「米」,也有可能是為了「穅」字所造之專字。《清華簡・芮良夫毖》也有「寧」一詞,子居認為即「安寧」之意。《清華陸・鄭文公問太伯(乙)》【簡9】則有:「孚涇于」句,原整理者認為「」字即「逸樂」之意,然黃聖松、黃庭頎則認為該字應讀作「荒」。筆者認為在〈殷高宗問於三壽〉【簡12】中之「」字應隸定為「康」,依上下文句推論應為「安逸」之意。

d. 「」

「」為一新見字,原整理者隸定為從馬從矛之「駩」,讀作「懋」,其意為「勤勉」。王寧認為此字與「敄」古音相近或相同,王挺斌則認為「」字聲符「矛」與「毛」於上古聲音相近,所以應是「眊」之假借,意指「亂」,湯瑞芬則認為此字從馬從,應隸定為「騖」,其意為強。此字於甲金文皆無見,然許慎《說文解字》則釋騖為「亂馳」。《楚辭・招魂》有「步及驟處兮誘騁先,抑騖若通兮引車右還。」《戰國策・蘇秦說齊閔王》:「邯鄲之中騖,

河、山之間亂。」「騖」在此有「亂馳」之意。因此筆者認為，從馬從天之「」在此應隸定為「騖」，其有亂馳之意。

解釋完上述四個字後，再回頭看簡文，筆者認為應該有重新斷句的必要。原整理者將「迷亂」視為一詞，因此造成句話在解讀上十分困難。因此，如果重新做一個調整，將句子重新斷句為「古民人迷，躝（亂）（象）（務）（康），（騖）而不智（知）邦之酒（將）芒（喪）。」在解釋上便不至於那麼難懂。整句話的白話翻譯可以是：「古代的人民迷惑，法度混亂卻追求安逸，混亂而不知邦國即將喪亡。」

第二節　研究困境與限制

筆者在研究〈殷高宗問於三壽〉簡文時，發現許多字形是首見之新見字，在釋讀之時非常困難，因此許多研究者在釋讀簡文時，會用聲音通假方式解釋，或許在文意上可以通讀，然就字形上卻仍有許多可商榷之處。出土材料不斷出現，《清華大學藏戰國竹簡》以每年出版一集的速度釋出，然因於海峽對岸，書籍及第一手資料的取得不易，只能就網路資源取得相關資料，對於研究上也多有不利之處。

筆者才學有限，在《清華伍‧殷高宗問於三壽》只能挑出其中十幾個字做深入研究，對於該篇簡文而言，只佔其中一半不到，深感有愧。礙於能力，或有許多研究論文筆者無緣得見，自己的想法或許仍有許多限制、或不夠成熟之處。這些都期待未來自己能夠再努力精進，提昇自己的能力，以期能在古文字學領域中，貢獻自己所學。

參考書目

（一）傳世文獻

1. 〔春秋〕管仲著，吳文濤、張善良編：《管子》，（北京：燕山出版社，1995 年 10 月）。

2. 〔戰國〕荀況著，李滌生注釋：《荀子集釋》，（臺北：臺灣學生書局，1979 年 2 月）。

3. 〔秦〕呂不韋著、〔漢〕高誘注：《呂氏春秋》，（上海：上海古籍出版社，1988 年 12 月）。

4. 〔漢〕王充：《論衡》，（長春：時代文藝出版社，2008 年 4 月）。

5. 〔漢〕王逸，〔宋〕洪興祖：《楚辭章句補注》，（長春：吉林人民出版社，2005 年 7 月）。

6. 〔漢〕司馬遷：《史記》，（臺北：鼎文書局，1979 年）。

7. 〔漢〕董仲舒著，曾振宇注：《春秋繁露》，（開封：河南大學出版社，2009 年 4 月）。

8. 〔漢〕劉向編集，王逸章句：《楚辭》，（北京：中華書局，1985 年）。

9. 〔漢〕劉向集錄：《戰國策（上）》，（上海：上海古籍出版社，1978 年 5 月）。

10. 〔漢〕劉安著，高誘注：《淮南子》，（上海：上海古籍出版社，1989 年 9 月）。

11. 〔漢〕戴德撰，盧辯注：《大戴禮記》，（北京：中華書局，1985 年）。

12. 〔漢〕許慎撰；〔宋〕徐鉉校定：《說文解字》，（北京：中華書局，2009 年 3 月第 二十八刷）。

13. 〔漢〕許慎撰；〔清〕段玉裁注：《新添古音說文解字注》，（臺北：洪葉文化事業 有限公司，1998 年 10 月）。

14. 〔漢〕班固：《漢書》，（臺北：鼎文書局，1979 年）。

15. 〔漢〕皇甫謐:《逸周書》,(西安:陝西師範大學出版,1997 年 3 月第 1 版)。

16. 〔漢〕韓嬰著,國立臺灣師範大學出版中心編輯:《韓詩外傳》,(臺北,師大出版中心,2012 年)。

17. 〔晉〕張華撰,范寧校證:《博物志校證》,(北京:中華書局,2014 年 8 月)。

18. 〔晉〕顧野王:《玉篇零卷》,(北京:中華書局,1985 年第一版)。

19. 〔宋〕李昉:《太平廣記》,(北京:中華書局,1995 年 8 月第 6 刷)。

20. 〔宋〕丁度:《集韻》,(上海:上海古籍出版社,1983 年 12 月)。

21. 〔金〕韓道昭、甯浮校訂:《五音集韻》,(北京:中華書局,1992 年)。

22. 〔宋〕朱熹:《四書章句集注》,(上海:上海古籍出版社,2001 年 12 月)。

23. 〔宋〕陳彭年等重修,〔民國〕林尹校訂:《新校正切宋本廣韻》,(臺北:黎明文化事業公司,1990 年 10 月 12 版)。

24. 〔宋〕郭忠恕編:《汗簡》,(北京:中華書局,1983 年 12 月第一版)。

25. 〔明〕張自烈編,〔清〕廖文英補:《正字通》,(北京:國際文化出版公司,1996 年 1 月)。

26. 〔明〕梅膺祚撰,〔清〕吳任臣補:《字彙》,(上海:上海辭書出版社,1991 年 6 月)。

27. 〔清〕朱彬撰,沈文倬、水渭松校點:《禮記訓纂》,(杭州:浙江大學出版社,2010 年 7 月)。

28. 〔清〕阮元刻本:《十三經注疏·詩經》嘉慶廿年江西南昌府學開雕影印本,(臺北:藝文印書館,1989 年第 11 版)。

29. 〔清〕阮元刻本:《十三經注疏·尚書》嘉慶廿年江西南昌府學開雕影印本,(臺北:藝文印書館,1989 年第 11 版)。

30. 〔清〕阮元刻本:《十三經注疏·周易》嘉慶廿年江西南昌府學開雕影印本,(臺北:藝文印書館,1989 年第 11 版)。

31. 〔清〕阮元刻本:《十三經注疏·禮記》嘉慶廿年江西南昌府學開雕影印本,(臺北:藝文印書館,1989 年第 11 版)。

32. 〔清〕阮元刻本:《十三經注疏·儀禮》嘉慶廿年江西南昌府學開雕影印本,(臺北:藝文印書館,1989 年第 11 版)。

33. 〔清〕阮元刻本:《十三經注疏·左傳》嘉慶廿年江西南昌府學開雕影印本,(臺北:藝文印書館,1989 年第 11 版)。

34. 〔清〕阮元刻本:《十三經注疏·爾雅》嘉慶廿年江西南昌府學開雕影印本,(臺北:藝文印書館,1989 年第 11 版)。

35. 〔清〕郝懿行:《爾雅義疏》,收錄於《郝懿行集》(濟南:齊魯書社,2010 年 4 月)。

36. 〔清〕劉淇著,章錫琛校注:《助字辨略》,(北京:中華書局,1954 年 10 月第一版)。

37. 〔清〕孫希旦撰:《禮記集解》,(臺北:文史哲出版社,1990 年 8 月)。

38. 〔清〕郭慶藩編,王孝魚整理:《莊子集釋》,(臺北:萬卷樓圖書公司,1993 年 3 月第 1 版)。

39. 〔清〕鄭珍記：《說文新附攷》，（北京：中華書局，1985 年新一版）。

（二）專 著

1. 丁原明：《黃老學論綱》，（濟南：山東大學出版社，1997 年 12 月）。

2. 于省吾：《甲骨文字釋林》，（臺北：大通書局，1981 年 10 月）。

3. 中國社會科學院考古研究所編：《甲骨文編》，（北京：中華書局，2005 年 8 月第 7 次印刷）。

4. 中國社會科學院考古研究所編：《殷周金文集成（修訂增補本）》，（北京：中華書局，2007 年 4 月）。

5. 牛兵占、陳志強、徐樹楠、曹風編著：《黃帝內經》，（石家庄：河北科學技術出版社，1996 年 2 月）。

6. 王力：《同源字典》，（北京：商務印書館，2002 年 11 月第 6 刷）。

7. 王力主編：《王力古漢語字典》，（北京：中華書局，2007 年 6 月第 6 刷）。

8. 王軍：《荀子思想研究：禮樂重構的視角》，（北京：中國社會科學出版社，2010 年 6 月）。

9. 王淮注釋：《老子探義》，（臺北：臺灣商務印書館，1998 年 6 月）。

10. 王雲五主編，〔晉〕孔晁注：《逸周書》，（上海：商務印書館，1937 年 12 月）。

11. 王輝編：《古文字通假字典》，（北京：中華書局，2008 年 2 月）。

12. 王國維：《古史新證——王國維最後的講義》，（北京：清華大學出版社，1997 年 8 月第 4 刷）。

13. 古文字詁林編纂委員會：《古文字詁林》，（上海：上海教育出版社，1999 年）。

14. 白於藍：《簡牘帛書通假字字典》，（福州：福建人民出版社，2008 年 1 月）。

15. 北京大學出土文獻研究所：《北京大學藏西漢竹書（叁）》，（上海：上海古籍出版社，2015 年 9 月）。

16. 朱歧祥：《殷墟甲骨文字通釋稿》，（臺北：文史哲出版社，1989 年 12 月）。

17. 邢文：《楚簡書法探論——清華簡《繫年》書法與手稿文化》，（上海：中西書局，2015 年 10 月）。

18. 何琳儀：《戰國文字通論（訂補）》，（南京：江蘇人民出版社，2003 年 1 月）。

19. 何琳儀：《戰國古文字典》上下冊，（北京：中華書局，2007 年 5 月第 3 次印刷）。

20. 何琳儀：《戰國文字通論》，（北京：中華書局，1989 年）。

21. 河洛出版社編輯部：《帛書戰國策》，（臺北：河洛出版社，1977 年 5 月）。

22. 李守奎：《古文字與古史考——清華簡整理研究》，（上海：中西書局，2015 年 10 月第一版）。

23. 李守奎：《楚文字編》，（上海：華東師範大學出版社，2003 年 12 月）。

24. 李守奎、曲冰、孫偉龍編著：《上海博物館藏戰國楚竹書（一～五）文字編》，（北京：作家出版社，2007 年 12 月）。

25. 李宗焜：《甲骨文字編》，（北京：中華書局，2012 年）。

26. 李孝定：《甲骨文字集釋》，（臺北：中央研究院歷史語言研究所專刊，1965 年 6 月）。

27. 李學勤:《簡帛佚籍與學術史》,(南昌:江西教育出版社,2007 年 8 月第 3 刷)。

28. 李學勤:《初識清華簡》,(上海:中西書局,2013 年 6 月第 1 版)。

29. 李學勤主編、沈建華、賈連翔編:《清華大學藏戰國竹簡【壹－參】文字編》,(上海:中西書局,2014 年 5 月)。

30. 李學勤:《古文字學初階》,(臺北:萬卷樓圖書有限公司,1993 年 4 月初版 4 刷)。

31. 李滌生著:《荀子集釋》,(臺北:學生書局,2000 年 3 月三版)。

32. 林明照:《先秦道家的禮樂觀》,(臺北:五南圖書公司,2007 年 9 月)。

33. 邴尚白:《葛陵楚簡研究》,(臺北:臺大出版中心,2009 年 12 月)。

34. 吳大澂:《說文古籀補》收錄於董蓮池編:《說文解字研究文獻集集》,(北京:作家出版社,2007 年 10 月)。

35. 吳光:《黃老之學通論》,(杭州:浙江人民出版社,1985 年 6 月)。

36. 季旭昇主編,陳惠玲、連德榮、李綉玲合撰:《《上海博物館藏戰國楚竹書(三)》讀本》,(臺北:萬卷樓圖書股份有限公司,2005 年 10 月初版)。

37. 季旭昇:《說文新證》,(臺北:藝文印書館,2014 年 9 月二版)。

38. 周鳳五著:《朋齋學術文集【戰國竹書卷】》,(臺北:國立臺灣大學出版中心,2016 年 12 月初版)。

39. 周法高、張日昇、徐芷儀、林潔明編:《金文詁林》,(香港:香港中文大學,1974 年)。

40. 宗福邦、陳世鐃、蕭海波主編:《故訓匯纂》上下冊,(北京:商務印書館,2007 年 9 月)。

41. 洪颺:《古文字考釋通假關係研究》,(福州:福建人民出版社,2008 年 9 月)。

42. 屈萬里:《尚書集釋》,(臺北:聯經出版社,1983 年 2 月)。

43. 容庚編著;張振林、馬國權摹補:《金文編》,(北京,中華書局,2003 年 12 月)。

44. 徐中舒:《甲骨文字典》,(成都:四川辭書出版社,1988 年)。

45. 徐灝:《說文段注箋》,收錄於董蓮池主編:《說文解字研究文獻集成(古代卷)》,(北京:作家出版社,2007 年 10 月)。

46. 高亨纂著、董治安整理:《古字通假會典》,(山東:齊魯書社,1997 年 7 月 2 刷)。

47. 高佑仁:《清華伍書類文獻研究》,(臺北:萬卷樓圖書股份有限公司,2018 年 4 月)。

48. 高鴻縉:《中國字例》,(台北:三民書局,1960 年 9 月第一版)。

49. 唐桂馨:《說文識小錄》收錄於董蓮池編:《說文解字研究文獻集成(七)》(北京:作家出版社,2007 年 10 月)。

50. 唐蘭:《古文字學導論(增訂本)》,(山東:齊魯書社,1981 年)。

51. 唐蘭:《唐蘭全集》,(上海:上海古籍出版社,2015 年 11 月)。

52. 馬敘倫:《讀金器刻辭卷下》,(北京:中華書局,1962 年 12 月)。

53. 馬敘倫:《說文解字六書疏證》,(臺北:鼎文書局,1975 年 10 月)。

54. 馬承源編:《上海博物館藏戰國楚竹書(一)》,(上海:上海古籍出版社,2001 年 11 月)。

55. 馬承源編:《上海博物館藏戰國楚竹書(二)》,(上海:上海古籍出版社,2002 年

12 月）。

56. 馬承源編：《上海博物館藏戰國楚竹書（三）》，（上海：上海古籍出版社，2003 年 11 月）。

57. 馬承源編：《上海博物館藏戰國楚竹書（四）》，（上海：上海古籍出版社，2004 年 12 月）。

58. 馬承源編：《上海博物館藏戰國楚竹書（五）》，（上海：上海古籍出版社，2005 年 12 月）。

59. 馬承源編：《上海博物館藏戰國楚竹書（六）》，（上海：上海古籍出版社，2007 年 7 月）。

60. 馬承源編：《上海博物館藏戰國楚竹書（七）》，（上海：上海古籍出版社，2008 年 12 月）。

61. 馬承源主編：《商周青銅器銘文選（三）》，（北京：文物出版社，1988 年 4 月）。

62. 商承祚：《說文中之古文攷》，（上海：上海古籍出版社，1983 年 3 月）。

63. 荊門市博物館：《郭店楚墓竹簡》，（北京：文物出版社，1998 年 5 月）。

64. 清華大學出土文獻研究與保護中心編，李學勤主編：《清華大學藏戰國竹簡（壹）》，（上海：中西書局，2010 年 12 月）。

65. 清華大學出土文獻研究與保護中心編，李學勤主編：《清華大學藏戰國竹簡（貳）》，（上海：中西書局，2011 年 12 月）。

66. 清華大學出土文獻研究與保護中心編，李學勤主編：《清華大學藏戰國竹簡（參）》，（上海：中西書局，2012 年 1 月）。

67. 清華大學出土文獻研究與保護中心編，李學勤主編：《清華大學藏戰國竹簡（肆）》，（上海：中西書局，2013 年 1 月）。

68. 清華大學出土文獻研究與保護中心編，李學勤主編：《清華大學藏戰國竹簡（伍）》，（上海：中西書局，2015 年 4 月）。

69. 清華大學出土文獻研究與保護中心編，李學勤主編：《清華大學藏戰國竹簡（陸）》，（上海：中西書局，2016 年 4 月）。

70. 清華大學出土文獻研究與保護中心編，李學勤主編：《清華大學藏戰國竹簡（柒）》，（上海：中西書局，2017 年 4 月）。

71. 郭沫若：《甲骨文字研究》，（北京：人民出版社，1952 年 9 月）。

72. 郭錫良：《漢字古音手冊（增定本）》，（北京：商務印書館，2017 年 3 月）。

73. 黃錫全：《汗簡注釋》，（長沙：武漢大學出版社，1993 年 12 月）。

74. 黃德寬、何琳儀、徐在國：《新出楚簡文字考》，（合肥：安徽大學出版社，2007 年 9 月）。

75. 陳偉：《新出楚簡研讀》，（武漢：武漢大學出版社，2010 年 3 月）。

76. 張守中：《包山楚簡文字編》，（北京：文物出版社，1996 年 8 月）。

77. 張世超、孫凌安、金國泰、馬如森：《金文形義通解》，（日本京都：中文出版社，1996 年 3 月）。

78. 湖北省荊沙鐵路考古隊編：《包山楚簡》，（北京：文物出版社，1991 年 10 月）。

79. 湯餘惠：《戰國文字編》，（福州：福建人民出版社，2005 年 8 月 2 刷）。

80. 楊伯峻、何樂士著：《古漢語語法及其發展》上下冊，（北京：新華書店，2008 年 5 月第 2 版）。

81. 楊振紅、鄔文玲主編：《簡帛研究——2015 年秋冬卷》，（桂林：廣西師範大學出版社，2015 年 10 月）。

82. 裘錫圭：《古文字論集》，（北京：中華書局，1992 年 8 月）。

83. 董作賓：《殷曆譜》，（臺北：國立中央研究院歷史語言研究所專刊，線裝書）。

84. 趙平安：《新出簡帛與古文字古文獻研究續集》，（北京：商務印書館，2018 年 6 月）。

85. 潘重規：《論語今注》，（臺北：里仁書局，2012 年 3 月 30 日初版三刷）。

86. 劉釗：《古文字構形學》，（福州：福建人民出版社，2006 年 1 月）。

87. 劉釗：《郭店楚簡校釋》，（福州：福建人民出版社，2005 年 1 月）。

88. 劉釗：《出土簡帛文字叢考》，（臺北：台灣古籍出版有限公司，2004 年 3 月）。

89. 劉成群：《清華簡與古史甄微》，（上海：上海古籍出版社，2016 年 12 月）。

90. 滕壬生：《楚系簡帛文字編（增訂本）》，（武漢：湖北教育出版社，2008 年 10 月）。

91. 魯實先著，王永誠注：《說文析義注》，（台北：臺灣商務印書館，2014 年 1 月）。

92. 羅振玉：〈增訂殷虛書契考釋〉，（臺北：藝文印書館，1975 年 11 月）。

93. 蘇建洲：《上博楚竹書文字及相關問題研究》，（臺北：萬卷樓圖書股份有限公司，2008 年 1 月）。

94. 蘇建洲、吳雯雯、賴怡璇合著：《清華二繫年集解》，（臺北：萬卷樓圖書股份有限公司，2013 年 12 月）。

95. 蕭毅：《楚簡文字研究》，（武漢：武漢大學出版社，2010 年 3 月）。

（三）單篇期刊論文及網站資料（依時間排列）

1. 金祥恆：〈甲骨文叚借字續說——比冊〉，《中國文字》第十六冊，（臺北：國立臺灣大學文學院中國文學系編印，1965 年 6 月），頁 1～5。

2. 中山大學古文字研究室：〈仰天湖二十五號墓竹簡〈遺策〉考釋〉，《戰國楚簡研究》第四期，1977 年，頁 1～19。

3. 王慎行：〈從人形古文字零識〉，《殷都學刊 1991 年第一期》，頁 13～19。

4. 石云孫：〈貝部字研究〉，《安慶師院社會科學學報》1998 年 5 月第 02 期，頁 1～6。

5. 季旭昇：〈從上博「詩論」談楚簡中幾個特殊從「月」的字〉，《漢學研究》第 20 卷第二期，（臺北：漢學研究中心，2002 年 12 月），頁 377～397。

6. 夏含夷（Edward L. Shaughness）：〈商王武丁的末期：中國上古年代學的重構實驗（The last years of Shang King WU Ding: An Experiment in Reconstructing the Chronology of Ancient China）〉，芝加哥大學東亞語言與文化系，https://www.sinoss.net/qikan/uploadfile/2010/1130/1233.pdf，2003 年 1 月 20 日。

7. 黃德寬：〈〈戰國楚竹書〉（二）釋文補正〉，簡帛研究網，http://www.jianbo.org/admin3/list.asp?id=427，2003 年 1 月 21 日。

8. 李天虹：〈楚簡文字形體混同、混訛舉例〉，《江漢考古》2005 年 3 月第 96 期，

頁 83～88。

9. 于豪亮：〈中山三器銘文考釋〉，收錄於《金文文獻集成第二十九冊》，（香港：香港明石文化國際出版有限公司，2006 年 7 月）。

10. 陳偉：〈〈用曰〉校讀〉，
簡帛網 http://www.bsm.org.cn/show_article.php?id=623，2007 年 7 月 15 日。

11. 何有祖：〈楚簡散札六則〉，復旦大學出土文獻與古文字研究中心，
http://www.bsm.org.cn/show_article.php?id=646，2007 年 7 月 21 日。

12. 雷黎明：〈論楚簡合文〉，《寧夏大學學報（人文社會科學版）》，2009 年 11 月，第 31 卷第 6 期，頁 7～12。

13. 劉洪濤：〈談戰國楚系的「趹」字〉，
簡帛網 http://www.bsm.org.cn/show_article.php?id=1258，2010 年 5 月 29 日。

14. 何有祖：〈清華簡〈程寤〉補札〉，
簡帛網 http://www.bsm.org.cn/show_article.php?id=1259，2010 年 5 月 31 日。

15. 李銳：〈讀清華簡 3 札記（三）〉，
簡帛研究，https://www.jianbo.org/article_classid_4.html，2011 年 1 月 18 日。

16. 黃懷信：〈清華簡〈程寤〉解讀〉，
簡帛網 http://www.bsm.org.cn/show_article.php?id=1426，2011 年 3 月 28 日。

17. 張峰：〈說上博八〈顏淵〉及〈成王既邦〉中的「豫」字〉，
簡帛網，http://www.bsm.org.cn/show_article.php?id=1531，2011 年 8 月 4 日。

18. 陳民鎮〈清華簡〈楚居〉集釋〉，復旦大學出土文獻與古文字研究中心網，
http://www.gwz.fudan.edu.cn/Web/Show/1663，2011 年 9 月 23 日。

19. 黃杰：〈上博五〈融師有成氏〉文本疏解及用韻、編連問題補說〉，
簡帛網，http://www.bsm.org.cn/show_article.php?id=1567，2011 年 10 月 19 日。

20. 李守奎：〈〈周公之琴舞〉補釋〉，《出土文獻研究》第十一輯，2012 年 12 月，頁 5～23。

21. 子居：〈清華簡上篇〈說命〉解析〉，
孔子 2000 網，http://www.confucius2000.com/lanmu2/jianbo.htm，2013 年 1 月 6 日。

22. 楊蒙生：〈清華簡〈說命上〉校補〉，清華大學出土文獻研究與保護中心
http://www.ctwx.tsinghua.edu.cn/publish/cetrp/6831/2013/201301070819428106066556/20130107081942810606656_.html，2013 年 1 月 7 日。

23. 丁若山：〈讀清華三懸想一則〉，
簡帛網 http://www.bsm.org.cn/show_article.php?id=1807，2013 年 1 月 12 日。

24. 侯乃峰：〈清華簡（三）所見「倒山形」之字構形臆說〉，
簡帛網 http://www.bsm.org.cn/show_article.php?id=1811，2013 年 1 月 14 日。

25. 清華簡三〈說命〉初讀，「簡帛論壇」：http://www.bsm.org.cn/bbs/read.php?tid=3036&page=4，第 32 樓，2013 年 1 月 15 日。

26. 馬楠：〈〈芮良夫毖〉與文獻相類文句分析及補釋〉，《深圳大學學報》，2013 年第 1 期，頁 77。

27. 子居：〈清華簡〈芮良夫毖〉解析〉，孔子 2000 網，

http://www.confucius2000.com/admin/list.asp?id=5589，2013 年 2 月 24 日。

28. 王坤鵬：〈清華簡〈芮良夫毖〉篇箋釋〉，
    簡帛網，http://www.bsm.org.cn/show_article.php?id=1832，2013 年 2 月 26 日。

29. 王志平：〈清華簡〈說命〉中的幾個地名〉，清華大學出土文獻研究與保護中心，
    2013 年 12 月 25 日。

30. 季旭昇：〈〈毛詩‧周頌‧敬之〉與〈清華三‧周公之琴舞‧成王作敬毖〉首篇對
    比研究〉，第四屆古文字與古代史國際學術研討會：紀念董作賓逝世五十周年紀
    念會，臺灣歷史語言研究所，2013 年 11 月 22～24 日。

31. 張卉：〈清華簡〈說命上〉「說于鞏伐失仲」考〉，簡帛網：
    http://www.gwz.fudan.edu.cn/Web/Show/2201，2013 年 12 月 28 日。

32. 李均明：〈清華簡〈殷高宗問於三壽概述〉〉，《文物》2014 年第 12 期，頁 85～88。

33. 馬楠：〈《清華簡第五冊》補釋六則〉，清華大學出土與文獻保護中心
    http://www.tsinghua.edu.cn/publish/cetrp/6842/2015/20150408134328007238406/201
    50408134328007238406_.html，2015 年 4 月 8 日。

34. 鵬宇：〈《清華大學藏戰國竹簡（五）》零識〉，清華大學出土與文獻保護中心
    http://www.tsinghua.edu.cn/publish/cetrp/6842/2015/20150410081248634790207/201
    50410081248634790207_.html，2015 年 4 月 10 日。

35. 李守奎：〈漢字倒寫構形與古文字的釋讀〉，《漢學研究》第三十三卷第二期，頁
    173～194。2015 年 4 月。

36. 楊鵬樺：〈清華伍〈殷高宗問於三壽〉「若小人之聾盲」識解〉，
    簡帛網 http://www.bsm.org.cn/show_article.php?id=2191，2015 年 4 月 11 日。

37. 陳偉：〈讀《清華竹簡（五）》札記〉，
    簡帛網 http://www.bsm.org.cn/show_article.php?id=2192，2015 年 4 月 12 日。

38. 王挺斌：〈讀清華（五）〈殷高宗問於三壽〉小札〉，
    簡帛網 http://www.bsm.org.cn/show_article.php?id=2202，2015 年 4 月 13 日。

39. 陳劍：〈《清華簡（五）》與舊說互證兩則〉，復旦大學出土文獻與古文字研究中心
    http://www.gwz.fudan.edu.cn/SrcShow.asp?Src_ID=2494，2015 年 4 月 14 日。

40. 焦帛：〈說〈殷高宗問於三壽〉的「聾狂」〉，復旦大學出土文獻與古文字研究中
    心
    http://www.gwz.fudan.edu.cn/SrcShow.asp?Src_ID=2495，2015 年 4 月 14 日。

41. 陳健：〈也說《清華五‧殷高宗問於三壽》的「寵皇」〉，
    簡帛網 http://www.bsm.org.cn/show_article.php?id=2207，2015 年 4 月 14 日。

42. 胡敕瑞：〈〈殷高宗問於三壽〉札記一則〉，清華大學出土與文獻保護中心
    http://www.tsinghua.edu.cn/publish/cetrp/6842/2015/20150416120024695943049/201
    50416120024695943049_.html，2015 年 4 月 16 日。

43. 補白：〈清華簡〈殷高宗問於三壽〉臆說四則〉，
    簡帛網 http://www.gwz.fudan.edu.cn/SrcShow.asp?Src_ID=2497，2015 年 4 月 16 日。

44. 清華大學出土文獻讀書會：〈清華簡第五冊整理報告補正〉，清華大學出土文獻與
    保護中心 http://www.tsinghua.edu.cn/publish/cetrp/6842/2015/20150408112711717756
    8509/20150408112711717568509_.html，2015 年 4 月 18 日。

45. 王寧：〈讀〈殷高宗問於三壽〉散札〉，復旦大學出土文獻與古文字研究中心 http://www.gwz.fudan.edu.cn/SrcShow.asp?Src_ID=2525，2015 年 5 月 17 日。

46. 曹峰：〈讀〈殷高宗問於三壽〉上半篇一些心得〉，清華大學出土與文獻保護中心 http://www.tsinghua.edu.cn/publish/cetrp/6842/2015/20150525092005966775437/20150525092005966775437_.html，2015 年 5 月 25 日。

47. 馬文增：〈清華簡〈殷高宗問於三壽〉新釋、簡注、白話譯文〉，簡帛網 http://www.bsm.org.cn/show_article.php?id=2243，2015 年 5 月 30 日。

48. 李守奎：〈漢字倒寫構形與古文字的釋讀〉，收錄於《漢學研究》：（臺北：漢學研究中心，第 33 卷第二期，2015 年 6 月），頁 173～194。

49. 李均明：〈清華簡〈三壽〉音說簡析——與《荀子·樂論》比較〉，《出土文獻》2015 年第 01 期，頁 201～206。

50. 李均明：〈清華簡〈殷高宗問於三壽〉「利」字說解析——與荀子義利觀比較〉，《國學學刊》2015 年第四期，頁 8～12。

51. 郭永秉：〈釋清華簡中倒山形的「覆」字〉，收錄於《清華簡研究——清華簡與《詩經》研究國際學術研討會論文集》，（上海：中西書局，2015 年 8 月），頁 146。

52. 張崇禮：〈清華簡〈周公之琴舞〉考釋〉，復旦大學出土文獻與古文字研究中心，http://www.gwz.fudan.edu.cn/Web/Show/2585，2015 年 8 月 30 日。

53. 白于藍：〈釋「舄」〉，《中國文字研究》2015 年第一期，2015 年 8 月 31 日，頁 84～87。

54. 賈連翔：〈談清華簡所見書手字迹和文字修改現象〉，收錄於楊振紅、鄔文玲主編：《簡帛研究——2015 年秋冬卷》，（桂林：廣西師範大學出版社，2015 年 10 月），頁 39。

55. 李旭昇：〈《清華伍·殷高宗問於三壽》先王之遺訓「音」字考〉，發表於「戰國文字研究的回顧與展望」國際學術研討會，2015 年 12 月 12～13 日。

56. 劉洪濤：〈釋肙〉，《簡帛》第十二輯，（上海：武漢大學簡帛研究中心，2016 年 1 月），頁 9～17。

57. 李均明：〈清華簡〈殷高宗問於三壽〉所反映的憂患意識〉，《中國史研究》2016 年第一期，頁 5～10。

58. 任蜜林：〈〈恆先〉章句疏證〉，《中國哲學史》，2016 年第一期，2016 年 2 月 25 日，頁 97～103。

59. 馬文增：〈清華簡〈殷高宗問於三壽（下）〉新釋、白話譯文、注解〉，簡帛網 http://www.bsm.org.cn/bbs/read.php?tid=3316&fpage=3，2016 年 2 月 26 日。

60. 劉偉浠：〈《清華大學藏戰國竹簡（五）》疑難字詞集釋〉，復旦大學出土文獻與古文字研究中心 http://www.gwz.fudan.edu.cn/SrcShow.asp?Src_ID=2790，2016 年 5 月 10 日。

61. 王寧：〈清華簡六〈子儀〉釋文校讀〉，復旦大學出土文獻與古文字研究中心，http://www.gwz.fudan.edu.cn/Web/Show/2824，2016 年 6 月 9 日。

62. 黃聖松、黃庭頎：〈《清華六·鄭文公問太伯》札記〉，簡帛網，http://www.bsm.org.cn/show_article.php?id=2628，2016 年 9 月 7 日。

63. 曹峰：〈清華簡〈三壽〉〈湯在啻門〉二文中的鬼神觀〉，《四川大學學報（哲學社會科學版）》2016 年第五期，總第 206 期，頁 33～40。

64. 王永昌：〈清華簡研究二題〉，《延安大學學報（社會科學版）》2016 年第 38 卷第 5 期，頁 82～84。

65. 馬文增：〈清華簡〈殷高宗問於三壽（下）〉新研〉，《殷都學刊》2017 年第 4 期，頁 15～19。

66. 駱珍伊：〈讀《清華伍·殷高宗問於三壽》箚記四則〉，中國文字編輯委員會編：《中國文字》新四十二期，（臺北：藝文印書館，2016 年），頁 249。

67. 子居：〈清華簡〈鄭文公問太伯（甲本）〉解析〉，中國先秦史網站：http://xianqinshi.blogspot.com/2017/09/blog-post_34.html，2017 年 9 月 23 日。

68. 陳民鎮：〈清華簡（捌）讀札〉，清華大學出土文獻與保護中心，http://www.tsinghua.edu.cn，2018 年 11 月 17 日。

69. 劉信芳：〈清華藏八〈邦家處位〉章句（一）〉，簡帛網 http://www.bsm.org.cn/show_article.php?id=3257，2018 年 11 月 23 日。

70. 藍敏菁整理：〈探求鬼神的旨意〉，台北：中央研究院歷史語言研究所，http://museum.sinica.edu.tw/education_resources_detail.php?id=97。

（四）學位論文（按作者姓氏筆劃排列）

1. 李美辰：《清華簡武丁類文獻集釋與研究》，中國吉林大學漢語言文字學碩士論文，2016 年 6 月。

2. 李雅萍：《清華大學藏戰國竹簡（壹）·皇門研究》，玄奘大學中國語文學系碩士論文，102 年 6 月。

3. 吳文璋：《荀子「樂論」在其思想上之重要性》，國立臺灣師範大學國文研究所碩士論文，1984 年 6 月。

4. 吳珮瑜：《《上海博物館藏戰國楚竹書（六）〈用曰〉》研究》，國立臺灣師範大學國文系碩士論文，2011 年 6 月。

5. 金宇祥：《清華大學藏戰國竹簡（壹）·楚居研究》，國立臺灣師範大學國文研究所碩士論文，2013 年 6 月。

6. 林素清：《戰國文字研究》，國立臺灣大學中國文學研究所博士論文，1984 年 6 月。

7. 孫詩懿：《《說文解字》广部字研究》，遼寧師範大學碩士論文，2013 年 6 月。

8. 陳立：《戰國文字構形研究》，國立臺灣大學中國文學研究所博士論文，2004 年 6 月。

9. 郭倩文：《《清華五》、《上博九》集釋及新見文字現象整理與研究》，中國華東師範大學漢語言文字學碩士論文，2016 年 5 月。

10. 馬驥：《戰國楚簡標點符號研究》，中國西南大學中國古典文獻學碩士論文，2015 年 6 月。

11. 許文獻：《戰國楚文字聲首研究》，國立臺灣師範大學國文研究所博士論文，2006 年 6 月。

12. 張虹：《郭店簡〈窮達以時〉集釋》，中國吉林大學歷史研究所碩士論文，2006 年6 月。

13. 黃麗娟：《郭店楚簡緇衣文字研究》，國立師範大學國文研究所碩士論文，2001 年6 月。

14. 黃如敏：《先秦時期的樂教思想研究》，國立雲林科技大學漢學資料研究碩士論文，2004 年 6 月。

15. 彭慧玉：《上海博物館藏戰國竹書（七）疑難字研究》，國立臺灣師範大學國文研究所碩士論文，2011 年 6 月。

16. 湯瑞芬：《〈清華伍・殷高宗問於三壽〉考釋》，國立中興大學中國文學研究所碩士論文，2017 年 7 月。

17. 趙思木：《《清華大學藏戰國竹簡（壹）》集釋及專題研究》，華東師範大學中國古代文學博士論文，2017 年 6 月。

18. 劉偉浠：《《清華大學藏戰國竹簡（伍）》疑難字詞集釋及相關問題研究》，福建師範大學漢語言文字學碩士論文，2017 年 6 月。

19. 顏至君：《新出楚簡疑難字研究》，國立臺灣師範大學國文研究所博士論文，2016 年 6 月。

20. 羅凡晸：《郭店楚簡異體字研究》，國立臺灣師範大學國文研究所碩士論文，2000 年 6 月。